SOUTH OF HEAVEN
JIM THOMPSON

天国の南

ジム・トンプスン
小林宏明 訳

文遊社

天国の南

カウタウンの南西六百マイル
道も轍もないところ
太陽が内臓を焦がすところ
ブリザードが吹き荒れるあいだ
シラミはトカゲのように見え
水はかび臭い汚水
そこではプレーリーにパイプラインが連なり
それを敷設した男たちは荒っぽく毛深く
おそろしげに咆哮するオオカミのよう
いっぽうおまえは寝床で震えている

——ビッグ・ラインのバラッド

1

テキサス西端のプレーリーに夜明けの光がさし込むと、夜露の重い最後の一滴が地面に落ちた。おれは体を震わせながら半身を起こし、パイプラインの工事がスタートするのを待って六百人が野宿している干上がった小川のくねった河床を見やった。パイプライン敷設の仕事は、近年でもっとも大きな仕事のひとつになるはずだった——この人里はなれたガス田から、はるばるメキシコ湾のポート・アーサーまで。しかし、数週間まえにその工事の噂が広まって、週を追うごとに男たち——前科者、浮浪者、放浪者たちがここへ流れ込んできた。だが、ほとんどの連中にはガッツなんてなかったし、着ているのはみすぼらしい服だった。数少ない例外（彼だって似たり寄ったりだったが）は、いっしょに旅している男、フルート・ジャーだった。

彼は数フィートはなれたところで、自分のモデルT型フォードのクッションに寝そべって眠っていた。おれは爪先で彼の肋骨をちょっと小突き、彼が起きあがって悪態をつきながら両腕を振りまわしはじめたとき急いで足を引っ込めた。

「なんだ？　おい！　どうしたんだ？」彼は充血した目をむいて、言った。「なにしやがるんだ、トミー？」

「町へいってくるって言おうと思ったんだ」おれは言った。「なんか食い物をさがしに」

おれがなにを言っているのか呑み込もうとして、彼は少しおれをにらみつけた。それから、突然顔をしかめてうなると、よごれたサングラスをかけた。フルート・ジャーは、固形燃料のアルコールを飲んで酔っていた――ここにいる放浪者の約半分は、酔えるものならなんでも飲むアル中なのだ。しまいには、そういうものを飲んで目が見えなくなる。そしてそうなっていく過程で、光に異常に敏感になる。

「いい子だ、トミー」彼はついに言った。「ついでにアルコールも少し手に入るかさがしてくれ」

おれは断った。少量の食い物を手に入れるのが関の山だ。「あんたとおれはいっしょに放浪してきたけど、おれはあんたの使いっ走りじゃない」

「なあ、おい、トミー」彼はふくれた顔に生えた無精ひげを、震える手でこすった。「それじゃ、缶詰のミルクなら手に入れられるだろ？　それに、一リットルばかりのガソリンも。ミルクとガソリンがちょっとあれば、すごくいい飲み物がつくれるってもんだ」

「だめだ」おれは言った。

おれがはなれていっても、彼は依然として情けない声でたのむよなどと声をかけていた。あいつとはわかれよう、とおれは心にきめた。おれはもうすぐ職につくし、彼にはなんの借りもない。この辺では移動手段を提供してもらうのはとてもありがたいが、そのお返しはもう充分にしてやった。タイヤ交換をしてやったり、T型フォードが故障しないよう維持してやったり、酔いすぎたフルート・ジャーが自分でできないいろんなことをしてやったりしてきた。

まだ眠っている放浪者たちをまたいだりよけたりして、ジーンズやシャツについた小枝や泥を払いながら、おれは町へむかって河床を歩いた。おれはいい帽子をかぶっていた。グレーの都会ふうのステットソンで、つばのまえとうしろをめくりあげていた。もちろん、靴底が二重になっている頑丈ないい靴もはいていた。大きな労働キャンプへいくときには知っておいたほうがよいことがひとつある。いい帽子をかぶり、いい靴をはいていくことだ。そうすれば、たとえ身なりがみすぼらしくても、浮浪者とは見られない。放浪者、であって、浮浪者ではない。そのふたつには大きなちがいがある。

河床のカーブをまわったところに、三人の放浪者たちが小さな火をかこんで集まり、ゆうべののこりのコーヒーの出し殻が入った缶をあたためていた。おれはためらいがちにうなずいてみせたが、彼らはうなずき返さず、ひとりはマッチ棒を一本出しておれに手わたした。おまえは歓迎されていない、という放浪者の表現だ——換言すれば、火は自分でおこせ、ということだ。だからおれは歩きつづけて、つぎのカーブをまわった。だが、その瞬間足がとまり、驚きであんぐり口をあけた。

そこにいたのは、三十代半ばの顔だちのいい、長身の男だった。草の生えた斜面に仰向けになっていた。半パイントのボトルからストレート・ウィスキーを飲み、紙巻きタバコを吸っていた。そして彼は、もの憂い笑みを浮かべて、ウィンクして寄こした。

「トミー」彼は、もっそりと言った。

おれはちょっと口がきけず、すくんでいた。彼に会えてすっかり驚き、かつうれしかった。

やがて、おれの声は叫び声となって出てきた。「フォア・トレイ！ フォア・トレイ・ホワイティ！」

「たのむよ、トミー」彼は顔をしかめ、頭を軽くたたいた。「こんな朝はやくから大声出さないでくれ」

おれは彼のまえにしゃがみ、耳から耳へ裂けるほどの笑いを浮かべた。「いやあ、会えてほんとにうれしいよ！」おれは言った。「あんたは殺されたって聞いてた」

「数発撃たれたんだよ、トミー。ちょっと怪我も負った。殺されたのはべつのやつさ」

「こんなところに腰をおろしてなにしてるんだ？」

「きたばかりだよ、トミー。で、おまえもきっとここへくるとわかってたから、待ち伏せしてたようなもんだ」

「うれしいね」おれは言った。「ほんとにいいニュースだ、フォア・トレイ」

「そう思うんならそれらしくふるまえよ」彼は小さく笑いながら言った。「一杯あおって一服やれ」

ボトルとタバコの箱を、彼はぽんと投げてよこした。おれはタバコに火をつけ、ウィスキーをぐびぐびとあおった。彼はボトルをもう一本と、タバコの箱をポケットから取り出した。そして、おれたちはしばらくなにも言わずにウィスキーを飲み、タバコを吸った。ふたりは顔を見合わせて、笑みを浮かべていた。古い友だち同士がわかり合ったときのように。

「いいか、トミー」彼はついに言った。「干からびて黄ばんだ日々はもう去った。これからは、鳥たちがおおいにさえずるときだ。パイプライン敷設工事があしたから人を雇いはじめる。おまえとおれもそこで働くんだ。で、それから二週間後に最初の給料日がきたら、おれたちがそのときなにをしてるか想像してみろ、トミー」

「そんなのわかるわけないじゃないか」おれは声を出して笑った。

彼は作業服を入れた袋に腰かけていたが、高そうなスーツを着て、高そうな靴をはき、雪みたいにまっ白なシャツを着ていた——まっ白なシャツ！　きっと、贅沢な旅ができるほど札束をもっているにちがいない。だが、彼はこんなふうに旅をするのが好きで、だからここでも六百人のほかの放浪者たちとたむろしているのだ。

「あんた、ギャンブルでひと稼ぎしたんだな」おれは言って、ウィスキーを少し飲んだ。

彼はそうだとうなずいた。「しこたまな、トミー。そのとき、たまたま東テキサスの工事現場からきた連中もいた——ヒグビーってやつをおぼえてるか？　彼から、この敷設工事の話を聞いたんだ。だから、ここからメキシコ湾まで、おまえとおれはふたりで稼ぎながら旅をする。ブラックジャックのプレーヤーはおまえだ。で、おまえの分け前だが……」

「よせよ」おれは言った。「あんたを信頼してるよ、フォア・トレイ」

そりゃうれしい、とフォア・トレイはそっけない言い方をしたが、もう少し具体的に言おうとした。「とにかく、おれたちはいつものようにやるんだ。おれが胴元になって、おまえが儲けの二十パーセントを取る。それでいいだろ？」

「それでいい」おれは言った。

言っておくが、パイプライン敷設工事の請負業者は、ひとりかふたり根っからのギャンブラーが労働者のなかに混じっていることを好む。女がふたりくらいキャンプを追いかけてくるのも気にしない。女たちがトラブルをおこさず、キャンプ地のなかにずかずか入ってこないかぎり。女がひとりでキャンプを追いかけてくるなんてことはあまりない。現実的ではないだろう。最寄りの町から百マイルもはなれて不便な生活を強いられることになる。しかし、いつでもギャンブラーたちはいた。パイプライン敷設の仕事はたいへんな重労働で、週七日働くことになるから、ギャンブルによって男たちは苛立たずにすむのだ。また、いつも金欠病に陥っているから、彼らは仕事を突然やめることがない。

「おれたち、どんな仕事をするんだ、フォア・トレイ?」おれは訊いた。おれたちは必然キャンプに住むことになるだろうし、キャンプで暮らすことになれば、働かなければならない。「おれたちはまたタイムキーパーの仕事をするのか?」

彼ははじめて浮かない顔をして、かぶりを振った。「そんなことにはならないと思うぜ、トミー。この仕事を後援する銀行なんかは、自分のところのタイムキーパーを使うさ」

「そうすると……おれたちは肥だめの穴掘りみたいな仕事をやらされるってことか?」

「そんなことはない。おれたちは肥だめづくりのために身をかがめたりしない。長い把手のシャベルで手にマメをつくってまでそんなことをするもんか」

つるはしとシャベルを使って肥だめづくりをするのもかまわない、とおれは言った。しかし、なにかほかのことのほうがありがたかった。だが、自分たちがこれからやる仕事をおれは気に入らないだろう、とフォア・トレイは言った。

「でも、その仕事こそ仕事らしい仕事だぜ、トミー。たぶんやめずにつづけられて、ギャンブルに精を出せる唯一の仕事だ」

「なんだってかまわないよ」おれは言った。「ダイナマイト爆破をする仕事じゃなけりゃな。おれはダイナマイトを扱わない」

「ダイナはいい娘《こ》だぜ、トミー。慎重に扱ってやれば、文句ひとつ言わない」

「つまり……」おれは彼をにらんだ。「つまり、それが仕事だってのか？　ダイナマイト爆破が？　ま……まさか……」おれは声を詰まらせた。「あんなことがあったっていうのに、おれがダイナマイト爆破の仕事をすると思うのか……？」

「ほんとにいい娘なんだぜ、ダイナは」彼はおれを口車に乗せようとした。「ただ、ひどい香水をつけてる。頭痛を感じちまうほどだ。安全かどうか？　あんなに安全なものは世の中にふたつとないほどだ」

「そうだろうとも！　だからその仕事はだれにも開放されてるし、だからダイナマイト爆破をやれば一・五倍の賃金がもらえるんだ！」

「とても信じられないな、トミー。おまえが臆病者だなんて思ったこともなかったよ」

「おれは臆病者なんかじゃない！」おれはきっぱり言い返した。「ダイナマイトが好きじゃないだけだ。そのわけはあんただって知ってるだろ！」

「知ってるさ」彼は穏やかに言った。「でも、こういう状況だ。おれはダイナマイト爆破をやる予定で、おまえはおれの手伝いをする。やるか、なにもやらないかのどちらかだ」

おれはためらった。もう一度ボトルに口をつけた。彼はおれの目を見据えて、ゆっくりうなずいた。

「どうだ、トミー。ダイナと付き合うか、手を切るか」

「だけど、フォア・トレイ……」

「どうする？」

おれに言えるのはひとことだけで、おれはそう言った。彼は満足そうににやりとし、片手をさし出した。「それでこそおまえだ。握手しよう」

おれたちは握手した。手を見おろすと、手のなかに五ドル札が入っているのが見えた。

「ハッピー・バースデー、トミー」彼は言った。

「ん？　どういうことだい？」おれはちょっと当惑して、言った。「こんなことをする必要はないよ、フォア・トレイ」

「どうして？　人は一生に一度しか二十一歳になれないんだぞ」

「でも、自分が二十一だかどうかよくわからないんだ。そうかもしれないけど、わからない」

「もう自信をもっていい」彼は言った。「おれがそう言うんだから、それを信じればいいのさ」

「どっちにしても、おれの誕生日は先週だった」おれは言った。「たったいままですっかり忘れてた」

彼はあくびをし、草むらに仰向けになり、もういけというふうに手を振った。「飯でも食ってこい、トミー。その金で楽しめるものを見つけたら楽しんでこい」

「すまないな、フォア・トレイ」おれは言った。

「あすの朝キャンプで会おう。五時ごろがいいかな。雇ってもらうんだ。溝掘り機や掘削機の前方で働かせてもらおう。かたい岩盤のあるところで」

「わかった」おれは言った。「あしたキャンプへいく」

彼は帽子を目深にかぶり、腹の上で両手を組んだ。見たところ、すぐに眠ってしまったようだった。おれは河床を歩きつづけて、町へむかった。

2

ここ四十年、テキサスの西端はあまり変化していないと聞いている。そもそも、そこは荒野であり、荒涼としたところだった。世界がまだ若かったころからそうなのだ。そして、そこから得られるものを人間が取ってしまうと、ふたたび荒野の荒涼としたところに戻った。少なくとも、そう聞いている。自分の知識では、そんなふうにしか言えない。そんな昔を振り返る理由はなにもないが、振り返らない理由ならいくつかある。自分に言えるのは、四十年ほどまえ、二十一歳かそこらだったころ、その日の朝がどんなようすだったかだ。

町の名前は、ロシアのある地名にちなんでいた。テキサスの西部や西端にある多くの町と同じように。地質学者たちによると、そういった町はパーミアン盆地全体に拡がっている。その盆地の地質は、ロシアのペルムという都市から名付けられたペルミ紀という地質時代のものなので、ロシア語の名前が選んでつけられたのだ。ときには、ペルシア語の名前も町に付けられている――たとえば、アイラアンなど。その基礎の岩盤の構造もパーミアン盆地だからだ。

その町は、ほかのどんな町ともちがっていた。町づくりの計画性というようなものがまるでなかった。やたらと通りがとおっていた。それを通りと呼べるならばだ。建物――木製で、塗装されていなくて、たえまなく吹いている風にふらついているような不安定な建物――は、建築業者が突如思いついたところにぽんとおいたみたいに思えた。二、三軒がかたまって建っていたりして、おたがいに寄りかかって支え合っているようだった。そこから二、三百ヤードはなれたところに、もう一軒建物があるかと思えば、さらにそこから対角線上に五、六十フィートはなれた場所に半ダースくらい建物が建っていたりした。

全体として見ると、町はおそらく二、三平方マイルあって、おそらく百軒の建物があった——民家、店舗、レストラン、理髪店などだ。いまは三つの商売——雑貨店、レストラン、給油所——以外すべて閉鎖していた。だが、その多くは、パイプライン工事がはじまって最初の給料日に営業を再開し、作業員のキャンプが町の近くにとどまっているあいだ営業するだろう。しかし、いまはひどくさびれた場所になっていた。

いつものように風が吹きつけていた——疲れた巨人の吐息のようにひゅうひゅう音がしていた。なにもかも夜露で濡れていた朝はやくから、つむじ風がプレーリーを舞い、乱雑にとおる通りを干した洗たくものの長い列のように行き来していた。とても静かだった。あまりにも静かだったから、キジオライチョウの雌鳥が巣で卵を産み落とす音が聞こえそうだった。そのとき、南東の方角、郡庁所在地のマタコーラの方角から、車が走ってくる音が聞こえた。

それは速いスピードでやってきた。音で車種がわかった。特許を取ったギアシフトとヘッドを搭載したT型フォード。モデルAやV8が出現するまえ、油田地帯でよく見られた車だ。おれが空っぽの最初の建物のまえをとおりすぎるころ、その車はすぐうしろまできていた。

車はわきを通過した。おれと車体は砂塵でほとんど隠れてしまった。すると、ブレーキが踏まれ、タイヤがスリップし、さらに砂塵が巻きあがり、車はおれがいるところまでバックしてきてとまった。

ボディには大きな星がペイントされていた。ドアを乗り越えておれに近づいてきた男の服にも、星がついていた——保安官助手のバッジ。

肩の張った男だった。猪首で、ひたいもせまかった。名前はバド・ラッセンといい、おれは彼にも彼のような男たちにもいろいろなところで会ってきた。短期間の労働の需要があって、人が大勢流入してくるところで。彼らを雇われ仕事人などと呼ぶのはメロドラマ的かもしれないが、じっさいそれが彼らの正体だった。

地元の行政当局は、男の大集団に対処できるような組織ではなかった。いずれにせよ、地元民はたいてい善良な市民で、自分たちの町のよさを穢されたくなかった。だからバド・ラッセンのような男たちが数週間、あるいは数ヵ月保安官助手に任命されて、必要なこと、さらにはそれ以上のことをやった。彼らは威張るのが好きだったからだ。ろくに食べず働きすぎで反抗できない連中に威圧的に接するのが好きだった。

ラッセンは、おれのまえに立ちはだかった。片方の手は四五口径の台尻にかけ、もう片方の手の親指をガンベルトにはさみ込んでいた。はいているブーツの踵を軸に体を揺らしながら、おれを頭から足まできつい目でねめまわした。

ついに、彼は言った。「なんて名だ、おまえ?」

「おれの名前は知ってるだろ、バド」おれは、できるかぎり勇気を振り絞って言った。「知らないなんて言わせないぜ」

「おれに偉そうな口をきくな、チンピラ！」

「オクラホマ建設会社」おれは言った。「オデッサで高圧線工事の仕事があった。あんたはしつこくおれとフォア・トレイ・ホワイティをいたぶろうとした。フォア・トレイがことあるごとに保安官と話をつけていたことを知らなかったとはね」

彼はおれをにらみつけた。猪首が赤く染まってきて、皮の厚いあばた面にまで拡がった。おれのことを思い出したとでも言いたげに、彼はとてもゆっくりとうなずいた。そりゃそうだろう、彼をオデッサから追い出すのにおれもひと役買ったのだから。

「トミー・バーウェル」彼は言った。「パイプラインで働くのか、トミー？」

そうだ、とおれは答えた。事業の開始を待っているのだ、と。「ほかになんの用事でこんなところにいる？」

「だったら、みんなに伝えろ、トミー。だれかが町でトラブルをおこすのをおれが待っているとキャンプの浮浪者どもに伝えろ。なにかやらかした最初の野郎は頭をかち割られるってな」

「自分で言えよ」おれは言った。「小川の土手沿いに六百人が集まってる。彼らはあんたみたいなナイスガイと会えたら大喜びするよ」

「もう少し知らせておきたいことがある」おれの言ったことを聞いていなかったかのように、彼は先をつづけた。「おれは数日中にパイプライン会社と契約する——特別警備員としてな。だから、なにかトラブルをおこそうもんなら、たんまり後悔させてやるから覚悟しておけ」

「そりゃよかった」おれは言った。「あんた、保安官事務所のバッジはつけないんだ」

彼の目がきらりと光った。おれは上体を左右に揺らして、後退しようとした。だが、彼の銃がすでにホルスターから抜かれていて、おれのこめかみをなぐろうともちあがっていた。おれは両手をあげて防御しようとした。彼はうなるような声で笑って、銃身をおれの腹にめり込ませた。

おれは体を折って、両膝をついた。やっと上体を起こしたとき、彼はもう町の向こう側までいって、雑貨屋と郵便局のまえで立ちどまっていた。

おれはなんとか立ちあがった。服の埃を払い、ちょっと腹をさすってから、ギリシャ・レストランのほうへむかった。

以前、腹に一発食らうよりひどい目に遭ったことがあったが、また食らうことになるかもしれないと思った。それで、とくにうろたえはしなかったし、もっとひどいことがおこるのではとおそれもしなかった。たぶん、おれにはおそれるだけの想像力がなかったのだ。想像力か、あるいは経験がなかった。若い者は、自分が死ぬかもしれないなんて思いもかけない。ほかの連中はいざ知らず、自分だけはそんなことにならないと思う。なにかを投げつけられたら生きのびられないだろう、なんて思いもかけない。

二十一歳のときには、自分は有名な野球選手か弁護士か作家かなにかになって大金を稼ぎ、美しい奥さんをもらってりっぱな家に住む、などと信じている。どうやってそれをなし遂げるかなんてどうでもいい。とにかく、楽観的に自分を信じている。

それでも、銃身を腹に強くたたき込まれれば、たとえ二十一歳でも、酔いが覚めたような効果をもたらすものだ。おれの場合も、元気のよさが少々奪われた。おれはしげしげと自分を見おろしてから、帽子のつばのまえとうしろをめくりあげ、砂埃のなかをとぼとぼ歩いた。腹は朝食まえに酒を飲んだように燃えていた。おれは少しも格好よくなかった。ロマンティックでもなかったし、颯爽としてもいなかった。おれは放浪者で、日雇い人夫で、安っぽいギャンブラーだった——不毛の地で人生を浪費している男だった。それがいまのおれだった。早急に生き方を変えはじめないと、あと二十一年生きてもいまと変わりばえしない存在になりそうだった。

生き方を変えよう、と自分に言い聞かせた。そう自分に語りかけると、少し気分がよくなった。若さにまかせて無茶でもなんでもしてやろうという欲求から解放されたような気がした。

朝食になにを食べようか、五ドルをなにに使おうかと考えながら、おれは口笛を吹きはじめた。もちろん、その金を使い切ってしまうつもりだったからだ。金はそのためにあるのだし、いつだってもっと稼げる。いつだって、いつだって。

二十一歳のときには、〝いつだって〟がずっとつづいていくように思える。

おれは口笛に調子を合わせて歩きはじめた。行進みたいなことをした。漠然としているが高潔な目標にむかって、行進した。とにかく、ずっと昔の朝、おれはそう思っていた。

実際におれがむかっていたのは、完全に混乱した人生のなかでももっとも大きな混乱だった。

3

たいていの人は、実際に到達できるところよりずっと高いところをめざしていると思う。たいていの人は、現実にできることよりもよいことをするつもりでいる。とにかく、おれはそのつもりだった。少なくとも、はじめは。

おれは学校で一所懸命勉強したし、成績もよかった。生まれ故郷のオクラホマの、いくつかの学校が合併された公立学校の教師たちは、奨学金をもらって大学へいったらどうかとおれに言った。祖父母——生きていた唯一の親族——は、おれのためならできることをなんでもやってくれた。自分たちがもったことのないものだって手に入れようとしてくれた。だれもがおれを応援してくれていた。だから、おれはその期待に応えようとしていた。学校の年鑑によると、おれは将来もっとも成功しそうな生徒だった。それを否定できる者などひとりもいなかった。

やがて、十六歳になる少しまえ、祖父母が爆死した。その後は、ほかのなにもかもがおかしくなった。

気の毒な祖父母は、世界でもっともやせた六十エーカーの土地で小作農をしていた。土地を耕そうとすれば、十八インチも掘ったところで岩にぶつかった。彼らには、新しい野外便所が必要だった。岩に穴は掘れないので、祖父は地主の店からダイナマイトを半箱分もらってきた。彼はダイナマイトの扱いに馴れていた。おれだって馴れていたし、祖母も馴れていた。岩だらけの農場で長いこと働いていると、ダイナマイトの棒もキャンディの棒も同じように思えてくるのだ。

爆発の音が聞こえたとき、おれは学校から帰る途中で、半マイルほどはなれたところにいた。そんなに遠くからでも、祖母の悲鳴が聞こえた。祖母と祖父のところまでいくのに永遠に走ったように思えた。そしてたどりついたとき――そのときのことは話したくない。ふたりがどんなようすだったか思い出したくない。無惨で、ふたりは人間ではなかった。

どうしてそんなことになったのか、おれにはわからない。だが、きっと火をつけてもダイナマイトが不発だったのだ。ふたりは爆発がおこらないか確認しようと、少し待った。それから、新しい雷管と導火線をつけはじめた。そして、ふたりがダイナマイトの上にかがんだとき……

ダイナはいい娘だ、危険でもなんでもない、なんて聞きたくもない。おれはよく知っている。

さっき言ったように、事故があったときおれは十六歳ちょっとまえだった。それからひと月もすれば、ハイスクールを卒業できていた。だが、それまで待たなかった。血のつながった親族がいない十六歳がどうなるのかおれにはわかっていたし、そうなりたくなかった。

おれは学校をやめ、鉄道用地の線路沿いに生えていた雑草のなかに身を隠した。そして、とてもゆっくり走っていて乗り込みやすい最初の貨物列車をつかまえて乗り、そのまま旅に出た。

カナダまでは小麦の刈り入れをやった。カリフォルニアでは、腰をかがめて収穫する作物。ワシントンとオレゴンでは、リンゴ。ネブラスカとアイダホとコロラドでは、ポテト。そして、油田地帯に入り、中西部と西部といちばん西では、大がかりな建設の仕事をやった。教育を終了するかわりに、たくさん稼いだ――カレッジなど入りたいところに入らず。とにかく、たくさん稼いだ。そして全部使っちまった。

二年ほどまえ、おれはほぼ半年フォア・トレイ・ホワイティといっしょに仕事をし、ギャンブルで六千ドルほど稼いでから仕事をやめた。ホワイティがどれだけ稼いだかは、神のみぞ知るところだ。それでおれたちはダラスで贅沢な暮らしをしはじめ、町でいちばん大きなホテルのスウィートルームに泊まり、飲んだくれた。ずっとそんなことをやっていた。酒だけ――女はなし。ホワイティはインポテンツなんだと思う。だから、女のことを言い出すのは申し訳ないと思った。どっちにしろ、おそらく言い出さなかった。おれは厳格なバプティストとして育ったし、おれたちみたいに飲んだくれていればセックスのことなんか考えないものだ。月の終わりに、おれたちの金は尽きた。そして、おれは振顫譫妄というアルコール依存症にかかった。フォア・トレイは、町を去るまえ、おれを郡病院のアルコール治療棟へ入院させた。それが彼のやり方だった。どうしようかとある程度思案したうえのことだろうが、面倒など見てくれなかった。彼はいっしょに働いたり、いっしょに組んだりすることはあっても、基本的には一匹狼なのだ――他人にまつわりつかれたくない男。自分の邪魔になるようであれば、情け容赦ない。だから……だから、おれはふたたびここにいた。さびれた町の赤い土埃のなかをとぼとぼ歩いている。荒野のなかでまた仕事につこうとして。今度こそ以前とはちがうだろう、自分も変わるのだと言い聞かせながら。

ひとけのないホテルのまえをとおりかかったとき、人の話し声が聞こえた。ぶつぶつ言いながらうたっているような声だった。おれは腰をかがめ、ポーチの下をうかがった。ポーチの下には放浪者が三人いて、古くて大きな寝室用便器をかこんでだらしなくすわり、おまるの中身をすすっていた。連中はホテルからおまるを盗んできたにちがいない、とおれは思った。そのなかに入っているのは、不凍液をペーコス川の水で薄めたものにちがいない。おれは、彼らに声をかけた。冗談のつもりで。

「あんたたち、小便でそんなに酔っぱらってるのか？」

彼らは喚声をあげ、吠えるように言った。「最高にいい味だぜ、トミー。いっしょにやろうじゃねえか」

やめとくよ、とおれは言った。「バド・ラッセンが町にきてる。おとなしくしてたほうが身のためだぜ」

バド・ラッセンになにができる、ここででかい顔なんかさせるもんか、とみんなは口をそろえて言った。「なあ、トミー。パイプライン会社について新しいジョークを仕込んだぞ」

そのジョークは新しくもなんともなかった。おれはもう百回も聞いた——方言を交えたいかがわしいジョークだった。だが、調子を合わせていちおう聞いてやった。

ママ、ママ！　パイプラインのおじさんたちがいっぱいくるよ！　シッ！　お黙り！　あの人たちはお互いにカマを掘りあって、洗濯も自分でするの。

「おもしろいな」おれは言った。「すごく愉快だ。それじゃ、あんたら、いい子にしてろよ」

彼らに引きとめられるまえに、おれは先を急いだ。彼らが大声で合唱する声が、通りをくだって聞こえた。

「ライフラインを継ぎ足せ、パイプラインがやってくる。だれかが仕事をやめようとしている!」

ギリシャ・レストランから二軒目の建物のまえに、古いダッジのパネル・トラックがとまっていた。キャンピングカーのように改造したパネル・トラックで、両サイドに窓がカットされていた。後輪のひとつがパンクしていて、ジーンズにジャンパーにストッキング・キャップ姿の少年が、リムからタイヤをはずそうと奮闘していた。空気を全部抜いていないので、タイヤをはずすことができなかった。おれに言わせれば、頭の悪いガキだ。

どうすればいいのか教えてやろうとして、おれは彼に話しかけた。だが、彼はおれに背中をむけてうずくまっていて、おまけにストッキング・キャップが耳をふさいでいた。それで、おれは爪先で彼の尻をつついた。

ものすごい悲鳴があがった。勢いよく立ちあがると、ストッキング・キャップがぬげた——そして、それは少年ではなかった。女の子だった。

そして、彼女はかんかんに怒っていた! そして、彼女はすごくきれいだった! そして、彼女はすごく魅力的な体つきをしていた!

4

彼女はほんとうに小柄な娘だった——つまり、背が低くて、体重はおそらく九十五ポンドくらい。ジャンパーの張りぐあいを見ると、なりは小さくともでっぱるべき部分はちゃんとでっぱっているようだ。彼女はおれに平手打ちを食わせるかのように手をうしろに引いて、なにをするのだ、なんのつもりだと訊いた。おれが答えようとするまえに、彼女はおれがなにを見ているのかと訊いた。

「どうなのよ?」彼女は目をぎらぎらさせながら訊いた。「服をぬいで中身を見せろっていうの? そうなの? この変態野郎!」

「ま、待ってくれ」おれは言った。「待ってくれよ、おれは——おれは——」

「それともズボンをおろして、あんたにお尻を見せろって?」おれが彼女をもてあそぼうとしているように見えるとでも言いたげだった。「そうしたいの? あたしにズボンをおろさせて、もう一回あたしを蹴ろうっていうの!」

「たのむよ」おれは言った。「きみが女の子だって知らなかったんだ。きみはおれに背中をむけていたし、あんなストッキング・キャップをかぶっていたし、ジャンパーは裾が長くてきみの——わかるわけないよ」

「そうでしょうよ! そうかもね」彼女は言ったが、もうあまり怒っていないようだった。「ところで、ここんところいろいろ聞くパイプラインの仕事ってどこでやってるの？」

その仕事はあすにならないとはじまらないが、パイプラインの端は約五マイル川をのぼった先なのだ、とおれは教えた。「通りに出れば、見せてやるよ」

彼女はちょっとぎこちない態度でおれについてきた。おれは、指さした——ペーコス川のずっとずっと先を。そこからだとなにもかも点にしか見えなかった。陽光に照らされて、チラチラとだけ見えた——寝泊まりするテント、オフィス用のテント、長さが百ヤードある食堂用のテント。だが、目が馴れてくれば、斜面路も見えたし、トラクターみたいにでかい発電機も、ならべられたパイプ——この距離だとマッチ棒のようにしか見えないが——も見分けがついた。それに、行ったり来たりしているアリのような一団。キャンプを運営している人間たちにちがいない。しかし、女の子は怪訝そうに眉をひそめておれの顔を見あげた。なにひとつ見えないらしい。

「あんた、自分でなにを言っているのかわかってるの？」と、彼女は言った。「あたしをからかってるの？」

「わかってるさ」おれは言った。「おれはあしたあそこへいって、いまごろは働いてるんだ」

「でも」——彼女はむなしそうな身振りをした。「でも、なんでパイプラインはここら辺からはじまるの？　なかになにをとおそうっていうの？」

「もう一度見てみろよ」おれは言った。「あっちだ」おれはもう一度指さした。彼女は腕の先を見ようとおれに身を寄せてきた。おれは妙に意識してしまい、妙におかしくなって、自分で言っているごとに神経を集中できなくなった。そして、いぶかしく思って当然と思えることに考えがおよばなくなった。たとえば——

彼女は観光客なんかではなかった。自分がなにをしにいくのかわかっていて、ここへやってきた——目的があった。それでも、彼女は状況をぜんぜんわかっていなかった。彼女は賢かった。それは、ひと目でわかった。だが、彼女の態度やものの言いぐさは、まったくいただけなかった。そして、彼女のダッジはみごとに改造されていた——だれかが労力と金をしっかりかけたのだ。タイヤは最高級品で、真新しかった。

どこにでも乗っていける車だった。しかも、スピードも出せる。それなのに、なぜ彼女はこんなところへきたのか、なぜこんなところにいるのか……？

わかる人にはわかるのかもしれないが、おれにはわからなかった。そのときは。

「あそこを見てみろよ」おれは言った。彼女の黒髪が、おれの顔をこすった。「あのポンピング・ジャッキが見えるかい？——地平線のほうへ何百本ものびているだろう」

彼女はかぶりを振った。なにも見えない、とすねたように言って。当然かもしれない、とおれは言った。長いこと自然にさらされてきて、まわりの景色と同じ色になっているから、と。

「でも、とにかくあれは油田なんだ。昔は世界でいちばん大きな浅い油田だった。いまではすっかり干上がっているけど、そこには全国でいちばん天然ガスがあるんだ」

「あれはなに？」彼女は目を細めて言った。「マッチ棒に火がつけられたみたい！　あそこよ！　あら！……またひとつ！」

　あれはたいまつだ、とおれは言った。ガスを燃やして大気中に放出する大きなスチール製のトーチだ、と。ガスが地表に広くただよってトラブルの元となるのを防ぐためだ。

「パイプラインはそのためにあるんだ」おれはつづけた。「ここら辺のどこかに大きなケーシングヘッド工場を建てて、ガスを抜いてポート・アーサーまで引いていく」

　彼女はうなずいて、おれから身を引いた。タイヤの修理に戻る、と彼女は言った。タイヤの問題じゃなくバルブの問題だし、それならおれが一分で修理できる、とおれは言った。でも、それより先にいっしょに朝飯でもどうだい？

「でも……」彼女はためらいを見せた。「コーヒーならいいわ。ひと晩じゅう運転してきたの。それに……それに……ここら辺のレストランは高いんじゃない？」

「そんなことはないよ。グラス一杯の水が五から十セントだし、ほかのものも似たようなもんだ。でも、心配しなくていい」おれは彼女の腕を取って言った。「おれがおごる」

　しつこく誘わなくても、彼女はついてきた。レストランの戸口で、ギリシャ人がおれたちをとめ、店のなかへ入れるまえに金を見せるようおれに言った。放浪者が六百人もいて、町の住民が五十人もいないような町では当然のことだった。おれは例の五ドル札を彼に見せ、おれたちは手を洗うため奥の厨房へ入っていった。

　コックは大きなスプーンでシチューをすくい取っていたが、ときどきバニラ・エキスの一パイント入りボトルからがぶ飲みした。彼はやせていて、意地の悪そうな顔をしていた。彼のポケットをさぐったら、おそらく世界産業労働者組合の会員証が見つかるだろうと思った。油田で働いているコックのほぼ全員は、世界産業労働者組合の会員だ。彼らの考えでは、労働運動の指導者で社会主義者のユージン・デブズは慎重でもの足りなく、指導者と仰げるのは武力闘争派のリーダー、ビッグ・ビル・ヘイウッドだった。

組合の会員はみんなボスたちを嫌悪していた。どんなボスでもだ。彼らはエキスでたいてい少し酔っていて、おかげで腹がシクシクと痛く、しらふのときよりずっと機嫌が悪かった。

「おい、あんたら」おれがひしゃくで洗面器に水をためはじめると、コックはおれのほうに頭をまわし、きたない言葉を連発して言った。「そんな川のくそみたいな水なんか使うんじゃない。くそったれのギリシャ人の資本主義者のために金を節約してなんになる?」

彼は、約三ドル分の飲料水を洗面器にためてくれた。おれたちは手を洗いはじめ、おれは彼に朝食をオーダーした――ホットケーキ、ハム&エッグ、コーヒー。くそみたいな肉に代金は払わなくていいからオーダーする必要はない、と彼は言った。

「それに、そんなに急がなくていい。いま食い物をつくってもたせてやる」

店内のテーブルへむかっていくとき、おれたちは慎重だった。ふたりとも着ているシャツの下に、大きなサンドウィッチを隠していたからだ。朝食を食べるときも、かなり慎重だった。ギリシャ人がおれたちのほうをちらちら見ていた。おれたちは、伝票に書かれているよりずっとたくさん食べた。卵の下に隠れた大きな厚切りのハムを食べたし、ホットケーキの下にはバターが一ポンドも隠れていた。

振り返ってみれば、笑う要素がいったいどこにあったのかと思える。おれたちは正直な商売人を騙していたのだから、どちらかと言えば自分たちを恥じてしかるべきだった。だが、それでもおれたちにとっては、若造ふたりがこうしていっしょに食事をしている状況が死ぬほどおかしかった。おとなしく食事に集中するのはほんの短い時間だった。おたがいに目が合うと、またおかしくなって笑いがぶり返した。おれたちはしつこく笑い、結局食べ終わるまえに食べ物が冷えてしまった。

もちろんギリシャ人はなにがあったか勘づいていて、これぽっちも愉快だとは思っていなかった。おれは、五ドルでお釣りが二ドルくるものとあてにしていた。しかし、おれにわたされたのは五十セントだった。おれが文句を言いはじめると、彼は興奮して顔をまっ赤にし、吠えはじめた。厨房のドアからコックが顔をのぞかせた。それから出てきて、肉切り包丁を振りながらギリシャ人にむかってきた。ギリシャ人は、のこぎりで短く切った野球のバットをつかんだ。キャロル――それが女の子の名前だった――とおれはさっさと店を退散した。

タイヤに関しては、思ったとおりだった。空気を入れてバルブを調整してやればよかった。おれたちはいっしょに作業をやり、うまくやってのけた。泥でパイづくりの遊びをしている子供のように、赤土の上にならんでしゃがんでいた。作業が終わりに近づいたとき、キャロルがおれのほうに顔をむけ、おれも彼女のほうに顔をむけたので、ふたりの顔のあいだはわずか一インチほどになった。おれたちは、息もできないほど見つめ合った。彼女の目はどんどん大きくなり、口元はどんどんゆるんでいった。唇が少しひらいた。おれの唇のほうへむかってきて、彼女の目が閉じられ……

そこへ、フルート・ジャーが車でやってきた。

彼は縁石に乗りあげたから、モデルTのタイヤがバウンドした。彼はおれにむかってどなり、手を振っておれを呼び寄せた。おれは、悠長に従った。なにをそんなに気負い込んでいるのかと思いながら。

「大金を手にしようぜ、トミー」彼は言った。おれは彼の息を避けるために少し後ずさった。

「そのためにはマタコーラへいかなくちゃならない」

「なにしに?」おれは言った。

「きまってるだろ」──彼はいったん口をつぐんだ。彼はずる賢い──「少し金をくれよ、トミー。くれないと連れてってやらねえぞ」

はした金でいいんなら五十セントやる、とおれは言った。彼はおれの手から小銭をもぎ取り、サングラスの奥から充血した目でおれをにらんだ。「もっともってるにきまってる! おまえとその女はギリシャ人のところで飯を食ってたじゃないか!」

「だから?」おれは言った。

「だから、その金はどこで手に入れたんだ?」

「景気づけにまた酔っぱらってるのか?」

彼は、悪態をついた。とにかく、もう一度いっしょに車に乗ってくれれば助かる、と彼は言った。給料がもらえるようになれば二度とあんたといっしょに乗る気はない、とおれは言った。彼は悪態をつきながらエンジンを吹かした。車は勢いよくバックし、いったんとまった。そして彼は、おれにむかってどなった。

「だったら歩きはじめたほうがいいぜ、しみったれのチンピラ野郎! マタコーラじゃ採用がはじまってるんだ!」

おれがなにか投げつけるのではないかと思ったのか、彼は急いで走り去った。おれがにやにや笑いながら見ていると、彼は二ブロック先の給油所のガソリン・ポンプのところでとまった。もちろん、彼は噂を信じ込んでいるのだ。いつも浮浪者のたまり場に広がっているような噂を。マタコーラでなにかの仕事が人を募集していても、おれには関係なかった。おれがする仕事はもうきまっていた。噂など信用できないことはわかっていた。男たちもみんなここで待っていた。はるばるマタコーラまでいっても、結局こっちへ引き返してくるのがおちだ。

キャロルがやってきて、なにか問題でもあるのかと訊いた。そんなものなにもないからタイヤの修理に戻れる、とおれは言った。

「タイヤはもうなおってるわよ、トミー。そうでしょ?」

「ああ、そうだな」おれは言った。「なおってる」

「ええ」彼女は言った。「そうよ、トミー」

おれたちは見つめ合った。おれは片手をさし出して、言った。それじゃ、ここらへんでさよならを言ったほうがよさそうだ、と。「ちゃんと言ったほうがいいと思って」と、おれは言った。「だって、きみみたいな女の子は、会ったばかりの男にさよならのキスなんてしたくないだろうからな。おおっぴらに」

彼女はおれの手を取り、ぎゅっと握った。そして地面をじっと見ていたが、やがてゆっくり目をあげておれの顔を見た。

「あたしがどこかへいくとどうして思うの、トミー?」

「なに?」

「あたしがどこかへいくとどうして思うの? あたしがここにとどまらないって」

「でも……」おれはためらった。「この町でだれかと会うってこと? ここに知り合いがいるのか?」

彼女はかぶりを振った。「あんた以外はだれも知らないわ、トミー」

おれは眉をひそめた。「きみが町でなにをするのかは知らない。パイプラインのキャンプが張られて数週間はここにいていろいろできるだろうが、そのあとみんなは南へ移動していかなくちゃならない。どんどん遠くへいくから、町へはだれもやってこられなくなる」

彼女はちょっとうなずき、ぼそっとなにか言った——パイプラインの周辺でなにかすることについてのようだった。おれは、彼女の顔に見入った。なぜ顔をそんなに赤らめるのだろうと思いながら。

「残念だが」おれは言った。「きみはキャンプで働けないよ、キャロル。女にやらせる仕事はないんだ。高圧官たちは女がパイプラインのキャンプのなかに足を踏み入れるの許さないんだ」

「高圧官?」

「ボスたちのことさ」おれは説明した。「世界産業労働者組合が言いはじめた皮肉っぽいジョークみたいなもんだ。ボスたちはいつだって労働者に高圧的だろ」

「ふうん」彼女は言った。「とってもおもしろい」

「じつを言うと」と、おれは言った。「ボスたちは労働者を酷使したりしないんだ。できないのさ。男たちの多くはきつい仕事に耐えられない——彼らは放浪してきて、長いこと腹をすかせてきてる。酷使でもしようもんなら、反対に頭をかち割られてしまう。連中は前科者で、刑務所なんか馴れっこで、地面に立って平和にしていられるとき木にのぼってトラブルをおこすような連中だ」

「信じられない!」彼女はとても大きく目を見ひらいた。「どうして彼らは逮捕されないの?」

「だれがそんなことをするんだ?」おれは肩をすくめた。「パイプラインはたいてい文明からずっとはなれたところにある。郡から郡へのびていって、へたをすると人口がパイプラインの作業員の数より少ない場合もある。そのうえ、ビッグ・ボスたちは法に関することとなると隠しごともしょっちゅうやる。そうしなきゃならないと思ってるんだ。さもないと、時間がいっぱいむだになって、仕事はストップする。保安官や警察が首を突っ込んできて、捜査したり、尋問したり、容疑者を逮捕したりする」

信じられない、とかなんとかキャロルはまた言った。好奇心をそそられているように見せるために。おれは、だいぶ話をふくらませて語りつづけた。ご推察のとおり、自分を大胆で勇敢に見せるためだ。

実際、パイプライン敷設の工事現場には法の執行がずいぶん絡んでいた。正式なものはたいしてないが、ライフルの床尾やつるはしの柄なんかが法の執行になることだってあった。また、高圧官たちは判事や陪審員になり、自分たちでくだした判決を実行することもあった。トラブルメーカーたちはめったに舞い戻ってこなかった。

「で、きみのことだが、キャロル」おれは言った。「おれが訊こうとしてたのは……」

彼女がおれの背後を凝視したので、言葉がそこで途切れた。目には驚愕の表情が浮かんでいた。

彼女がなにを見ているのかと、おれは振りむいた。

彼女が見ていたのは、フルート・ジャーだった。やつは、T型フォードに乗って給油所から出ていこうとしていた。ガソリン・ポンプから引きちぎったホースを車のタンクから引きずりながら。

おれはうめいた。なんだってあんな愚かで危険なまねができるのか。ガソリンを満タンにすると、金を払わずに走り去ろうとしている。こんな場所でやつはどこへ逃げようというんだ？十二年落ちのモデルTでどこまでいこうというんだ？すでにノッキングをおこし、エンストをくり返し、彼を乗せたままこと切れてしまいそうな車で。

給油所のオーナーは、どうやらあわてていなかった。彼はフルート・ジャーのあとをのこのこ追っていき、なんだかおもしろがっているようだった。そのとき、もう一台のエンジンの轟音がした。バド・ラッセンが、給油所のうしろから飛び出てきた。

フルート・ジャーは、肩越しに振り返った。彼はさらにペダルを踏み込もうとしたが、車はエンストしてとまった。しばらく再始動を試みたものの、やがてあきらめた彼はドアから飛び出すと、走りはじめた。

とまれ、とラッセンは叫んだ――いちおう警告はしたのだと認めよう。しかし、おそらくとまるのがこわくて、フルート・ジャーは走りつづけた。それでラッセンは、彼を追ってプレーリーに車を乗り入れた。

すべては二分で終わったが、それよりずっとかかったように思えた。フルート・ジャーは死にものぐるいで走り、つまずくとサングラスが吹っ飛んだ。ラッセンは、彼を追って車をジグザグに走らせた。

銃を引き抜いて、ラッセンは車から飛びおりた。フルート・ジャーは振りむき、それから体をまわし、よろけながらけんめいに後ずさった。両手をあげようとしていて、少なくともおれにはそう見えた。だが、そのときよろけ、両手をあげるかわりに、落下していく人のように手を荒々しく振りまわした。

ラッセンにはそれが口実になった。だれかが指をパチンと鳴らして合図するまえに、彼はフルート・ジャーに六発撃ち込んだ。おれがいたところからも、彼の頭が吹き飛ぶのが見えた。

5

おれがその現場につくまえに、大勢が集まってきていた。たいていはおれみたいな放浪者だが、のこりの数人は町の住人だった。だれかがフルート・ジャーに南京袋をかけてやった。上半身に。両脚は突き出ていて、靴にあいている穴からきたない足の裏が見えていた。

「なんてことを」給油所のオーナーは、バド・ラッセンを見て顔をしかめた。「ひどいことをするもんだ。たいした量でもないガソリンのことで人を殺すなんて」

「おれはやつにとまれと言っただろ?」ちょっと言い訳がましい言い方だった。「やつにとまれと言ったのをみんな聞いただろう」

「だからなんだ? 撃ち殺す必要なんてなかった」

フルート・ジャーは銃を抜こうとしているように思えたんだ、とラッセンは言った。「やつはポケットに手をのばしたように見えた。しかたがないだろ。こそ泥野郎がおれを狙い撃ちするまでじっと待ってろっていうのか?」

野次馬たちから低いつぶやきがもれた。不快感まる出しのつぶやき。ラッセンは不安そうに視線を動かしていたが、やがてその視線はおれにとまった。彼は、なんとかつくり笑いを浮かべようとしていた。

「バーウェル、おまえはこのこそ泥を知ってたろう? やつは評判のワルだったよな?」

「彼は評判の飲んべえだった」おれは言った。「彼みたいな飲んべえはこの辺じゃちっともめずらしくない」

笑いが巻きおこった。険悪な笑い。ラッセンの目は怒りを込めて光ったが、なおも言い張った。

「やつは卑しくてたちの悪い飲んべえだったろ、トミー？　酔うと、ほとんどなんだってやった」

「いや、そんなことはない」おれは言った。「そんなのは嘘っぱちだ、わかってるくせに」

「この野郎――！」ラッセンは、おれのほうへ一歩踏みだした。

「ここら辺にいる卑しくてたちの悪いやつはあんただよ」おれは言った。「そして、そんなふうになるのにあんたは酔っぱらう必要がない」

この台詞がきっかけになった。彼は銃を抜き、野次馬たちを遠ざけるように振りまわし、さらに銃口をおれにむけた。

「車に乗れ、バーウェル！　おまえをマタコーラへ連れていく」

「おれはいかないし、あんたに連れてもいかれない」おれは言った。「だいいち、どうしておれを連れてくんだ？」

「取り調べのためだ。さあ、歩け！」

「なるほど」おれは言った。「あんたとマタコーラへむかっても、おれはけっしてそこにつかないんだ」

彼は引き金から指を放し、用心金を包み込むように銃をもち、銃身をおれにたたきつけようとした。「もう一度言うぞ、チンピラ。あの車に乗らないと……」

「彼は乗るよ」フォア・トレイ・ホワイティが、おれたちのあいだに割って入った。「彼はあんたといっしょにいくよ、ラッセン。おれもいっしょについていく」

ラッセンはためらった。舌で唇をなめた。「あんたは必要ない、ホワイティ。バーウェルだけでいい」

「ふたりともいくよ」フォア・トレイは言い張った。「それに、いくまえにちゃんとボディチェックを受ける。それでどうだい？……」彼は、給油所のオーナーにウィンクした。「あんたがチェックしてくれるかい？」

「いいとも！」給油所のオーナーは言った。「喜んでやってやるよ」

彼はしっかりチェックした。いままで見たことがないほど充分に。頭のてっぺんから爪先までチェックし、みんなのまえでおれたちが丸腰であることを証明して見せた。それでラッセンの思惑がだいぶはずれた。もうおれたちを撃ったり、手荒な扱いをしたりはしないだろう。おれたちはマタコーラに留めおかれたりしないだろうが、ラッセンは本気でおれたちを連れていくのかと思った。しかし、彼にはおれが思った以上の計画があった。

「いいだろう」彼はうめくように言った。「そうしてほしいんなら、そうしてやるよ。フロントシートに乗れ」

おれたちはフロントシートに乗り、フォア・トレイが運転した。ラッセンは銃を引き抜いたまま、後部座席にすわった。おれたちは、マタコーラにむけて出発した。

マタコーラは八十五マイルもはなれていた。途中、給油所も店も家もなく、水を飲んだり食べたりできるところもひとつもない八十五マイルだ。とんでもなく荒涼とした土地——雑種の野ウサギでも、ランチボックスと水筒なしで横切ることはできないだろう。それで、八十五マイルの中間地点、マタコーラからも、出てきた町からも四十マイル以上はなれたところで、バド・ラッセンはおれたちを解放した。彼は、おれたちをむりやり車からおろし、自分で運転して去っていった。

とんでもない場所だったが、フォア・トレイはおれにウィンクして、なんてことないと言った。

「いまにだれかとおりかかるさ、トミー。のんびりかまえてれば、時間は思いのほかはやくすぎていくもんだ」

彼は溝をジャンプし、向こう側のほとんど植物の生えていない土地をどたどた歩きまわり、サソリとかムカデとか毒グモとかがいないことをたしかめた。それから頭のうしろで手を組んで仰向けになり、帽子を目の上にかぶせた。

おれは彼が横になっているところへいき、となりに寝そべった。しばらくそうしていた。テキサスの熱い風がふたりにたえまなく吹きつけた。しばらくして彼は帽子を押しのけ、横目でおれを見た。

「最近詩は書いてるか、トミー?」

「まるっきり」おれは言った。「食べるのに汲々としてて、詩を書く習慣からは遠ざかってる」

「それじゃ、古い詩を思い出せよ。こんな状況のときは、道路を謳った詩がいい」

おぼえているかどうかわからない、とおれは言った。全部はとても暗唱できない、と。それじゃおぼえているだけでいい、と彼は言った。それで、口に出してみた。韻を踏んだ詩を、途中まで十二行ほど暗唱した。

いまでも見える　侘しく雑草の生えた道《トレイル》が
しっかりと　絡みつく　くずれかけた金網《フェンス》に
砂をまきちらし　風に切り裂かれる　突風《ゲイル》の度に
無力な犠牲となる　自然の猛威《エレメンツ》に
その曲がりくねった走りは　まるで　ふたつの互い違いの横木《バーズ》
そのあいだから見えるのは　目を欺く裂け目《ゲイプ》
さんざん苦労して　求めるのは　星《スターズ》
きつく抱きしめ　求めるのは　現実の　避難《エスケイプ》
避難とは——意味を教えておくれ　その言葉《ワード》の
生み出したまえ　星に触れし者を　わたし《ミー》のために
避難が必要なのは　小鳥《バード》

星を架けるべきところは　一本の木《ツリー》

「ここまでしかおぼえていない」おれは言った。

その詩はとてもいいが、ちょっとブルーな気分になる、とフォア・トレイは言った。「もう少し軽いものはないか？　五行戯詩（訳注―弱弱強調の五行からなり、一、二、五行は三詩脚で互いに押韻し、三、四行は二詩脚で互いに押韻する）とか」

「そうだな、それじゃ」と、おれは言った。「えーと……ああ、そうだ……」

オイディプス王は言った　息子《サン》に
異論はない　娯楽《ファン》には
しかして　汝の場合は　武勇にとっての脅威《メナス》
よって　試合はまかりならぬ　これ以上《モア》は
汝も知っておろう　かの閨房《ブードワ》では
但し　励めよ　庭球《テニス》は

「これ、ほんとは五行戯詩じゃない」おれは言った。そして、ちがう五行戯詩を思いつき、口に出してみた。

プロメテウスはこう語った　鎖に縛られ　高き空《スカイ》に
くり返し　襲いくる　極寒と灼熱《フライ》
大いなる鷲が貪るのは　死肉《キャリオン》
その肝臓に　宴を張り《オン》
その味は　まさしく　母のアップルパイ

フォア・トレイは含み笑いをした。「つづけろ、トミー」彼は言った。「今度は酒の詩なんてどうだ？　たしか酒を謳った詩をつくったことがあっただろ。〝宇宙の相互依存〟なんて言葉まで織り交ぜて」

「うーん」おれは言った。「昔のことをよくおぼえているんだな。あれはガキのころつくったものだ」

「ふむ、知ってるよ」彼はあっさり言った。「でも、最善のものは昔のものだったりするぜ、トミー。だからおれに恵んでくれ。死ぬまえにもう一度あの古くてすてきな詩を聞かせてくれ」

おれは声を出して笑った。「しかたないな。自分を懲らしめたいっていうんなら」おれはそう言って、暗唱をはじめた。

飲め——ただしやめておけ　毒酒《トニックス》は
祈るのもやめろ　宇宙の相互依存《レシプロシティ》を
地球の病の元は　宇宙の結腸洗浄療法《ハイコロニクス》
酒の美点は　その妙技《ヴァーチュオシティ》にあり
そうだ、飲め——さもなくば　閉じよ《クロウズ》
目も、耳も　そして　鼻《ノウズ》も
苔を生やすがいい　お前の男根《ファリック・ホウズ》に

だが、途中で言葉が途切れた。フォア・トレイが横向きになって、おれに背中をむけたからだ。おれはちょっと待ったが、彼はなにも言わなかったので、なにか問題なのかと訊いた。

「おまえだよ」彼は言った。風にむかってしゃべったので、その声はちょっとこもって聞こえた。「おまえが問題なんだ。もしおれがおまえのほんとうの友だちなら、おまえをこっぴどく蹴りとばしてやる」

「なんだって?」おれは言った。「なんでそんな言い方をするんだ?」

「プロメテウス?」と、彼は言った。「オイディプス王?　宇宙の相互依存?　学があるんだな……」彼は寝返っておれのほうをむき、顔をしかめた。「おまえみたいに頭のいい若造がなんて人生を送ってるんだ?　なんだっておまえは何年も時間をむだにしてるんだ?　自分は永遠に若くいられると思ってるのか？　もしそうなら、おれをよく見てみることだな」

彼がそんなことを言うので、おれは驚いた。以前にも言ったように、彼は人の私生活をあれこれ言う人間ではなかった。彼は、だれかと親しくなりすぎるのを本来好まなかった。おのずと、自分と同じ権利を彼らに与えてしまうからだ。

「でも」と、おれはついに言った。「おれは時間をむだにしていないよ、フォア・トレイ。おれはいろんな仕事から多くのことを学んでいるし、機会があれば本をたくさん読んでる。あるときにはシックス・サンズで冬をすごして、公立図書館であらゆる本を読んだ」

「シックス・サンズだって？　おれの記憶が正しければ、あの町には本が十八冊くらいあったろうな」

おれは声を立てて笑い、いや、そこにはもっと本があったよ、と言った。「でも、とにかく、おれがつくってるのはちゃんとした詩じゃない。〝へぼ詩〟ってやつだよ。書き方も詩のこともおれはあまり知らないから、あんなものしか書けないんだ」

「なるほど。で、おまえはさびれた肉体労働キャンプで経験を積み、ちゃんとしたことができるようになりたいって思ってるわけだな？」

ちがう、パイプラインの仕事をしたあと金を貯めて、自分でなにかをはじめたいんだ、とおれは言った。彼は草の茎を嚙みながら、考え深げにおれを観察していた。

「おまえが本気だってことを願うぜ、トミー。それくらいの金は稼ぐことになるだろうからな。

ブラックジャックで稼ぎ、肉体労働の対価を貯めてれば、おまえに必要な金は集まるよ」

「そのつもりさ」おれは言った。「おれはそうするつもりなんだ、フォア・トレイ」

彼は考え深げな目でおれを観察しながら、うなずいた。「きょういっしょにいた女の子はだれだ、トミー？　すごく親しそうにしてるように見えたぜ」

「ああ、彼女ね」おれは言った。「彼女は、ただの女の子だよ」

「女の子だってことはおれにもわかるよ、トミー。あれほど色っぽい女の子を見たことがない。あの恰好だと、並みの女ふたり分の色気がある」

ちょっと気まずい思いで、おれは笑った。「名前はキャロル。苗字は知らない」

「かなり気の利かない女の子にちがいないな。おまえが迫ったとき、彼女はなんて言ったんだ？」

「待てよ」おれは言った。「彼女とはほんの数分いただけだ。彼女はパイプラインの工事でなにか仕事を得ようとしていたが、女の子に仕事なんかないとおれは言ってやった」

「ふーん。そりゃまたずいぶん頓珍漢なことを言ったとは思わないか、トミー？」

「いや、思わないね」おれは顔が赤くなるのを感じながら言った。「おれが思ってるとおりのことをあんたが話しているんなら」

「おれはそのことを話してるんだよ。こんな場所にほかになんの目的があって女がくる？　パイプラインにくるあんな年恰好の女の子は、仕事なんてさがしてないぜ、トミー。彼女のオフィスは下半身にはいてるもののなかにあるのさ」

「いやらしいことを言うなよ」おれは言った。「よく知りもしない女の子のことをそんなふうに言うもんじゃない。それに、彼女はもうとっくにどこかへいってるにきまってる。たぶん、タイヤさえぺしゃんこにならなきゃ町でとまったりもしなかったろう」

「ぺしゃんこ?」彼は小さく笑った。「彼女の体でぺしゃんこなところなんてほかにどこにもなかったな」

おれの顔はまっ赤になりはじめ、もう少しで彼をなじりそうになった。だが、彼はもちまえの笑み——あたたかみがあって人なつっこく、つり込まれそうになる——を浮かべてみせたから、おれは言葉を呑み込んで、自分も笑いを浮かべた。考えてみれば、よく知りもしないし二度と会うこともないであろう女の子を、なぜこんなにかばってやろうとするのか?

彼は上半身を起こし、帽子のつばのまえとうしろをつかみ、上へかたむけた。おれも起きあがり、自分の帽子を無意識に同じようにいじった。自分では気づかずに、彼をずいぶんまねていたにちがいない。子供は往々にして年上のだれかのまねをするのだろう。おれには人一倍そういう傾向があったのかもしれない。

彼は両膝を引き寄せ、腕でそれをしっかりかかえ、マタコーラのほうをながめやった。ほどなく、おれも同じことをやった。しばらくして、彼は視線を変え、おれに話しかけた。

「神を信じるか、トミー?」

「うん、そう、そう思うよ」おれは言った。「おれはそういうふうに育った」

「だったら、天国はおれたちの真上にあると信じてるはずだ。ほとんど手を触れることができるくらい近くにある、とな。おれたちは、天国のほんのちょっと南にいるんだ」

「そうかな」おれはためらった。「そういうふうにも言えるけど」

「考えてみろ、トミー。今度なにかへまをやりそうになったら、そのときはそれをよく考えろ」

彼はあくびをして、立ちあがった。伸びをしてからちょっと爪先立ちをして、地平線のほうをうかがった。

しばらくして、彼は言った。「いくぞ、トミー。おれたちの乗り物がきた」

6

パイプライン工事会社の車だった。半トンのピックアップ・トラックで、タイムキーパーの男とチーフ高圧官のヒグビーが乗っていた。背後からついてきたのは、会社の大きな一台の平床トラックだった。ピックアップ・トラックはとまり、ヒグビーはおれにうなずき、フォア・トレイとは握手した。

「ここに新しい浮浪者のたまり場でもつくるのか?」ヒグビーは言った。「それとも、ちょっと散歩に出たってだけか?」

「あとのほうさ」フォア・トレイは言った。「乗せてくれるまえにいきさつを聞きたいか?」

そんなことこれっぽっちも聞きたくない、とヒグビーは言った。彼には考えなければならないことがすでにたくさんあった。「しばらく車に乗っていくことになるぞ。いやでなけりゃな。そして、キャンプを張るのをいろいろ手伝ってもらう」

「おれたちに異存はないよ」フォア・トレイは言った。「おまえ、ほかの予定なんかないだろ、トミー?」

「なに?」そう訊き返してから、延期できない予定なんかひとつもない、とおれは無頓着に言った。

タイムキーパーの男は、ステアリングに手を打ちつけながらそわそわしていた。ピックアップのうしろに乗れとヒグビーはおれたちに言い、横にいる男が気に入らないのだとおれたちに知らせるように、唇をすぼめた顔つきをしてみせた。

スピードをあげて、おれたちは町へむかった——その道を走るにはスピードを出しすぎていた。フォア・トレイとおれはしょっちゅう跳ね、トラックの荷台ではずむなにかの道具に当たっていた。町につくころ、おれたちふたりはタイムキーパーの男にどんな仕返しをしてやろうかという気になっていた。しかし、ヒグビーはおれたちがどう感じたのかわかっていたのだと思う。彼は、タイムキーパーをどこかに使いにやり、おれたちには労働者をかり集めにいかせた。それで、タイムキーパーの男はおれたちの仕返しを受けずにすんだ。

おれたちは放浪者たちのたまり場へいって、みんなに声をかけた。夕暮れまでに、約五十人の男たちが大きなトラックの平床に乗り、脚を平床から出してぶらぶらさせながらすわった。ヒグビーは、ギリシャ・レストランのコックを雇い入れた。コックはフォア・トレイとおれといっしょにピックアップのうしろの荷台に乗った。身のまわり品を詰めた袋の上にすわり、タオルにくるんだナイフや肉切り包丁をかかえていた。

平床トラックを従えて町から出ていくとき、おれはキャロルの姿をさがした。しかし、彼女も彼女の車も見あたらなかった。ある意味ほっとした気分でもあったし、悲しい気分でもあった。二度と彼女に会えなくて残念ではあった。おれは、女とほとんどかかわりをもったことがなかった——じつをいえば、まったくなかった。よく知り合うまえに、気にかかる唯一の女の子とまったく会えなくなるのは情けないような気がした。

キャンプから一マイルほどのところまでいったとき、うしろの平床トラックがうるさくクラクションを鳴らしはじめ、パッシングをしてきた。フォア・トレイはピックアップの屋根をたたき、大声でヒグビーを呼んだ。ピックアップはスピードをゆるめることなくプレーリーで向きを変え、平床トラックがとまっているところへいった。

男がひとり死んでいた。彼は平床の後方にすわっていたのだが、どうやらぶらぶらさせていた脚が車輪に引っかかったらしく、トラックから転げ落ち、ごつごつした地面にたたきつけられたのだった。

ヒグビーは死体を見やってから、哀れっぽく悪態をつき、急いで目をそらした。「まったくなんてこった。この哀れな野郎をだれか知ってるか？」

その男の名前はボーンズだ、とだれかが言った。しかし、ほかのだれかが、それは本名じゃないと言った。骨と皮ばかりにやせているからそう呼ばれているのだ、と。彼がだれだかだれも知らなかった。パイプラインの仕事をする者は、おたがいをほとんど知らないのだ。パイプラインの労働者は、名前も家も家族もない。

ヒグビーはしゃがんで、死人のポケットをあさった。マッチが少しと、ほとんど空のタバコの箱以外なにもなかった。財布もなかったし、書類みたいなものもなかった。社会保障制度などできる以前だったから、当然社会保障カードなんかもなかった。

ヒグビーは体を起こし、ズボンで両手を拭った。そして、金縁のメガネをかけたフクロウみたいな顔をしたタイムキーパーのほうをむいた。彼の名前はディピューといい、細い口ひげを生やし、新品のカーキ色の服を着ていた。

「あしたマタコーラに電話で報告を入れる」ヒグビーは彼に言った。「業務日誌に記録しておいてくれ。とりあえず、こいつを埋葬してやらないとな」

ディピューは唇をすぼめ、もったいぶって眉をひそめた。「葬式の費用なんて出せないぞ、ヒグビー。トラックに乗ったのは、彼自身の判断だ。キャンプにつくまでは雇い人でもない」

ヒグビーは驚いたように相手を見つめた。「なにを言ってるんだ、ばか野郎」彼は言った。「わかったような口をきくな！」大声ではなかったが、ムチのように鋭かった。「きょうの気温がどれくらいかわかってるのか？　いちばん近い葬儀屋までどれくらいはなれてるか知ってるのか？　いちばん近い共同墓地までどれくらいある？　この哀れな野郎の死因をちゃんと調べてくれる者がいるいちばん近いところはどこだ？　わかってるのか？　知ってるのか？　このくそったれ野郎が」

タイムキーパーを飛びあがらせんばかりに、彼は最後をどなって締めくくった。ディピューは蒼ざめ、震える手を口へもっていった。こんなことがおこるなんて、彼には信じられなかったのだ。結局のところ、彼は肉体労働者ではなかった――タイムキーパー――銀行の代理人。

「だ、だって……だって、ヒグビー」彼は口ごもった。「わたしは腹が立って……」

「あんたが腹を立てようがどうしようが知ったことか！」ヒグビーはぴしゃりと言った。「それに、これからはわたしの名前のまえにはちゃんとミスターをつけろ。はっきりと大きな声でな、わかったか？」彼はディピューに背をむけ、男たちを見まわし、おれたちに目をとめた。「フォア・トレイ、あんたに命令はできないが……」

「命令する必要なんかないさ」フォア・トレイは言った。「一時間とシャベルをくれ。トミーと彼を埋葬してやるよ」

「そうか」――ヒグビーが笑いを浮かべたので、雰囲気が和んだ。「このことはおぼえておく。ダイナマイトが少し必要か？」

必要ない、とフォア・トレイは言った。やわらかい地面を見つけるまでさがすから、と。ヒグビーは満足そうにうなずき、おれたちはピックアップ・トラックからつるはしとシャベルを取った。やがて男たちはふたたびトラックに乗って、走り去った。のこったのは、フォア・トレイとおれと死体だけだった。

プレーリーの土を掘っても岩に突きあたらないところを見つけるまで、おれたちは数分間つるはしで地面をつついた。三十分もしないうちに、おれたちはボーンズという本名のわからない男を埋め、土を盛りあげ、害獣が掘り返さないようその上に岩を乗せた。

フォア・トレイはつるはしに寄りかかるようにして立ち、考え深そうに墓を見おろしてから、視線をあげておれを見た。

「なあ、トミー。なにかしてやれることを思いつくか？　こいつが生涯聞いたことのないすてきな言葉をかけてやるっていうのはどうだ?」

「どうかな」おれは言った。「パンハンドル地方である男にかけられた言葉を聞いたことがあるが、すてきな言葉とはいえないものだった」

「言ってみな」

「それじゃあ」おれは言った。「こんなのはどうだ」

なにも言うな、がまんしろ
彼はおれたちみんながいくところへいっただけ

フォア・トレイはおれにむかって眉をつりあげた。おれが言わんとしているところはわかる、と彼は言った――なにを言わんとしているにしろ。

おれたちは墓からはなれて、タバコに火をつけた。吹きさらしの風が冷たくなり、月が遠くのセンジュランの木立からのぼり、ペーコス川の低地からはボブキャットが意味不明な怒りの叫び声をあげていた。はるか遠くだが、銀色の月明かりを受けて、二匹のオオカミがはっきり見えた。オオカミはプレーリーの塚に小走りであがり、ならんでうずくまると、天国へむかって悲痛な声で不満を訴えるように吠えた。

背骨にちょっと震えが走った。フォア・トレイはタバコを足でもみ消し、知っている放浪者にここで何人くらい出会ったかと訊いた。

六百人のほとんどを知っていると思う、とおれは言った。「よく知っているわけじゃないが、たぶんほかの仕事でも彼らと出会っている」

「たぶん、か。それじゃ、彼らとしばらく話して、親しくならないと、はっきりしたことは言えないな」

「ああ、たしかに」おれは言った。「しばらく同じところにたむろしてると、放浪者たちはみんな似てくる。無精ひげが生えてきて、服はぼろくなってよごれてくる。だれがだれだか見分けるのがむずかしくなるよ」

「そうだ」フォア・トレイは言った。「ほんとにそうだ、トミー。言葉を換えて言えば、となりに腰をおろしてはじめてだれだかわかるかもしれない――たとえば、平床トラックの荷台なんかの場合でも」

「えっ？　あの事故がまさか……つまり……」

「いや、ちがう」フォア・トレイは言いよどんだ。「そこまで言うつもりはないよ。ただ、事故に見えてもじつはちがう可能性もある、ってことだ。ああいう平床トラックの荷台は人間がすわってもいいようにつくられてるのに、どうして脚が車輪に引っかかったかわからん」

おれにはわかるような気がする、とおれは言った。もしトラックの片側が轍にはまって、あの男が端まですべり、もしそのとき車体がひどく上下に揺れたら――もしそれが一瞬にしておこったら。〝もし〟が多すぎるけど」と、おれは認めた。「でも、なぜだれかがボーンズみたいな放浪者を殺したいなんて思う？」

「その答えはおまえの疑問のなかにあるよ、トミー。ボーンズはどんなやつだった？　彼は何者だった？　彼にはどんな背景があった？」フォア・トレイはかぶりを振った。「大雑把な言い方かもしれないが、正体を知られてはこまるだれかの正体を知ったから彼は殺されたんだ。もし殺されたんならばな。だが、彼が殺されたかどうか、おれにはまったくわからないよ」

おれは不安げにちょっと笑った。「ちょっとまえは確信があるような口ぶりだったじゃないか。もしかしたら、その疑いをヒグビーに告げるべきかもしれない」

自分はそんなことをしないほうがいいし、おまえもしないほうがいいと思う、とフォア・トレイは断固とした口調で言った。「フランク・ヒグビーのことを教えてやろう」彼はつづけた。「フランクの頭にはパイプラインのことしかないんだ。食うときも寝るときも考えるときも、パイプラインのことしか頭にない。ほかのことにはいっさいわずらわされない。もちろん殺人をもみ消そうなんてつもりはないだろうが、また殺人があるんじゃないかなんて考えたくもない。それに、そんなことで自分をわずらわせるやつを彼は好かない」

おれはうなずいて、そうかもしれないが、その言い方を聞いているとヒグビーがひどく人間味のない男に思えると言った。薄情も、社会階層があがるほど微妙なやり方になる。だれかの信用を貶めれば、あるいはうまいぐあいに立ちまわって裏切れば、その男は終わりだ。おれたちみたいな泥まみれの下層階級じゃ、ナイフで刺すしかない。フォア・トレイはあくびをして、人生なんて突きつめれば人間味などないものだ、と言った。

そしてまたタバコに火をつけ、マッチの明かりでおれをちらりと見た。表情が変わり、小さく笑った彼は、おれの肋骨を軽く突いた。

「いや、すまなかったな、トミー。おまえを混乱させていないよな?」

「ああ、いや、もちろんそんなことはない」おれは言った。「べつにどうってことないさ」

「どうってことないよな」彼は同調した。「おれたちは疲れて、腹が減って、喉がかわき、少しつぶす時間があった。だから、おれは無駄話をしてたのさ。口がかってに動いてたんだ、わかるな? 意味のあることなんかひとことも言ってないし、おまえも考え込むことなんかない」

「もちろんさ」おれはほっとして言った。「それじゃ、あれは事故だったと思ってるんだな?」

「そう言わなかったか?」彼は言った。

「ああ、そうだった」おれは言った。しかし、もちろん彼はそんなことまったく言わなかった。

7

長い時間がすぎたが、だれもおれたちを拾いにこなかった。おれたちはついに道具をかき集めて、徒歩でキャンプへむかいだした。しかし、あまり歩かないうちに、ヒグビーがピックアップ・トラックのエンジン音を響かせ、轍に沿ってやってきた。彼が遅れたのは、砂埃で車のキャブレターが詰まったためだった——ディピューの運転が荒っぽいせいだと、彼は言っていた。キャンプにつくころ、彼はおれたちよりもっと疲労して見えた。キャンプには、ランタンの明かりがカーニヴァルのようにもう灯っていた。

ヒグビーは、床と網戸が唯一ある高圧官のメイン・テントへおれたちを連れていった。そして、おれたちが三時間労働をした記録をつけた。おれたちは同時に名札をもらい、プレーリーにおいてある長いテーブル——木挽き台に厚板をのせてつくったテーブル——のひとつへいった。そして、川の水と洗濯石鹼で手などを洗った。

ほかのみんなはとっくに夕飯をすませていた。コックと助手たちと見習いたちは、後片づけとあす六時の朝食の準備で忙しくしていた。彼らは時間給でなく、固定給で働いていたから、ふだんなら頭に銃でも突きつけなければコーヒー一杯だってもらえなかった。しかし、コックはおれを知っていたし、おれたちがボーンズ——〝資本主義者の残忍性の犠牲者〟——を埋葬したことを知っていたので、食事を用意してくれた。

ジャマイカジンジャーをいっぱい入れたコーヒー（密造酒みたいなものだ）が出た。それから、ハッシュブラウンズを添えた缶詰のローストビーフ、缶詰の桃、あたためなおしたパン。気分が悪くなるのではないかと思えるまで、おれはがつがつ食った。フォア・トレイはおれより先に食べ終わっていたので、おれたちは皿を厨房のテントに返しにいき、コックに礼を言い、星が瞬く夜のなかへ出ていった。

頭を剃った片腕しかないいかつい体軀の年輩の男が、洗い場のところをうろついていた。洗濯石鹼やすすぎ用たらいなどをならべていた。フォア・トレイが彼を指さして、おれをつついた。

「ウィンギー・ウォーフィールドがまたキャンプのボスになったようだ」

「あの声の持ち主なんだから、選ばれて当然だよ」おれは声を立てて笑った。

キャンプのボスは、さほど重要な役ではない。実際には、まるで重要でない。朝に労働者たちを起こしたり、キャンプの秩序を保ったりする以外たいした役目を果たさない。ウィンギー――片腕しかない者はみんなウィンギーと呼ばれる――にはそれがわかっているが、パイプライン工事のボスよりも偉そうにしていた。

彼を見ているフォア・トレイとおれを見ると、ウィンギーは胸をふくらませておれたちに近づいてきた。「あんたらにフェアな警告をしてやるよ」彼は、特有のどら声で言った。「このキャンプの百ヤード以内でズボンをおろすところをおれに見つかったら、仕事を馘になってもしかたがないと思え！」

「気をつけるよ、ウィンギー」フォア・トレイはまじめに言った。「じつはな、トミーとおれは朝一番に野外便所を掘る仕事をやりはじめるつもりなんだ」

「よし、いいだろう」ウィンギー・ウォーフィールドは吠えるように言って、おれたちを交互に見た。「だが、おれが言ったことははったりじゃないからな!」

彼はきびすを返し、もったいぶった態度ではなれていった。フォア・トレイとおれは、タバコに火をつけた。

ウォーフィールドは、渡り労働者だった——あちこちのキャンプを渡り歩く男。ウォーフィールドが渡り歩いた場所には、彼にちなんだ名前がついたというジョークも出まわった。たとえば、ロクデナシという町。ギャンブルができる別棟のある大きな売春宿のようなところで働いたこともあった。ほんの短期間だが、そこは世界でいちばん守りのかたい場所だと言われた。だが、やがて、ひと月もたたないうちにレンジャーが押しかけ、斧で建物をたたきこわした。そのとき、レンジャーは床下に十数体の死体が埋まっているのを見つけた。

「なあ、トミー」フォア・トレイは空を見あげ、深いため息をついて、冷たくクリーンな空気を吐き出した。「そろそろここらでおひらきとしようじゃないか」

「あぁ、そうだな。長い一日だった」とおれは言った。

そして帽子のつばのまえとうしろをつかみ、上へ引きあげた。なにげなく、おれも自分の帽子で同じことをした。おれたちは「おやすみ」を言い合い、彼はゆったり歩いて二十個ある長い就寝テントのひとつに消えた。おれは彼がどのテントを選ぶのか見きわめてから、数個先のテントのなかに入った。

フォア・トレイ・ホワイティとうまくやっていこうとすれば、そんなふうにするしかなかった。彼は、俗に言うと、他人にまとわりつかれるのが好きでなかった。そして彼の場合、「まとわりつかれる」ということに関してかなり変わった考えを持っていた。ようするに、彼が気にする領域というのはかなり広くて、そこに立ち入るまいとするならかなり気をつけていなければならなかった。

おれのテントにいた唯一もうひとりの人間は、〃おっさん〃だった。パイプラインでは年寄りをみんなそう呼ぶのだ。おれは彼を雑用係《クラム・ボス》と見なしていて、それは当を得ていた。クラムというのは、油田ではシラミのことだった。テントの雑用をする年寄りはじつはシラミのボスであり、だれを噛むか指示しているなどというジョークがあるくらいだ。

彼は、ときどき年寄りがするように、不機嫌そうな疑わしい表情をおれにむけた。たぶん、おそれる必要がないとわかるまで自分より若い相手を年寄りはおそれるからだ。自分の寝床を選べと彼は言い、ほかの人に迷惑をかけるんじゃないぞと釘を刺した。もちろんそうするよ、とおれは言った。

「うしろのフラップのわきの寝床を使ってもいいかい?」おれは訊いた。「空気がいっぱいあるところがいいんだ」

「そうだな……」彼は用心深い表情でおれを見た。「そうだな、いいだろう」

おれがどこで寝るかについて、彼はとやかく言うつもりなどなかった。だが、彼はおそれていて、年を取っていて、もったいをつけたのだ。「あんたの言うとおりにするよ」おれは言った。「どのみちあんたがボスだし、このテントをまかされている」

彼は、相好を崩した。歯が一本もなくても、なかなかいい笑顔だった。「ああ、いいとも。好きにしていい！」彼は言った。「寝たいところに寝るがいいさ。それに毛布とかなにか余分に必要だったら、おれに言ってくれ！」

おれは二列にならんだ寝床のあいだの雑草の生えた通路をとおって、テントの後方へいった。いちばん奥の寝床に横になり、両手を頭の下におき、靴をぬいだ。数週間ぶりにベッド、というかマットレスをおいた寝床に横になると、気分がよかった。よすぎるくらいだった。寝心地のいい寝床に馴れていないと、心地よさがかえって居心地悪くなる場合もある。

しばらくして、おれが半身を起こしていると、前方でなにやらしていた雑用係がぶらつくのをやめ、おれのところへやってきた。おれたちは、話をした。話をしたのはもっぱら彼で、おれは聞き役だった。言わなければならないことや、言う必要のあることを興味をもって聞いてもらえるなんて、彼にはじつにひさしぶりのことだろう。だが、驚いたり感心したりするような彼自身の話は、あまり語られなかった。年寄りのおっさんと大勢出会っていれば、聞く話はどれも似たり寄ったりの内容になる。

家はない。家族もいない。どうしているのか気にかけてくれる者もひとりもいない。ここにいなければ、救貧院か養老院にいただろう。当時は老齢年金なんてものがなかったからだ。ここにいれば、大規模な建設事業でなんらかの仕事をもらうことができた。もちろん、責任のある仕事ではないし、必死でやらなければならない仕事でもないが、とりあえずだれかがやらなければならない仕事。

彼のような老人たちは、気候があたたかいときに働いた。夏と春と秋だ——彼らに仕事があるときだけ。冬に、彼らはうらさびしい石油の町に滞在していた。みすぼらしいボロ宿で寝起きしていた——あるいは、ペンキの剝げた薄汚いホテルの一室に三、四人でこもっていた。春までしのぐのがやっとの金しかもっていなかった。春がきても、ときにはもう仕事をするには年を取りすぎていたり、弱ったりしていることもあった。そして、彼らは徐々に飢え死にしていった。しかし、貧しい老人がひんぱんに飢え死にしているわけではなかった。ここは若者の国なのだ——健康で若い人びとの国だった。だが、医療施設は充実していなかったし、年寄りたちはよく健康を害した。そして、ここで病気になれば、死ぬほかなかった。

年を取って病気になり、仕事ができなくなれば死んでいくのもしかたなかった。生きることに期待がもてない。

おれたちはおやすみを言い合った。雑用係とおれ。彼は前方へ戻り、ランタンの火を消し、ベッドに入った。だがおれは、リラックスできなかった。

おれは、服を全部ぬいだ。涼しい風が体にあたると少し気分がよくなった。しかし、眠れるほどいい気分にはならなかった。その日、おれは風呂に入っていなかった。いつものようにペーコス川へいっていなかった。だから体がチクチクして、べとべとした。

何度も寝床の上でもぞもぞしたあと、ついに靴をはきなおし——靴だけで、ほかはいっさい身につけなかった——テントのうしろのフラップから外へ出た。

気持ちのいい夜で、寒くはなく涼しかった。月が雲の割れ目のあいだから、南部に特有の背の低い植物に光を投げかけた。こういうなにもないところで夜にときどき感じることを感じながら、ぶらぶらした。すべてのもの、全世界が自分のものであるかのように。そして、世の中におれひとりしか存在しないかのように。

歩きたい気分だし気持ちのよい夜だという理由だけで、おれは歩きつづけた。やがて、たぶん半マイルかそこら歩いたとき、おれは突然足をとめた。

浅瀬のようなところ、プレーリーの峡谷を、おれは見おろした。古いパネル・トラックがそのなかにとめてあった。キャンピングカーに改造されたトラック。

自分がなにを見ているのかわかりもせず、おれは立ったままそれを見つめた——それがキャロルの車だということもわからずに。自分はテントに帰って眠り、夢を見ているのだと半ば思いながら、しばらく目を閉じ、それからふたたび目をあけた。

ちょうどそのとき、彼女がトラックをまわって姿を現した。

おれと同じく裸だった。靴しかはいていなかった。おたがいに立ったまま見つめ合っていたが、そんなふうにしているのが完璧に自然に思えた。おれたちのプライベートな空間で、ふたりだけで裸で立っている。やがて、彼女はおれの名前を小さく呼んだ。「トミー」そして、おれにむかって両腕をさし出した。

おれは、彼女のところへおりていった。

彼女を抱き、キスをした。ほんとうのキスをしたはじめての女の子だった。おれは彼女をトラックまで抱きかかえ、なかに乗せた。そして、彼女のあとからトラックに乗った。

8

その夜キャンプに戻り、寝床に身を横たえながら、おれは彼女に訊くべきだった数え切れないほどのことを思った。ひとつ、とくにとても重要なことがあった。彼女になにも訊かなかったことが信じられない思いだった。ほとんど口もきかなかったのだ。それでも、考えてみればそれも充分自然なことに思えた。必然であったように。そして、基本的にそれは必然だったと思う。

おれたちはふたりの子供だった。若い男と若い女。そのふたりがはじめて結ばれた。彼女にとってたぶんはじめてのことで、おれにとってもはじめてのことだった。いくら女性のことをほとんど知らなくても、それくらいわかる。おれたちは一度しかあたえられない贈り物を、おたがいにあたえ合った。そしてそれをあたえる喜びと驚異のなかで、ほかのことはなにも考えられなかった。

そんなときにしゃべったりできるものだろうか？　いろいろな質問を思いついたりするものだろうか？

率直に言って、もし思いついたりしたら自分のことが少し心配になっただろう。

おれは毛布にくるまり、心地よく疲労して眠ろうとした。しかし、その夜はあまり眠れなかった。目がちょうど閉じかかったとき、プレーリーを車のヘッドライトが横切った——最初は一対だけだったが、つぎに三対も横切り、夜が明るく跳ね、大気に大きなエンジン音が満ちた。おれはテントのフラップを大きくあけ、外を見た。

車は全部同じモデルだった。大きなハドソンのセダン。改造された車体は元の一倍半長く、ものすごく丈夫なスプリングとタイヤを装備していた。ラジエーター・キャップからは、キャンヴァス地のウォーターバッグがぶらさがっていた。流砂や泥沼から車体を引っぱり出すウィンチが、補強されたフロント・バンパーに取り付けてあった。ルーフにロープでくくりつけてあったのは、四本のスペアタイヤと、工具のセットだった。後部のビルトオンの荷台には、荷物がいくつかロープで縛りつけられていた。

それは昔の乗合馬車のようなもので、どこへでもいけた。列車がとおっていなかったり、列車ではいけないところへも。馬で引く乗合馬車が列車の先駆けであったように、この一団の車は今日のバスの先駆けだった。運転手たちはブーツをはき、つば広の帽子をかぶり、サドルの革のような色に陽焼けしていた。ガンベルトをして四五口径をもっていたが、装飾品としてもっているわけではなかった。

その夜車でやってきたのは、溶接工とかほかの技術をもった熟練工たちだった——掘削機や溝掘り機のオペレーター、重機のメカニックなどだ。彼らは強い組合に属す高給取りで、全員まちがいなく自家用車を所有していた。当然のことながら、彼らはそれを自宅にのこしてきていた。

パイプラインの工事現場は、かりになにかに役立つとしても自家用車をもってくるようなところではなかった。しばらく目をはなしていようものなら、それ——車ごとか部品——を盗まれた。

ハドソンの長い列はキャンプ地へ入ってきて、ふたたび夜のなかへ走り去っていった。新しくやってきた者たちは、テントのなかで寝る準備をしはじめたが、騒がしく不満を言い合っていた。彼らは腹を立てていたのだ。腹を立てるのも当然だった。会社は、仕事が翌日の朝からはじまることをぎりぎりまで彼らに知らせていなかった。彼らは旅で疲れていた。なのに、過酷な一日を迎えるまえにほとんど休息が取れない。彼らは腹をすかせていたが、食べ物ももらえなかった。

パイプライン会社――むしろ、資金提供者たち――は、数ドルをケチるために彼らをそんな目に遭わせたのだ。夕食を出すわずかばかりのコストを節約した。もっとはやくキャンプ内にいたならば、当然食事は出された。

通常、パイプラインの仕事のボスたちは、そういうことにまったく無頓着だった。給料は、宿泊代と食事代（〝スロップ・アンド・フロップ〟とそれは呼ばれていた）で一日一ドル引かれていた。給料が支払われていなくても、仕事がはじまる一日まえからキャンプにいれば、金を払わずに食事をさせてもらえた。しかし、その日はここでどうやらそういうふうにならなかった。この仕事の投資者たちは、なにもただであたえてやらなかった。

ようやくあたりが静かになると、おれは眠りに戻った。そして、わずか一時間後、夜が明ける一時間まえ、ふたたび目をさました。

トラックに乗った男たちがキャンプ地にやってきた――渡り労働者たちで、仕事の募集がはじまるのを待って町にたむろしていた連中だった。彼らは大きな平床からおり、とろんとした目でテントに急ぎ、自分たちの寝床を確保しようとした。溶接工やほかの技術をもった熟練工たちのように、彼らもまたケチな会社の犠牲者だった。一回の食事費用をケチろうとして、ぎりぎりまでキャンプ地へ連れてこられなかったのだ。

彼らは腹をすかせて、疲れきっていた。疲れすぎていて、悪態をつくこと以外なにもできないほどだった。これから先に待っているきつい仕事をこなす能力も、病院の患者くらいにしかなかった。ケチな連中は、自分たちのしみったれぶりが大きなビジネスにつながると思うのだろう。まったく愚かな考え方だ。だが、賢さを自負するような人びとはしばしば策に溺れることを、おれは知っている。

たった一ドル稼ぐために、彼らは生涯の敵をつくったりする。一ドル節約するために、彼らは百ドル失う。彼らはロープの端っこでなにがおこっているのかにしか関心がない。反対側の端っこでおこっていることは見逃して。

その夜、キャンプは二度と静かにならなかったが、おれはとにかく眠りについた。一時間がすぎた――実際には一時間未満だ――すると、夜明けだった。そして、ウィンギー・ウォーフィールドのどら声ですっかり目がさめた。

「イエーオー!」彼は奇声をあげた。「ヨー、ヨー、ヨー、イエーオー! シャツをつかんで寝床から出ろ! ヨー、ヨー、ヨー! 出てこい、放浪者ども。立ちあがって、てめえの下着で鼻をかめ! ヨー、ヨー、ヨー!」

ほかの男たちのほとんどはもう着替えていたので、彼らはおれの近くにある洗い場にいて、顔や手を洗い、細長い食堂テントへむかって走っていっていた。彼らはディピューと助手たちが人数をチェックしている入口に集まりはじめた。チェックがはかどらず手間取っているので、不機嫌そうなつぶやきが湧き、やがてはそれが叫び声やどなり声や悪態に変わった。それから、彼らは前方やサイドフラップの下をとおって四方八方から食堂テントのなかに入り込んだ。ディピューや助手たちを力ずくで押しのけ、彼らをとめようとする連中には体ごとぶつかった。

銃声が一発轟いた。おれは、洗い場から顔をあげた。バド・ラッセンだった。彼は空にむかって撃ったのだが、さほど真上ではなかった。もう少し低かったら、弾がだれかに当たっていたかもしれなかった。そうなったら、もちろん彼は終わりだったし、キャンプも終わりだった。とめようがない暴動がおこっていただろう。

おれは仰天して彼を見つめた。彼はふたたび発砲しようと銃をあげ、ほとんど水平に銃をもった。ディピューはほんの数フィートのところにいたが、彼をとめようとはしなかった。きざったらしいにやにやした笑いを浮かべ、ただ見つめているだけだった。おれはヒグビーをさがしてけんめいにまわりを見たが、見つからなかった。あとで知ったのだが、彼はわざと目につかないところにいて、ディピューにこのショーの終わりを締めくくらせようとしていた。ヒグビーはかかわりたくなかったのだ。

おれは、叫び声をあげて騒ぎを静めようとした。しかし、だれもおれの言うことなど聞かなかった。とにかくうるさすぎた。おれはもう一度叫び、洗い場を飛び越して走った。おそろしいことになりそうだという危険が、どうしておれ以外に見えないのか不思議だった。蜘蛛の子を散らすように逃げるべきときに、どうしてテントに押し入りつづけようとするのか。

バドはおれが迫ってきたのを見たか、あるいは感じたかだった。一瞬ためらったが、おれのほうに銃をむけた。

しかし、動きは機敏ではなかった。ためらったせいで、おれにすぐ近くまで迫られた。おれは飛び蹴りの要領で彼の膝を蹴った。

彼はほとんど完璧に宙返りして、地面に強くたたきつけられ、手から銃が吹き飛んだ。彼が地面を転がって銃を取りにいこうとすると、おれは彼の上に飛び乗り、顔をなぐりはじめた。

相手を殺しかねないほど、おれは怒っていた。すべてが鬱積していた——睡眠不足、パイプラインの投資者たちの不条理な残酷さ、フルート・ジャーの残忍な殺害。仕事を待つ数週間のあいだ辛抱したあらゆる侮辱、屈辱が鬱積し、いま満杯になって爆発した。頭のなかでなにかがはじけ、赤い靄しか見えなくなった。そしてバド・ラッセンをなぐり殺そうとしていた。殺してやると叫んでいたとき、フォア・トレイとほかの何人かの男がおれを彼から引きはがそうとした。

彼らから逃れてもう一度バドをなぐろうとした。フォア・トレイが、やめろ、落ちつけ、と叫んでおれを揺すった。だが、おれはやめなかった。やめられなかったのだと思う。だから、フォア・トレイはおれの顎に強烈なパンチを見舞った。

意図したより強くなぐったのかもしれない。(もしかしたら、充分その気だったのかもしれないが!) いずれにせよ、すごい一発だった。おれの意識が戻ると、フォア・トレイはおれを肩にかつぎ、ゆるやかな坂をおりてキャンプ地からおれを遠ざけた。おれは意識朦朧としてぶつぶつ言ったが、フォア・トレイはさらに数歩歩いてサルビアの藪のようなところで足をとめ、そこにそっとおれを立たせた。

「だいじょうぶか?」彼はおれの顔をのぞき込んだ。「もう落ちついたか?」

「ああ」おれは、まのびした声で言った。「み、みんなはどこ――?」

「そんなこと気にするな!」彼はぴしゃりと言った。「おまえはここにいて、トラブルに近づくな! ここにいるんだ、わかったな?」

なぜ彼がそんなに怒っているのだろうと思いながら、おれはぼんやりうなずいた。彼は向きを変えると坂をあがっていった。おれは目をこすって視界の靄を晴らし、ようやく完全に意識を回復した。

上方では、食堂テントから男たちがぞろぞろ出てきていた――入っていくのではなく、今度は出てきていた――そして、班長たちがその日の仕事を男たちに割り当てていた。どのトラックに乗ればいいか指示していた。遠くで、溝掘り機のエンジンがかかる音が聞こえた。もっと先からは、複数の削岩機が作動しはじめる音が聞こえた。叫び声、ホイッスル、「こっちだ!」というどなり声も聞こえた。やがて、大きな平床トラックの最初の一台のエンジンが始動し、労働者たちを満載してキャンプを出ていった。それにつづいて、さらに一台、一台と大きなエンジン音を響かせて出ていった。トラックに揺られて目的地へむかう男たちやマシンの行列。

最後の騒音が静まると、キャンプ地にはほとんど完璧な静寂が訪れた。

フォア・トレイがやってきた。道具を腕にかかえて坂をおりはじめていた。おれは彼を手伝おうと駆け寄ったが、彼はそっけなく頭を振った。おれは手ぶらで彼のあとをついていった。

彼はサルビアの藪のなかに道具を落とした。そして、しばらく地面を調べていた。やがてついにおれのほうをむいて、片手でこっちへこいと合図した。

「ようし」彼は言った。「ここが今度の野外便所だ。長さは五十フィート、幅は三フィート、深さは二フィートだ。つるはしを取って、せっせと地面を掘れ」

おれはつるはしを取りあげた――片方の端が幅広になっているものだった。彼は供給テントへむかって坂を戻っていったが、数分後には片方の肩にダイナマイトの入ったケースを、もう片方の肩には鉄の削岩機をバランスを取りながらかついでいた。

彼は道具を集めたところに削岩機をおいてから、ダイナマイトを五十フィートほど先まで運び、それを地面においた。それをそこにのこした彼は、さらに五十フィートくらい先のプレーリーの草木のない地まで進んだ。彼はそこでダイナマイトの雷管が入った小さな箱をポケットから慎重に取り出し、両手でもって地面におろした。

ダイナマイトの雷管は黒いもので、一セント硬貨ほどの大きさだ。それは、ダイナマイトの装薬を爆発させる衝撃力をもっている。それを使えば、ダイナマイトはかんたんに爆発するし、腕一本など一発で吹き飛んでしまう。

おれのいるところまで戻ってきたフォア・トレイは、つるはしを取っておれと働きはじめた。掘り込み便所の大まかな輪郭をきめ、サルビアと草を抜きはじめながら、おれたちはひとことも口をきかなかった。それから一時間以上たったとき、彼はようやくつるはしをおき、眉毛を八の字にして薄笑いを浮かべながら、おれを見た。

「腹が減ってきたか、トミー?」彼は訊いた。

「まだやれるよ」おれは言った。「弱音なんかひとことも吐いてないだろう?」

「おまえははやく食事をするべきだった。重機や火薬を扱う連中はいつもはやめに食事を取る」

もちろん、彼の言うとおりだった。雑用係にはやく起こすようたのんでおくべきだった。しかし、火薬を扱ってからそうとうたっていたので、忘れていたのだ。

「そうだな」おれは言った。「自業自得だ」

「おまえのまちがいはそれだけじゃないぞ、トミー。ラッセンとの争いもまちがいだった」

「そうだな」おれはもう一度言った。だが、怒りが煮えたぎりはじめていた。「あいつはみんなにむかって銃を撃とうとしていたが、彼をとめようとしたのもおれのまちがいだったよ。暴動がおきて、キャンプがめちゃくちゃになればよかったんだ……」

「おまえのまちがいは愚かなことだ」――彼の声にはトゲがあった。「ああ、たしかにディピューはとんでもなくいやなやつだが、ばかじゃない。バドが人殺しをするのを彼がだまって見てると本気で思ったのか？　彼は突っ立ってるだけで、やめろともなんとも言わずに見てるだけだと？」フォア・トレイはうんざりしたようにかぶりを振った。「ラッセンは空砲を撃ってたんだ！　おまえの半分ほどでも賢いやつならそんなことわかってたはずだ」

彼は自分のつるはしを取り、作業に戻った。すっかりばかみたいな気分になって、おれも作業に戻った。つるはしをもちあげて、振りおろした。ドスン、グシャ。太陽が磁石のようにおれの体から汗を絞り出しはじめた。フォア・トレイとおれのあいだの沈黙はずっとつづいた。やがて、おれのつるはしが長さ十インチもあるムカデに振りおろされ、虫をまっぷたつにした。ふたつにちぎれた半分ずつは、たがいに異なった方向へ走りはじめ、フォア・トレイがそれを足で踏みつぶした。

「こういうのに嚙まれたことあるか？」彼は、なにげなく訊いた。

「ない」おれは言った。「でも、一匹が素足に乗ったことはある。はたき落としたが、やつの足がつかんでいたところにチクチクする小さな穴が二列ついていた。黴菌が入って、一週間ほど悪寒と熱がつづいたよ」

「ほんとか？」フォア・トレイは興味深そうにかぶりを振りながら言った。「おれはラッキーだったことがある。タランチュラに嚙まれたんだが、痛かったというよりこわかった。あんなでかいクモは見たことがなかったよ、トミー。コーヒーカップの受け皿くらいでかくて、ウサギみたいに毛が生えてた」

「あんたに飛びかかったんだろうな」おれは言った。タランチュラはすごいジャンプをするからだ。そのとおりだ、とフォア・トレイは言った。

「おれは灯油ランプの火でタバコをつけようとしてたんだ。すると、そいつが火にむかって飛んできた。やつらは明るいものに反応するんだ。だが、狙いをはずして、ランプじゃなくおれの口と鼻に飛びかかりやがった」

「うわぁ!」おれは声をあげた。「さぞショックだったろう!」

「まさにそのとおりだよ、トミー」彼は、くすくす笑った。「そのとおりだった。みっともないことだから細かいことまで言いたくないが、新しいマットレスとシーツの代金をホテルから請求された」

おれたちは声を立てて笑い合った。笑っているうちに、暑さと空腹を忘れた。フォア・トレイはズボンで両手の汗を拭い、つるはしをもちなおした。

「で、バド・ラッセンに話を戻すが、トミー……」

「ああ」おれはちょっと神経質になりながら言った。「その、おれはああいう場合どう対処すればいい、フォア・トレイ?」

「空砲だろうとそうじゃなかろうと、ラッセンはみんなにむけて引き金なんか引くべきじゃなかった。おまえがキャンプから走りだしたのは、ディピューの思うつぼさ。ヒグビーがあの騒ぎを上に報告する気になったら、ディピューが責められただろうからな」

「ヒグビーがおれに味方してくれればうれしいよ」おれは言った。「でも、そもそもどうして彼がラッセンを雇ったのかわからない」

「彼が雇ったんじゃない。ディピューがヒグビーの頭ごしに雇ったんだ。だが、トミー……」フォア・トレイはおれにまじめな表情をむけた。「ヒグビーがおまえに味方するなんて考えは忘れろ。そんなこと当てにするな。二度とあんなことはないしな。彼の目的に沿うものでないかぎりは」

「ああ、わかった」おれは言った。「でも……」

「ラッセンは傷の手当をしてもらうためマタコーラへいった。見た目はともかく、やつに瀕死の重傷でも負わせたんなら、ヒグビーはおまえを追い出さなければならなかったろう。なにしろ、彼はおまえだろうとだれだろうと他人のために失職するリスクを冒そうとなんかしない。冒すわけがないんだ、トミー。世界には、大きなパイプライン建設事業はたったひとつしかない。それがここだ。大きなパイプライン建設の監督の仕事もひとつしかない。そして、ヒグビーがそれをやっている。彼はここで働くか、さもなければ仕事を失うかのどっちかだ」

「でも」と、おれはためらいがちに言った。「仕事はいつでもどこかにあるだろう」

「こういう仕事はない。彼が知っている唯一の仕事だ。べつの仕事なんてひとつもないんだ」

フォア・トレイはつるはしを振りおろす手をとめ、顔の汗を拭った。彼の目には奇妙な悲しみが浮かんでいた。結局は理解できるようになったのだが、当時のおれには理解できない悲しみだった。

「そうさ、トミー。おれたちはきっとある時代の終わり近くにいるんだと思う。大きなパイプラインを建設する最後のときにな。おれたちはこんなところまでくる最初の白人かもしれない。おれたちがいなくなったら……」彼はかぶりを振って、つるはしをもちなおした。「これからはバド・ラッセンが近くにいるときは気をつけろ、トミー。しっかり警戒するんだ。やつがトラブルにもち込めそうなことはなにひとつするな」

不安がうずくのを感じながら、おれはうなずいた。おれは彼女のことを考えた。キャロルのことを。彼女がここにいることについて、言いたいことがあった。しかし、フォア・トレイの反応はわかっていた――もちろん、彼は彼女のことを誤解していた! だから……だから、おれは口を閉ざしていた。

正午までに、野外便所と生ゴミ捨て場にする場所を確保し、発破孔の大半をあけた。パイプライン作業員の昼食は現場に送られていたので、おれたちは自分たちで昼食を用意し、大きな食堂テントのなかで食べた。おれはつい食べすぎて、太陽のもとへ戻ったとき腹のぐあいがおかしくなり、突如草の茂みまで走っていかなければならなかった。戻ってきたときにはぐったりして、頭が痛く、ベッドに横になる以外なにもしたくなかったが、フォア・トレイは重さ十六ポンドのスレッジ・ハンマーを指さした。

おれはそれを取りあげた。彼は削岩機を取りあげた。そしてそれを岩に突き立て、発破孔に印をつけ、おれにうなずいた。おれはハンマーを振りあげ、削岩機の頭にたたきつけた。たたきつけるたびに、フォア・トレイはそれをこじってひねり、地面から岩を掘り出した。効率よく作業するには、おたがいにテンポを合わせなければならなかった。彼が削岩機をまっすぐ立てたときに、ハンマーを振りおろす。もちろん、ハンマーを振るのはおれの役目だった。

この作業には、厳密な役割分担があった。削岩機を立てて握っているのは発破係で、重労働は助手がやる。フォア・トレイはその朝おれがすべきことをたくさんやっていたが、彼にそれをさらにつづけさせるわけにいかなかった。彼にも毛頭その気はなかった。暑さも手伝って、とても疲れていたのだ。

最後の発破孔をあける作業をしているとき、おれはハンマーを振りおろすタイミングをまちがえてしまった。ほんのちょっとずれただけだったが、それでもまずかった。ハンマーは削岩機の頭をこすり、フォア・トレイが握っている手のわきをかすめた。彼は大声をあげて手を引っ込め、体を折って両膝のあいだに手をはさみ、痛そうに足踏みした。

「あぶねえ！」彼は、憤慨しておれをにらみつけた。「なんてことをしやがるんだ、トミー？」

「ごめん」おれはつぶやいた。「ほんとにすまない、フォア・トレイ」

「ごめんだと？　謝ればすむと思ってるのか！　しっかり気を張って仕事してれば、謝る必要のある事態になんかならないぞ！」

おれは不機嫌になりはじめ、腹が立って、全部会社のせいだと言った。会社が電動のジャックハンマーをくれていれば、一時間もあれば必要な発破孔をあけられたんだ、と。ばかなことを言うんじゃない、とフォア・トレイは言った。

「ジャックハンマーを作動させるには電気がいるんだ。パイプラインの工事現場に必要な発電機を、おれたちなんかに使わせてくれるわけがない」

彼はおれを叱ってののしりつづけた。おれもついに堪忍袋の緒が切れ、彼にむかってどなり返した。「じゃあ、どうしろっていうんだ？　おれは謝った。心から謝ったぜ。それ以上おれにどうしろっていうんだ？」

「生意気言うんじゃない！　その態度を改めろっていうんだ！　おれは……」彼は自分を抑え、大きく息を吸い込んだ。「悪かった、トミー」彼は静かに言った。「おれもおまえと同じくらい悪かったよ」

「いや、それはちがうよ。おれが悪かったんだ」おれは言った。「ほんとだ、フォア・トレイ。でも……」

「気にするな」彼はにっと笑いかけた。「気にするなよ、トミー。ついてない日だったが、夜がきたらきっと気分もよくなる。それじゃ、はやいとこ爆破しちまおう」

9

おれたちは、野外便所をつくるところを爆破した。地面のやわらかいところは、爆破しないでも掘り起こせた。岩の多いところには、片側に十二個の穴をあけ、全部で二十四の発破孔をあけた。フォア・トレイが導火線の長さを測り、ナイフでそれを切っているあいだ、おれはダイナマイトが入ったケースを運んできて、ふたをあけた。それから、ふたりで片側にわかれ、穴のなかにダイナマイトの棒を落としていった。概して、ダイナマイトの棒は穴の底まですとんと入った。入らないときには、詰め棒という道具で底までたたいて入れた。

少しも気にならなかった。ダイナマイトは、十二ポンドの力をくわえなければ爆発しないからだ。しかし、それは仕事の一部でしかなかった。おれたちは、ダイナマイトが縦に二本入る発破孔をあけていた。つまり、もう一本を上から入れることになる。そして、小さな黒い雷管は二本目に付けることになる。

フォア・トレイは自分の側のダイナマイトに雷管をつけ、雷管のてっぺんに導火線を固定しはじめた。おれの側のダイナマイトにも雷管をつけてくれたらありがたいと願いながら、おれは待っていた。しかし、彼は自分の側だけしかやらず、すばやく雷管をつけると導火線を付けたダイナマイトを穴に落としていき、必要なときにはしっかりと穴にそれを詰めた。

彼は、作業中小さく口笛を吹いていた。おれが自分の仕事をぐずぐず引きのばしているものと思って、おれのほうは一度も見なかった。おれはもう少し待ち、ぎこちなく咳払いなどしてみたが、彼はおれを見もしなかったし、ひとことも発しなかった。それでついに、おれは雷管と導火線を取り、作業にかかった。

おれはすばやく作業した。すばやすぎるほどに。その仕事をはやく終わらせたかった。最初はぐずぐずしていたのに、フォア・トレイよりもはやく作業を終わらせた。それで、彼は視線をこっちにむけた——長いこと、感心したように見ていた。それからふたたび視線をおろし、導火線の端を結びはじめた。

「しっかり穴に詰めたか、トミー?」

「ああ、もちろんだ」おれは言った。「しっかり詰めたよ」

「しっかり詰めていなかったらどうなるかわかってるな?」

「しっかり詰めたよ」おれは言った。「ちゃんとしっかりな。疑うんならたしかめればいい」

「そうかい、トミー」彼はもの憂げに言った。「おまえがそう言うんなら」

フォア・トレイは、おれの側の発破孔を見ていって、詰め棒を使って検査し、ときにはかがみ込んで調べた。おれは自分がなにを案じているのかよくわからずに、彼を見守った——ダイナマイトが爆発するのが心配なのか、それとも彼がなにか不具合を発見して爆発するのが心配なのか。だが、彼がなにも発見しなくて安堵した。ラッキーだった。ダイナマイトは全部しっかり詰められていた。

「よくやった、トミー」彼は眉をつりあげて、感心したような表情を浮かべた。「おまえはりっぱな発破仕掛け人になれるよ」

彼はしゃがんで、端を結んだ導火線の束をつかんだ。それからもう片方の手でマッチを擦り、導火線が均一に燃えていくように火をつけた。そうすれば、爆破がいっぺんにおこる。（もしいっぺんに爆破がおこらなかったら、土と岩の下に不発のダイナマイトが埋まっていることになる。）

二十四本の導火線がパチパチ燃えていった。発破孔にむかって赤黒く燃えていきはじめた。

フォア・トレイは立ちあがった。

「爆破するぞ！」彼は叫んだ。おれもオウム返しに同じことを叫んだ。

「爆破するぞ！」

おれは走った。サルビアの藪のなかまで。フォア・トレイはまったく走らなかった。ただ歩いていた。もちろんぐずぐずしていたわけではないが、汗もかいていなかった。そして、おれが走った半分くらいもいかないところで足をとめた。

彼が発破孔のほうをむいて立ったとき、爆発がおこった。岩や頁岩が空高く舞いあがったり、スプリンクラーから出る水のように横に飛び散ったりした。大きな石のかたまりがフォア・トレイの方向へ飛んできて、まわりに落ちはじめた。しかし彼は動かず、体をひねってよけたりし、ときにはバットで球を打つように詰め棒で打ち払ったりした。

ようやく爆発が終わって、静かになった。空が晴れ、埃が消えて、空気がきれいになった。おれたちは、野外便所をつくる場所へ戻った。

フォア・トレイは歩きまわって、注意深く見ていった。爆破の深さを調べていた。どうやら問題なさそうだった。不発だった発破孔はひとつもなかった。それでおれたちはシャベルを取り、土と岩を掘り出し、前方に高く、後方に低く積みあげた。

長くはかからなかった。思ったほど長くはかからなかった。とりあえず仕事は終わったが、労働時間はまだのこっていたし、する仕事はまだあった。のこりをさっさと片づけてしまおう、とフォア・トレイは言った。

それ――残飯捨て場――はキャンプのもっと近くにつくることにした。そうでなければならなかった。コックも厨房のスタッフも、残飯を遠くまで運んでいく気などないからだ。フォア・トレイとおれは、さっきと同じように仕事をした。ひとりが片側を受けもつ。おれは少しまえのように適当に爆破の準備をし、うまくいくことを願った。

おれはまたしても彼よりはやく作業を終えたが、今回はダイナマイトをきちんと詰めたか彼は訊かなかった。発破孔を調べもしなかった。ダイナマイトに火をつけただけだった。

おれは走った。振り返ると、今度はフォア・トレイもいっしょに走っていた。

爆発がおきた。

最初の爆破のようにはいかなかった。同じような爆音はしなかった。発破屋の言葉を借りれば音が〝不ぞろい〟だった。人間の頭くらいの大きさの岩が厨房テントのうしろのフラップを直撃した。テントのポールに当たり、倒しそうになった。テントのなかから叫び声やどなり声がして、コックが頭を出し、おれたちにむかって握り拳を振った。

ようやく埃がおさまると、フォア・トレイは指でおれを呼び寄せた。おれは彼について残飯捨て場へいき、けんかに負けた犬みたいにうなだれた。

「どういうことなんだ、いったい？」彼は調べ終わったあと、考え込むように言った。「どういうことだ？ どうやら、おまえは二本のうちの二番目のダイナマイトを地面の上においただけのようだな。穴に詰め込まなかったんだ。ということは……そうするとどういうことになる、トミー？」

おれは彼と目を合わせられなくて、みじめにうなずいた。「ああ、どういうことになってるかわかるよ、フォア・トレイ。想像できる」

「想像だって、トミー？ ダイナマイトを扱うときは想像なんかするな——いっさい」

「わかったよ！」おれは言った。「わかった、くそ！ 瓦礫の下にダイナマイトが二本うずもれてるんだ！」

「それで、トミー？ それで？ 自分の代わりにそれをおれに掘り出してほしいっていうのか？」

「おれはなんにも期待してないよ！」おれは言った。「テキサスにいるフンコロガシの代わりにあんたにやらせようなんて思ってない！　自分でやるから、そこをどいてじゃましないでくれ！」

彼は言われたとおりにし、おれも言ったとおりにした。うずもれたダイナマイトを見つけると、雷管と導火線を付けなおして爆発させた。フォア・トレイが爆発させたときやったようにやった。かなり近いところにとどまり、体を左右に振って礫土をよけ、近くに飛んできた土の小さなかたまりをバットで打つように片手で打ったりした。

近くまで飛んできた土の小さなかたまりはひとつだけだった。ダイナマイトは二本だけで、両方とも土をかぶっていたから、危険などまったくなかった。大きな石は飛んでこなかった。ダイナマイトを掘り出すときのほうがよっぽど危険だった。

フォア・トレイとおれは残飯捨て場の土をすくい出し、積みあげた。それでおれたちの一日の仕事は終わった。男たちはパイプラインの敷設現場からまだ帰っていなかった。彼らの仕事時間は現場についてからはじまり、おれたちの仕事時間はここではじまっていたからだった。

おれたちは道具類をかき集めて、供給テントに戻した。洗い場で、おれたちは服をぬいで水浴びをした。桶に水を入れて代わりばんこにかけ合った。そのあいだ、ずっとだまったままだった。どちらもひとこともしゃべらなかった。ウィンギー・ウォーフィールドが水をむだ遣いするなとやかましく言いはじめたときも。

ウィンギーはぶつぶつ言いながら、歩き去った。フォア・トレイとおれは体を洗い終わり、服を着た。おたがいの目が合った。おれは、わざといかめしく偉そうに見えるような態度を取った。なぜだかはわからない。だが、突如としてすべてが滑稽に思えて、おれはほとんど笑いを爆発させそうになった。

フォア・トレイはおれを無表情に見たが、目はきらめいていた。「急にどうしたんだ、トミー?」彼は訊いた。

「いや、いや」おれは言った。「な、なんでもない——ただ——ハ、ハ——いやちょっと——ハ、ハ、ハ……」

それからおれは体をふたつ折りにして、笑い、あえぎ、吠えた。笑い転げた。フォア・トレイは、まるでおれがするべきだったことをしているかのように、笑いを浮かべてうなずきながら見ていた。たぶん、おれはするべきだったことをしていたのだ。自分のなかの多くのことを正し、自分を客観視しようとしていた。自分がそうしていることがわからなくても、おれにはトミー・バーウェルという人間が見えて、彼を受け入れられる。彼の恐怖、彼のうぬぼれ、彼の非常識なもったいぶりやポーズ、彼のよさと同様に悪さ。自分のしていることがわからなくても、おれは成熟というものに出会い、それを受け入れた。

顔をもう一度洗い、爆笑して出た涙を洗い流した。フォア・トレイは樽からひしゃくですくった飲料水をおれにくれ、それを飲んだおれと彼はタバコに火をつけた。彼は帽子のまえとうしろを反らせ、おれも同じことをした。おれたちはそこに立ってタバコを吸い、静かにしゃべりながら夕食のうまそうなにおいを嗅いでいた。テキサス西端で夕方に立っている男と少年――男と男。サルビアが突如金色になった。風にたえまなく揺れていた丈の短い草に、突然火がついたように思えた。

パイプライン敷設の現場では、ジャックハンマーの音がとまり、溝掘り機の音が小さくなっていってとまった。力強く動いていた発電機の音も一台、一台相次いで小さくなっていき、間のびしながらどんどん弱まって、しまいにはまったく聞こえなくなった。それからしばらくのあいだなにも聞こえなくなり、音がまったくしなくなった――底知れない沈黙の途切れ。雑音に満ちた世界にあいた空隙。やがて、男の歓声があがった。遠くて弱々しいが、澄んだ大気のなかでくっきりと響いた。「イーヤッフー!」その声は、つぎつぎに、疑いようもなく何百も発せられた。シャベルが地面に落とされ、放り投げられる音も混じった。すると、やがて大きな平床トラックのエンジンの音が吠えはじめ、ほかの音を圧倒し、躍起になってうめいているように轟いた。

初日の仕事は終わった。男たちがパイプラインの現場から戻ってくる。

10

溶接工とか重機を扱う者は最初のトラックに乗った。それはしきたりだった。いちばんいい仕事をする者がいちばん優遇され、なにかをする権利を最初にあたえられたが、それに不満を言う者はいなかった。あとにつづくトラックには肉体労働者たちが乗り、平床の外周にすわるか、押し込められるかした。トラックの運転助手たちは車体のステップに立ち、班長たちはトラックの運転手たちのわきにすわった。それも文句の出ないしきたりだった。班長は運転助手よりも位が上で、助手より優遇された。

重機を扱う者たちも溶接工たちも班長たちも腹をすかせていたし、疲れきっていた——全員がそうだ——だが、彼らの表情、態度はどこかちがっていた。彼らと肉体労働者のあいだには、はっきりと線が引かれていた。当然のことだが、彼らは肉体労働者たちよりずっと疲れていた。彼らの仕事はより多くの責任を負い、地面掘りの作業員とちがって手を抜くことができなかった。それでも、彼らは疲れているように見えなかった。そう見せなかった。彼らはどこからか呼び寄せられていて、いつの間にかここに現れたのではなかった。彼らにはいくところがあった。帰るべきところもあった。換言すれば、彼らには生き甲斐があった。追想するものもあった。そして、芯が強かった。だから彼らは軟弱な表情を見せることがめったになかった。自分を情けなく思う必要などなかった。

そこへいくと、肉体労働者たちは……

彼らは、平床トラックからおりた。彼らの疲労と空腹は、いつだってあきらかに見て取れた。この日も、また以前の過酷な日々にも。過去も未来も空虚。残念なことに、彼らはそれをあまり気にしていないように見えた。とにかく一日を乗りきった。どんなことをしてでも一日を乗りきることが、彼らの生活のすべてだった。ひどく消耗していても、彼らはおおいにジョークを言い、笑った。笑ってはいけない理由などあるか？　ほんとうは笑うべきでないどんなことにも笑った。自分たちの無価値さ、服や体のよごれをも——埃と汗が混じった泥がべったりついている自分たちを。

彼らの古着は初日の緊張した仕事のせいでひどいありさまだった。ズボンは大きく破れ、よごれた肌がのぞいていた。シャツはびりびりに破け、多くは捨てられ、男たちは上半身裸になっていた。頭には帽子の代わりに布を巻くのがふつうで、きたないバンダナが海賊のように頭に巻かれていた。

たいていの男はいちおう体を洗おうとしたが、そんなことをしてもあまり意味がなかったから、体洗いは熱心におこなわれなかった。洗ってもよごれが広がるだけで、洗い落とせなかった。

彼らがほんとうはどれほどみじめな連中であるか知らずに、仕事の採用を待つ何週間ものあいだいっしょにいられたのはどうしてなのか、とおれは思った。一日だってよく彼らにがまんできたものだ。だが、おれはもう長いこと仕事にあぶれていたし、彼らと比較する男たちをまだ知らずにいたからだ、と思う。

フォア・トレイがおれをちょっとつついて、食堂テントの入口フラップのほうを指さした。溶接工やほかの熟練工たちがもう集まってきていた。

「おれたちもあそこへいこう、トミー」

「ああ」おれは言った。「そうしよう」そして、そうした。

食事をはやく取る特権は、夜には適用されなかった。実際、それは特権ではなかった。むしろ、仕事にはやく取りかかるための算段だった。夜は、みんながいっせいに食事を取るほうが都合がよかった――パイプライン工事のためにも都合がよかった――それで、みんな順番にこだわらなかった。

夕食が出される時間までに、おれたちのうしろには大勢男たちがならんでいた。おれたちはまえへ押し出され、テントのほぼ入口まで運ばれ、ついには圧力から解放されて席につくことができた。

パイプラインの仕事ではいつもたっぷり食事が出て、今回も例外ではなかった。キーワードは〝たっぷり〟だった――種類がたっぷり、量もたっぷり。なんでも少なくとも二種類出た。すべてが家庭料理スタイルで出された。肉が二種類、ポテトと豆、緑の野菜が三種類。パイ、ケーキ、クッキー、ドーナツ。お茶、コーヒー、ミルクがピッチャーで出された。おれたちはそれをカップでなく、金属のボウルに入れて飲んだ。皿は金属の大きなトレーだった。

食事のあいだ、給仕たちが厨房を出たり入ったりして、料理を運んだり食べ終えた皿を片づけたりした。食事の最後には、テントの入口にリンゴやオレンジを入れた箱がおかれた。だれでもそれをひとつもっていくことができた。

フォア・トレイとおれはいっしょに席を立ち、果物を取った。食事は合格点だな、とおれは感想を言った。おそらく、投資家たちはそれほどしみったれではないのだ。そう言うと、フォア・トレイは肩をすくめた。

「労働者はたっぷり食わしておかなきゃならないのさ。でないと、みんなうんざりして仕事をやめちまう」

「どっちにしても多くの連中がうんざりして仕事をやめるよ」おれは言った。「なかには、朝食だけガツガツ食ってその朝仕事をやめちまう者も出る。週の終わりまでに、そんなのがたぶん五十人くらい出るだろう。いったいなぜなんだろうな、フォア・トレイ?」

「まったくだ」彼は言った。

「ああ、そうさ。彼らはここでやっと職を得た。そして、彼らにはどうしても金が必要だ。なのに、まずいコーヒーを飲まされたとか、とくに理由もなく腹を立てるかうんざりするかで仕事をやめちまう」

「ううむ、妙なことだよな。もちろん」フォア・トレイはもの憂げに言った。「おれ自身はそんなことをやったことがない。おまえはどうだ、トミー? おれたちは油田で信頼される人間として昔から広く知られてるんだぜ」

おれは、気恥ずかしそうに笑い声を立てた。「ああ、そのとおりさ」おれは言った。「でも、今回はきっとちがったものになる」

「かもしれないな、トミー」彼は穏やかに言った。「かもしれない。忘れるな、おれたちは天国の南にいるんだ。もし一所懸命やって、高いところまで手がとどけば、きっとうまくいく」

「そのつもりさ」おれは言った。「見ててくれ。おれは仕事に踏みとどまって、トラブルを避け、あんたの代わりにブラックジャックの胴元をやって……」

彼はおれをさえぎるように、あけすけにあくびをした。おれになにか言いたいときのそぶりだ。おまえが好きだが、それだけだ、と。トミー・バーウェルがなにをするかはあくまでトミー・バーウェルがきめればいいし、フォア・トレイ・ホワイトサイドがなにをするかは彼がきめる、と。そして、彼はそのやり方を守りたがった。

おれは気分を害したわけではないが、ちょっと傷ついた。ほかのときも、彼はおれから身を遠ざけることがあった。近づきすぎたと感じたときは。しかし、きょうは変化がおきたとおれは感じていた。おれたちのあいだにいくらか絆ができた、と。なのに彼にはねつけられて、たぶんちょっと傷ついた。

「それじゃ……」おれは、彼がしたより大きなあくびをしてみせた。「おれはもう寝るよ。あんたは好きにしてくれ、フォア・トレイ」

「またあしたな」彼はうなずいた。

おれは自分のテントへむかった。彼がするより先に、帽子のつばのまえとうしろを上へ反らせ、寝床へ急いでいるように歩いた。

「トミー……」

「なんだい？」おれは振り返った。「なんだい、フォア・トレイ？」

「トミー……」彼は唇を嚙み、おれのほうへためらいがちに一、二歩足を踏み出した。「おまえに言いたかったんだ……つまり……なんでもない」彼は、ぶっきらぼうに言った。「起こしてくれと雑用係にちゃんとたのんでおけよ。朝からあんな騒ぎはもうごめんだ」

「わかった」おれは言った。そして自分のテントへいき、彼は彼のテントへいった。

ゆうべ話をした年寄りの雑用係が、おれのための寝床を確保してすわってくれていた。おれは彼に礼を言い、朝起こしてくれるようたのんでから、寝台にすわり、服をぬぎはじめた。ほかのすべての寝床にはだれかいて、すわっていたり、寝転がっていたり、タバコを吸っていたり、眠っていたり、眠ろうとしたりしていた。他人としゃべっている者はいなかった。目がさめていれば、目をあけて横になり、キャンヴァス地の天井をぼんやり見つめたり、寝台の端に腰かけ、土の地面をぼんやり見つめていた。きっとなにも見ていないのだろう。あるいは、すべてを見ている。

テントの前方近くで、男がジューズハープという小さな楽器をつまびいて、同じ曲を何度もくり返し演奏していた。『埴生の宿』の出だしの小節。あまりにもしつこく演奏するので、彼をどなりつけたくなったが、べつの男に先を越された。

「うるせえ、いいかげんにしやがれ！」

するとほかの男たちもどなり、もういっぺんやったらその楽器を口に突っ込んでやると脅した。それで彼は演奏をやめ、そそくさと毛布にもぐり込み、みんなも眠りについた。雑用係がテントの梁材からぶらさげたランタンの火を暗くした。十分後、彼はその火を吹き消した。おれは少し待ち、百まで指を折って数えた。それから、みんなが眠りについて暗がりが静まるとみるや、服を着てテントのうしろのフラップから外へ出た。

雲が月にかかっていて、ほとんどまっ暗だった。歩きにくかったし、近辺にはいろんなヘビや毒をもった害虫がいるから、危険だった。だが、おれはサルビアの茂み以外にじゃまされることなく、彼女のいるところへいった。彼女のキャンピングカーがプレーリーの小さな峡谷にとめてあるところまでいった。

彼女は、車の外で箱の上に腰かけていた。おれに背中をむけていて、石で取りかこんで小さな火をたいていた。暖を取ろうとしているのではなく、明かりがほしかったのだろう。その夜は心地よく涼しかった。

彼女を驚かせないように、おれはそっと口笛を吹いた。聞こえなかったようなので、もう一度吹こうとしたとき、彼女の小さなすすり泣きが聞こえた。あまりにもさびしそうで、あまりにも怯えているように聞こえたから、おれまで目頭が熱くなった。ぐっとこらえて唾を呑み込まなければならなかった。やがておれは両腕を広げて、彼女の名前を呼びながら斜面を駆けおりた。彼女は一瞬ひどく驚いたにちがいなかったが、すぐにおれの声だと知って、子供のようにおれに駆け寄ってきた。

「いったいどうしたんだ！」——おれは彼女を腕のなかに抱き、愛撫して慰めてやった。「どうして泣いていたんだ？　だれがきみを傷つけたんだ？　教えてくれれば……」

「なんでもない、だれでもない」彼女はおれにしがみつき、身を震わせて大きくため息をついた。

「しっかり抱いて、トミー。しっかり抱いてちょうだい」

「ああ、もちろんだ」おれは彼女の髪を撫で、何度もそこにキスして言った。「だけど、キャロル……」

「だめよ、しゃべらないで、トミー。抱いてちょうだい」

おれは、彼女を抱いた。おたがいにしっかり抱き合った。しばらくそうしていると、やがて彼女は顔をあげ、おれを見た。

「ありがとう、トミー。もう落ちついたわ」

「いったいなぜ泣いていたんだ？」おれは言った。

「な、なんでもない。ええ、ほんとは泣いてなんかいなかった。さびしくて、そして考えてたの。二度とあなたに会えないって。あなたはもう二度とあたしに会いたくないだろうって……だって……ゆうべあんなことがあったから。それで……」

おれは言った。「なぜおれが会わないなんて思った？　いったいなんだっておれがきみに会いたくないと思うんだ？　おれは……」

おれはそこで言葉をとめ、彼女の顔をのぞき込んだ。彼女は身を引こうとしたが、おれはすでに彼女の顔を見ていた。血がかたまりかけた大きな青黒い傷が、ほおから目にかけてのびていた。

「だれにやられた？」おれは言った。「だれがきみをなぐったんだ、キャロル？」

「だれも。ほんとよ、なぐられてなんかいないわ、トミー」彼女はかたくなに言った。「あたし……あたし、夕食の用意をしていて、ちょっと振りむいたとき車のドアにぶつかったの。ドアがあきっぱなしになっていたのよ。その角にぶつけた」

「ほんとか……」おれは注意深く彼女を見てみた。「きみがもし……」

「そんなにひどい傷に見える、トミー？　そんなに？」

「うん、ひどい傷に見える」おれは言った。「いまに黒い痣になるよ」

「そしたらきっともうあたしにキスしたくなくなるわね？　車のドアにぶつかって、顔に傷をつくるなんて……もうあたしなんか好きじゃなくなる！」

彼女はすねたようすで身もだえし、おれに背中をむけた。おれは笑い、もう一度彼女を振りむかせようとした。しかし、ちょっと疑念が湧いた。

おれは片手をあげ、彼女の背中を平手で打った。

彼女は悲鳴をあげた。それから向きを変えて、おれの顔に平手打ちを食わせた。

「あたし、陽焼けしたのよ、痛い！　きょうシャツを着ないでいて、ひどい陽焼けをしたの！」

「悪かった」おれは言った。「ちょっと思ったんだ、つまり……」

「あなたがなにを思ったかはわかってるし、それが思いちがいだってもう何度も言ったのに！これ以上ばかなことをつづけるつもりなら、キャンプに戻っておとなしくしてて！」

「ごめん……」

おれは謝った。もう疑ったりしないと約束した。その傷があってもきれいだし、両目のまわりに痣ができてもすてきに見えると思う、とおれは彼女に言った――正確になんと言ったかおぼえていないが、彼女を安心させるようなことを言ったのだと思う。なぜなら、彼女はもう一度おれの腕のなかに入ってきたからだ。そしてそれからすぐに、おれは彼女の耳にささやいた。彼女はちょっとだけためらってから、ささやきを返してきた。ええ、外はちょっと寒いわね、と。

おれは彼女をもちあげて、車のなかに運んだ。そしてあとから乗り込み、手をのばして、ドアを閉めた。ドアが閉まる直前、月にかかっていた雲がちょっとだけ晴れた。薄暗いが短時間明るくなったとき、土手のてっぺんに立っている背の高い人影が見えた。その影はすぐに消えてしまった――まばたきするあいだに。あまりにも一瞬のことだったので、ほんとうに見たのか、それとも明かりとおれの想像力がその大きさを誇張しただけなのかわからなかった。

おれはドアを閉めてロックした。あれは大きなウサギだったにちがいない、と言い聞かせた。

なんにしろ、雄のウサギは背丈が四フィートあり、淡い月明かりで見たら……

暗がりのなかで、キャロルのせっつくようなささやき声が聞こえた。なにをぐずぐずしているの？　おれは急いで服をぬぎ、彼女のところへいった。そして、長いことおれはほかのことをなにも考えなかった。

11

「いやよ、トミー、いや！　訊かないって約束したじゃない！」

「名前も教えないっていうのか？　フルネームを？」

「ああ。それなら、ロングよ。キャロル・ロング」

「で……きみの家族はどこにいる、キャロル？」

「両親？」彼女はかぶりを振った。「両親はいないわ」

「血のつながった人がひとりも？」

ふたたびかぶりを振ると、彼女の髪がおれの顔をこすった。それから、苦々しそうに、「少なくとも、彼らがあたしの両親じゃないといい」

「どういう意味だい？」

「あたしが小さな女の子だったころ面倒を見てくれた人たちのことよ。思い出せるかぎりはね」

「彼らがあまり好きじゃなかったようだな」

「好きじゃないものはたくさんあるわ！　訊かないって約束したのにいろいろ訊いてくる人も」

「どうしてパイプラインのキャンプを追いかけているんだ、キャロル？」

沈黙。

「追いかける理由はたったひとつしかない。女の人がなぜそれを追いかけるか」

沈黙。

「こういうことなのか……？　キャンプからだれかがここへきて、きみをなぐった？」

沈黙。

「いや、そんなことはありえない。たとえきみがここにいることを知っていたとしても。給料日ならありうるかもしれない——給料日なら。でも、それ以前にはだれも女を求めにきたりしない」

沈黙。

「なぜなんだ、キャロル？　教えてくれよ、たのむ、なぜなんだ？　どういうつもりなんだ？　きみを愛してるんだ！　おれはいままできみしか愛したことはないし、これからもきみしか愛さない！　だからどうして……なぜ……？」

依然として、沈黙。おれの唇の下で、彼女の唇はしっかり閉じられ、断じてひらかなかった。しかし、彼女のほおに涙が流れるのを感じた。

「きみにはそんなことをさせないよ、キャロル。万が一だれかがきみに近寄るところを見つけたら——！」

おれは彼女をつかみ、強烈なもどかしさを感じて彼女を揺すった。体をひっくり返して膝の上にのせ、尻をたたいてお仕置きしてやる、とおれは言った。

「どうしてなんだ、いまいましい。ちくしょう！　きみみたいにすてきな女の子が薄汚い売春婦になるなんて！　なぜなんだ……どうしてなんだ、ちくしょう……」

彼女はうつ伏せになって、両腕に顔を埋めた。彼女の尻を思いきりたたいてやろうと、おれは手をあげた。しかし、彼女は泣きはじめ、おれはそれを見ていられなかった。それで、キスして、愛撫してやった。

彼女は心地よさそうに寄り添って、もの憂げにため息をついた。

「ああ、気持ちがいいわ、トミー。ずっとこのままでいられたらと思わない?」

「そんなことありえないよ」おれはうめくように言った。「くそ、きみはどうして……」

「やめて、トミー。お願いだからやめて。なんにしろ、長い話になるし……」

「かまうもんか! 給料日は二週間もあとだから……」

「でも……でも、もしかしたらなにかがおこる。もしかしたらもっと長くなって……とにかく、そのことを話すのはやめましょう。いまはね。いまは」

「どういう意味だ、なにかがおこるって? 給料日は二週間ごとにやってくる、そのときがきたら……」

「もういい、やめて!」彼女は大声で言った。「キャンプへ帰って、さっさと寝たら?」

「わかった、そうするよ!」おれは言い放って立ちあがり、服を着はじめた。「それに、もう戻ってこない! 売春婦なんかに用はない。つまりはきみにもだ!」

彼女はふたたび泣きはじめた。いいかげんにしろとおれは言った。自分は帰るし、もう戻ってこないから、と。「もうひとつだけ言っておきたいことがある」と、おれは靴下をはこうと片足で跳ねながら、言った。「もしおれが――うわぁ！」

おれは床に尻もちをつき、足の親指をつかんだ。キャロルは飛び起きて、暗がりのなかでおれを見た。そして、おれを助け起こすように両腕をのばした。

「ト、トミー……どうしたの？」

「なんでもない」おれは言った。「足の親指を打ちつけただけだ」

「まあ、かわいそうに！」彼女はおれの頭を胸に抱き寄せた。「そこへキスして癒してほしい？」

おれは言った。「いや、いい。だいじょうぶだ」ちょっと戸惑いがあったのだ。

「キスしてあげたほうがいいと思う」彼女は断固として言った。「痛めた指を放っておいてもよくならないわ」

「いや、いい。よせ」おれは言った。「やめろ、キャロル！　いまいましいいかれた女め……！」

「あなたの足の指にキスさせて、トミー。させてくれないとくすぐっちゃうから」

おれは彼女から身を引こうとした。ばかげたことはやめろ、とおれは言った。彼女にすごく腹が立っていたし、なにをやってくれてもその思いは変わらなかったからだ。

彼女はおれをくすぐりはじめた。おれも、彼女をくすぐった。

おれたちは大声で笑い、ふざけ合い、そこらじゅうにぶつかりながら、車内がめちゃくちゃになるまで床を転げまわった。しばらくして、おれたちはベッドに戻った。

あしたの夜またくると約束して、一時間後におれはキャンプへ戻った。約束しなければ彼女が帰してくれなかった。それに、もちろんあしたまたききたかった。

ランタンふたつが灯っている以外、キャンプは暗かった。ひとつは飲み水を入れた樽の近くに吊してあり、もうひとつは平床トラックがとめてあるところにあった。さんざん動いたあとだったので、おれは喉が渇いていた。それでおれのテントととなりのテントのあいだへいって、ひしゃくで水を汲んだ。

少量の水で口のなかをゆすぎ、草の生えた地面に吐き出した。それからひしゃくで一杯飲み、さらにもう一杯飲んだ。体がほてっていたので、おれはゆっくり水を飲んだ。体がほてっているとき水をがぶ飲みすると気分が悪くなるからだ。一度に一回ひしゃくに口をつけて飲み、飲み終わると樽の縁の上にひしゃくを戻し、自分のテントに帰った。

すると、バド・ラッセンがいた。もう少しで彼とぶつかりそうになった。

一瞬凍りついたが、飛びすさって、握り拳をかまえた。ラッセンは両の手のひらを突き出し、戦う意志などないことを示して見せた。

「やめてくれ、トミー！　おれはただ……いったいどこへいってたんだ?」

「あんたの知ったことじゃない」おれは言った。

「そうさ、そりゃわかってる。だけど、おまえをさがしてたら、寝床にいなかったんで、それで、その、どこにいたんだと訊いてあたりまえだ」

おれは気分が落ちつきはじめた。たしかに、彼はトラブルをおこしたいようには見えなかった。

腫れた目や口、それに鼻やひたいに貼った絆創膏から判断して、トラブルはもう望んでいないにちがいなかった。

「なんだか眠れなくて、散歩に出たんだ」おれは言った。「あんたはなにをしてるんだ?」

「仕事みたいなもんさ、トミー。言ってみりゃ外をぶらついて、まわりに目を配るというか」

夜間にキャンプで目を配らなきゃならないことなんかないし、武装した警備員がひとりちゃんと巡回している、とおれは指摘した。彼は、愛想笑いをしてごまかした。

「でも、おれのことは知ってるだろう、トミー。みんなになめられてたまるか。まだ睨みが効くところを見せつけなきゃならない」

「なるほど」おれは言った。「あんたはいろんなところになんにでも鼻を突っ込みたがる。自分に関係があってもなくても。それで、おれになんの用だ?」

彼の顔が引き締まった。一瞬、目に殺意のようなものが光った。それから、彼は笑顔でごまかした。

「なあ、トミー。言っとくが、おれはなんの悪感情ももってないから、おまえも……つまり、おれたちはみんなここにいっしょにいて、ともに働いて暮らしてて……」

「いや、ちがうね」おれは言った。「おれはあんたといっしょに暮らしてないし、あんたといっしょに働いてない。おれたちがこの規模のキャンプでおたがいに接近しなきゃならない理由なんてないよ」

「なあ、トミー……」彼は身をくねらせた。「おれはここで正しいことをやろうとしてるのに、おまえはそれをさせまいとしてる。どんなことをしても、おたがい友だちになりたくないようだな」

もちろん、そのとおりだった。だが、トラブルには近づかないとフォア・トレイと約束した。コーナーに追いつめた相手をさらに追い込むのは賢いことではない。それで、おれはうなずき、声のトーンもソフトにした。

「オーケー、バド」おれは言った。「おれとのトラブルを望まないっていうんなら、あんたがはじめないかぎりトラブルになることはないと約束する。それじゃ、この場はおひらきにして、寝ようじゃないか」

「けっこうだ、トミー、けっこうだ」彼は気負い込んで言った。「おれは一度か二度まちがいをおこしたかもしれないが、もしかしたらおまえも同様だ。だが、これでおあいこだから……握手といこうじゃないか、どうだ?」

彼は片手をさし出した。おれはうなずき、彼のわきを素どおりした。テントの入口のフラップから振り返ると、彼はまだ立ったまま片手を半分のばしていた。だが、やがてその手をおろし、手のひらをズボンにこすりつけ、歩き去った。おれは自分のテントに入り、寝床へもぐり込み、あの男にいったいなにがあったのか考えた。

彼は仕事を馘になるのがこわいのかもしれなかった。ディピューとヒグビーのことを考えて。あるいは、おれに強烈なパンチを一発見舞うまえに、ガードをさげさせたかったのかもしれない。

あるいは、その両方。しかし、そう思うと、ふたつのことに確信をもてた。

バド・ラッセンの友好的態度は確実に演技であること。彼はこれから多くのトラブルをおれにもたらそうとしていること。

そして、おれは正しかった。

あるいは、少なくとも半分は正しかった。それ以上だったかどうかは、いまだにわからない。

12

キャンプはどこかに設置されなければならない。そこそこ平らな広い土地に。仕事をするのに便利なところ。そういうところでなければならないが、もしも地面に岩が多くてでこぼこしていても、がまんしなければならない。しかし、パイプラインのルートは、岩場をできるだけ避けてとおるよう調査されていた。そして、そのルートは地質学者が〝断層〟と呼ぶところに掘られていた。断層とは岩場が向きを変え、途絶えているところだ。下向きに傾斜した岩棚がふたつあり、そのあいだには埋め立てられた土の峡谷がある。その峡谷がパイプラインの進むべき道だ。

峡谷の地表には、岩が露出している区域があった。そして、ふたつの稜線がともに走っている一帯がある。岩が露出しているところでは、フォア・トレイとおれ、それにもちろんジャックハンマーを扱う者がそれを除去する仕事にあたった。

パイプライン敷設工事の初日には、ダイナマイト係と助手が必要になるほどの岩がなかった。おれたちが二日目に出ていく最初のトラックに乗りはじめたとき、ヒグビーがそう言っていた。

「爆破は全部あんたひとりにまかせていいだろう、フォア・トレイ。もちろん、一両日中にはまたトミーが必要になるだろうが」

おれはその一両日中になにをするのか知りたかったが、フォア・トレイがおれより先に口をひらいた。「なあ、フランク。トミーは爆破の腕がちょっと鈍ってるんだ。しばらく遠ざかってれば、腕が鈍るのはしかたがないだろう。だが、これからまたスタートを切るんだから、おれが彼をしっかり鍛えるよ」

「わたしはいろんなことに寛容だ」ヒグビーはそっけなく言った。「いいだろう、午前中は彼をあんたにあずけよう。それ以上はだめだ」

午前中だけでは不充分だと、フォア・トレイは言った。譲歩はできない、とヒグビーは言った。

「おまえ、ジャックハンマーを扱えるか、トミー？　ジャックハンマーを扱う人手が足りないんだ」

「いや……」おれはためらいがちに言った。「おれはかならずしもジャックハンマーを扱えるとは言えないけど……」

「ふうん。だったら、おまえはモルモン・ボードなら扱えるっていうのか？　それともドープ塗りを？」

「なに？」おれは言った。「どういうことだい？」

「おまえには選択肢があるってことだよ。モルモン・ボードかドープかジャックハンマーか」

「考えてみれば」と、おれは言った。「おれはテキサスでいちばんのジャックハンマー使いのひとりさ」

ヒグビーはこわばった笑いを浮かべた。フォア・トレイは忍び笑いを漏らした。それから、彼とおれは平床トラックに乗った。

トラックはキャンプを出て、がたがた揺れながらプレーリーを南へむかった。一マイルほどいくと、溝のはじまりまできた。それ以後トラックはひんぱんにとまり、作業員と機械をおろした。パイプラインを進んでいくと、うしろのドープ（アスファルト）ボイラーに火がつけられ、晴れた空に酸性の煙が立ちのぼった。それから、発電機がバタバタと音を立てはじめ、溶接工のトーチがパイプラインの筒の継ぎ目から火花を飛び散らせた。最後に、溝掘り機ががたがた揺れながらうなりはじめた。

溝掘り機の何千もあるナットとボルトがゆるまないよう、だれかひとりがずっと見張っていなければならなかった。さもないと、たえまない揺れと震動のせいでナットとボルトがはずれてしまうのだ。

フォア・トレイとおれがおりたとき、ジャックハンマー係たちだけがトラックにのこった。おれたちが仕事に取りかかるあいだ、彼らはパイプラインの約四分の一マイル先まで連れていかれた。エアー・ジェネレーターに電源を入れると、ジャックハンマーが音を立てて岩を粉砕しはじめた。フォア・トレイは、おれに同情するような表情をむけた。

「あれをやらされてたらたいへんだったぞ、トミー。もちろん、一日かそこらのことだろうが」

「そうだろうな」おれは言った。「でも、ドープやモルモン・ボードを扱うくらいなら、あれをやったほうがずっとましだよ」

「ほんとか？　結局これでよかったんだよ、トミー。だが、ジャックハンマーを扱ったあとは、ダイナマイトの爆破がいかに楽かわかるようになるだろう」

「ああ」と、おれは言ったが、なにをもってしてもダイナマイトを扱うことを好きになるなんてことはないだろう。「ああ、きっとそうだ」

パイプラインをとおす溝を爆破するのは、おれたちがキャンプでやった野外便所や残飯捨て場づくりの仕事とは異なるものだった。発破はかなり長い距離までおよぶ可能性があったから、導火線を同じ長さで切って端をそろえて結ぶことはなかった。それには時間がかかったし、導火線も多く必要だった。そのかわり、一連の爆破のうち最初の爆破では導火線を長く切り（長さは、何度爆破をおこなわなければならないかによる）最後の爆破では短く切る。長短の導火線への着火は、供給テントから支給された葉巻でおこなった。最後のダイナマイトの短い導火線に火をつけたら、全速力で走って逃げた。

タイミングをきちんと計算してやれば、複数の爆発は同時におこり、爆破がおこったとき安全でいられた。きちんと計算していなければ、トラブルになった。不発の爆薬が埋められたままになることもありえた。もちろん、それだけですむとはかぎらない。

いまではダイナマイトに点火するいい方法がある。当時も、もっといい方法があった。しかし、そのときはそれがいちばんはやくてかんたんだった。だから、その方法でやった。

その日の朝はたいへんではなかった。少なくとも仕事に関しては。ダイナマイトを連続して何度も爆破する作業はなかった。フォア・トレイに見守られてダイナマイトを爆破していっても、おれはほとんど汗をかかなかった——神経的にも身体的にも。

だが、気分はあまりよくなかった。精神的にも肉体的にも。ゆうべはほとんど起きていて、夜に睡眠がほとんど取れなかった。そのつけがきていた。疲れていたので、たえず頭に浮かんでくる暗い思いを追い払うことができなかった。彼女はなにをしようとしているのか——あるいは、なにをしようとしていると言ったのか、考えるだけで気分が悪くなった。そうでないのなら、なぜ彼女はそんなことを言うのか？　おれは痛々しく傷ついた彼女の顔を思った——ドアにぶつけてあんな傷ができるものなのか？　彼女がこんな荒野に寄る辺なく、ひとりでいる姿を思い浮かべた。彼女のキャンピングカーのドアから見た背の高い影を思い起こした——そして、あれは雄の大きなウサギだったかもしれないと思った。だが、もしちがったら？

正午になる直前、平床トラックが作業グループのところへやってきて、運転手とその助手が食事をおろした。ジャックハンマーを扱う作業員にも食事を配るためにトラックがいってしまうと、おれは午前中最後の爆破をやった。フォア・トレイはそれをチェックし、オーケーを出した。

そのころには正午になっていて、おれたちふたりは食事をはじめた作業員たちのところへむかった。

「腕をあげたな、トミー」彼はおれに言った。「ベテランのプロみたいに爆破できるようになった。恐怖を克服したな？」

「ああ、そう思う」おれは言った。

「それを聞いて安心したよ」彼は言った。「自分がなにをしているか考えもしないから恐怖を感じないんだろうっていう印象を、おれはときどき受けてた。もしそうだったら、おまえはけさまですごくラッキーだったし、その幸運が持続することをあてにしないほうがいい」

心身ともに疲れた、とかなんとかおれはつぶやいた。それは克服したほうがいい、しかもはやく克服したほうがいい、とフォア・トレイはぴしゃりと言った。

「本気だぞ、トミー。おれはおまえが好きだが、おれを吹き飛ばすのも厭わないほどじゃない。もしなにか心に引っかかりがあるんなら、たったいまそのつっかえを取っておくことだ」

「じつは」おれはやましい気がして言葉を呑み込んだ。「おれ、その……」

「なんだ?」

「じつを言うと」おれは言った。半ば真剣だった。「ボーンズっていう男のことがどうしても引っかかるんだ。ほら、トラックから落ちた男だよ——ただ、彼は落ちたんじゃなくて、だれかに殺されたのかもしれないってあんたは言ったけど……」

「あきれたな!」フォア・トレイは歩いている途中で足をとめた。「あのことをまだ考えてるのか? だけど、あれはただの無駄話だって言ったろう! 時間つぶしだ」

「ああ、わかってる」おれは言った。「でも、頭からはなれないんだ。すごく論理的だよ、立ちどまってそのことを考えることは。あんたが言ったように可能性はあるが……」

「実際にはおこらなくても、多くのことがおこってもおかしくない。もう忘れろよ。ボーンズは渡り労働者で、トラックから落ちた。それだけのことさ。おれが言ったことなんか忘れろ」

そうする、とおれは言い、ふたりして食い物のあるところへいった。傷まないように、すべての食べ物が熱くて、湯気が出ていた。飲み水に小さな氷を入れたり、缶に入ったミルクに冷たい水を混ぜることはときどきある。しかし、食べ物に氷を使うことはない。パイプラインの職場で冷たい食べ物を出される唯一のときは、そんなものほしくもない冬場だけだ。

料理は、すべて調理された素材がそのまま提供された。つまり、グレイヴィも、ソースもかかっていない。パイプライン就労者は、ソースやグレイヴィがかかったものに手を出さない。ハヤシ料理やチリのようなものをだれも食べない。自分がなにを食べているのか見てわかるものでなければならない。素材がはっきりわかるもの。ひどい下痢をおこした経験のある者には、なぜそうでなければならないかわかっている。

フォア・トレイとおれは皿に食いものをいっぱい盛り、熱いコーヒーが入ったボウルを取った。それをもって、すでに食べている連中のところへいき、溝の盛り土に腰かけた。ベイクドビーンズを口にほおばったとき、連中のひとりがおれに叫んで寄こした。

「へイ、トミー。もう娼婦には会ったか?」

娼婦《いんばい》?

おれはむせて咳き込み、窒息しそうになった。フォア・トレイはおれをしばらく観察していたが、おれは気がつかない振りをして咳き込みつづけた。叫んで寄こした男に応えることができない振りもした。すると、男はさらに言って、指さした。

「その女はあそこでキャンプしてるぜ、トミー。けさ、出ていくトラックの上に立ってたら、彼女がよく見えたんだ。いい女だったぜ！」

「おれも彼女を見たぜ」べつの男が言うと、ほかにも数人が同調して彼女を見たと言った。「給料日がきたら、いただきにいくんだ！」

おれは食べつづけた。むりやり食いものを呑み込んだ。羞恥と怒りで顔がまっ赤になった。みんなを蹴りとばしてやりたかった。だが、連中が言っていることに反発すらできなかった。もしそのときキャロルの体をつかんでいたら、歯がガタガタいうまで彼女の体を揺すっていた。

「おれの計画を教えてやるよ」——最初に口火を切った男がまた言った。「今夜あのかわい娘《こ》ちゃんのところへいくんだ。賭けてもいいが、うまく話をもっていけば、給料日まで支払いを待ってもらえる。だって……」

「そりゃやめておくんだな」フォア・トレイが言った。「彼女はおまえなんか信用しないから、一ペニーだってまけてくれないよ」

「そうかい？　わかったような口をきくじゃないか」

「わかってるさ。ゆうべ彼女に会いにいったからな」

嘘だった、もちろん。だが、連中はそんなこと知らない。彼がインポテンツであることを知っている者が、世の中にひとりでもいるだろうか。

「そういうこった」フォア・トレイはつづけた。「あの娘は金を払わないやつなんか相手にしないよ。おれはいくらかもってた。金は充分もってると思ってた。だが、彼女には充分じゃなかった。彼女は一ドルだって待ってくれないぜ」

「そうかい？　彼女はいくらほしがったんだ？」

彼女は二十ドルほしがった、とフォア・トレイは言った。そして、信じられないと驚いたみんなが漏らしたうめき声を制するように、片手をあげた。

「わかってるよ、わかってる。三ドルから五ドルが相場だって言いたいんだろう？　でも、彼女には足りないんだ。二十ドル支払うか、それとも自分の寝床に寝ながら彼女とやるのを夢見るか、そのどっちかだってな」

「ともかぎらねえさ」――唇にしまりのない男が言った。「おれは一セントも払わないでやってみせる」

フォア・トレイは彼を哀れむような笑いを浮かべた。「彼女とただでやれると本気で思ってるのか？」

「ただでやるのは彼女が最初じゃないぜ！」

「だろうな」フォア・トレイは冷静にうなずいた。「でも、おまえはたぶんケツの穴のとなりに臍をもつ最初の人間になるだろうよ。あの娘は銃身を短く切った十二ゲージのショットガンをもってて、その使い方も知ってる」

彼はトレーとボウルをもって立ちあがった。おれもいっしょに立ちあがった。彼はシロクマも怯えさせるような笑いを浮かべて、男を見おろした。

「試してみたけりゃやるがいいさ」彼は言った。「さもなきゃ、さっさと荷物をまとめて今夜キャンプを出ていくことだな。今後おまえを見かけたら、おれが岩の粉砕ドリルをおまえにたたきつけてやるから」

「おれもあんたに協力するぜ」おれは言った。

男は、地面に視線を落とした。だれもなにも言わなかった。男はついに頭を小さく振った。彼はキャンプを出ていくだろう。そのほうがいいとわかったのだ。

フォア・トレイとおれは、爆破をしていた場所へ歩いて戻った。彼が立ちどまると、おれも立ちどまった。彼に礼を言うか説明をしたかった。なにか言うか、なにかしたかった——どうしていいかわからなかった。

「おい、トミー」彼は、手袋をはめはじめた。「はやくジャックハンマーの扱いに馴れておきたいか？」

「扱いにはそのうち馴れてみせるさ」おれは言った。「ちょ……ちょっと言いたいことがあるんだ、フォア・トレイ。あんたがどう思ってるかはわかってるけど、でも……」

「おれが思ってることはな、トミー、大きな将来性を秘めてる若いやつはそれをドブに捨てがちだってことさ。だが、捨てるかどうかはそいつがきめることだ……」

「フォア・トレイ」おれは言った。「ボーンズが死んだことをずっと考えてたって言ったのは、嘘じゃなかった。そのこともずっと引っかかってるんだ」

「そうなのか?」彼は、おもしろがっているような表情を皮肉っぽく浮かべた。「そのことを考えて睡眠不足になったって? パイプライン売春婦のことじゃなくて、名前もわからない哀れなボーンズが睡眠不足の原因だっていうのか」

「わかったよ」おれは根気強く言った。「おれは説明しようとしたんだ。ただ、あんたにわかりやすいように言おうと思って」

「ちゃんと説明してやったほうがいいかもしれないな、トミー。この仕事の作業員の死亡率は、パイプラインを十マイルのばすごとにほぼひとりの割合だ。ここではもうブラザー・ボーンズの埋葬《ベリアル》——どうだい、この頭韻の踏み方は、トミー?——でひとつの死を体験してる。パイプラインはまだ五マイル弱だから、あと一日か二日は死神の心配はする必要がないってことさ」

彼はかがみ込んで、ジャックハンマーがあけた発破孔をさがしはじめた。

おれは向きを変え、とぼとぼと歩きはじめた。

日中の焼けつくような暑さのなかで、人間以外はすべて休息していた。ウズラやキジはサルビアや叢林の下に隠れ、翼をだらりとさげ、腹を地面にこすりつけてごろごろさせていた。ワタオウサギは風のとおる涼しい草むらのなかで、ひとかたまりになって昼寝していた。大きな雄のジャックウサギは、針だらけのセンジュランの茂みの下に眠たげな歩哨のように立っていた。プレーリードッグは、自分たちの塚のまばらな日陰のなかでまどろんでいた。

このさびしい原野にいる生き物たちは、そこらじゅうにいた……見ようと思えば、見ることができた。どれひとつ隠れていなかった。走って逃げたりもしなかった。以前に人間を見たことがないので、隠れたり走って逃げたりする必要を感じないのだ。

おれは立ちどまって、タバコに火をつけた。そのとき、火傷しそうな地面を長くて太いものが狂ったようにすべってきて、比較的涼しいおれの脚に巻きついた。それはブルスネークだった。長さが五フィートくらいあり、おれの二頭筋くらい太かった。おれはしばらくそのままにしておいて、それからそっと脚からほどいた。ヘビは唯一の武器である頭をおれにたたきつけた。だが、そのたたき方は暑さにへばって弱く、自分も無傷だと知るとすぐに反撃をやめた。おれはヘビをシャツのなかに入れてやり、蒸発する汗で涼ませてやった。シャツから取り出して、パイプラインの継ぎ目の内部に移してやると、ヘビは至福を味わうようにまったく動かなくなった。

13

ジャックハンマーはふたつあった。ふたりの男が交替で働き、代わる代わる作業に使った。モルモン・ボードでさえよく見えてしまうほどジャックハンマーを扱ってきた男と、おれは入れ替わった。きっと彼はモルモン・ボードのことを知らなかったか、あるいはたぶんジャックハンマーが大きらいだったのだ。その気持ちはすごくわかる。

ジャックハンマーを見たことがある人はたぶん多いだろう——正確な言葉を使えば、エアーハンマーだ。ジャックハンマーは、舗装道路のようなところをこわすのに使われる。てっぺんを横切るようにグリップが付いている。楕円形が横に延長されたように。下には重い空気シリンダーがのびている。そのシリンダーの下には鋼鉄のドリルがはめ込まれていて、空気がそのなかでカットされると、ドリルが震動し、一秒間に何回も上下動する。

使えば気づくが、震動するのは機械だけではない。ジャックハンマーを使うのは、舞踏病にかかった鋼鉄の山猫にしがみついているようなものだ。靴底から目玉までが震動する。そして、岩の小さなかけらが鳥撃ちの散弾のように皮膚に当たる。その騒音を聞いたら、神だってきっと耐えがたく、耳をふさぐにちがいない。

舗装道路の工事でジャックハンマーが使われるのは一度にわずか数分だ。だが、パイプラインでは、間断なく使われる。岩を粉砕したら、さらに動いてもっと岩を見つける。さっさと作業しなければ、そして一、二分以上ジャックハンマーがとまっていたりしたら、高圧官がやかましく言ってくる。

その日の午後は、ふたりの班長がおれたちの監督をしていた。ディピューの部下のひとりもおれたちのところへやってきて、おれが仕事を交替したことと作業時間を書きとめた。すると、午後四時ちょっとすぎに、ヒグビーが車でやってきた。

パートナーとおれは十五分ずつジャックハンマーを動かしていた。そのときはおれの休憩時間だったので、溝の盛り土に腰をおろしていると、ヒグビーが近づいてきた。彼はおれに厳しい視線を投げ、おそらくなにか言おうとした。それから、事態を呑み込んで――おれがサボっているのではないと――おれのとなりに腰をおろした。

「はかどってるか、トミー?」

おれは、肩をすくめた。

「ジャックハンマーを扱うのはどんなぐあいだ……馴れたか?」

おれは笑ったが、依然としてなにも言わなかった。ヒグビーは気むずかしい笑いを浮かべてから、口調を変えて諭すように言った。

「おまえはジャックハンマーの使い方がなかなかうまいよ、トミー。それにそのほうがダイナマイトよりずっと安全だ。昔を振り返って、年を取ったダイナマイト係がいたかどうか思い出してみろ」

年を取ったジャックハンマー係も見たことがない、とおれは言った。それから、眉をひそめて彼を見た。仕事を変えたらどうだとおれに促しているようなのが奇妙に思えた。

「おれはフォア・トレイといっしょにやってます」おれは言った。「雇われたときそれが了解事項でした。おれは彼のダイナマイト爆破を手伝い、ブラックジャックの胴元も代わりにやって……」

「フォア・トレイがおまえを望むかぎりは、了解事項だよ。だが、おまえはダイナマイト爆破があまり好きじゃないって印象を受けた」

「好きですよ」おれは言った。「好きです。で、フォア・トレイになにか不満がなければ……」

「不満があれば、われわれのどちらにも言うだろう」ヒグビーはかぶりを振った。「だが、わたしから言えば、彼は喜んで助手を変えるよ。助手をさがすのになんの苦労もいらない。爆破を喜んでする者はいつだっている。想像力がほとんどないんで、自分が死ぬとか不具者になるなんて思いもかけないんだ。さもなきゃ、死にたいってやつもいる。大規模な労働キャンプにはそんな連中が大勢いるよ」

「フォア・トレイは想像力が豊かだ」おれは言った。「死にたいとも思っていない。おれもですよ」

「おまえはジャックハンマーを扱ってたほうがいいだろう、トミー。残業手当もいっぱいもらえる」

「ええ」おれは言った。「でも、得するのは金だけですか?」

「いいことはほかにもあるさ。トラブルも避けられる。ジャックハンマーを長い一日扱ってれば、寝床以外に恋しいものはなくなる」

ジャックハンマーを握れと言われるずっとまえからトラブルを避けてきたと、おれは言った。その秘訣はわかっているつもりだった。ヒグビーはうなずいて立ちあがり、ズボンの埃を払った。おれも立ちあがった。作業に戻る時間だったからだ。トラブルを避けられると彼が言ったのはどういう意味だろうかと考えた。彼はキャロルのことを知ったのかもしれなかった。でも、それをどうやって知ったのか。おれと話をするようヒグビーにたのむようなことを、フォア・トレイはぜったいに、ぜったいにしないはずだった。

会話の途中で出てきた一般論にすぎないとおれは思って、仕事に戻った。ヒグビーはひと休みする時間を利用して立ち寄り、ジャックハンマーをおれに売り込んだのだ。彼は機械の作業員をとても必要としていて、そのためにできることはなんでもやってきた。

彼はほかの男たちとも短く話をしたが、ハンマーの音がうるさくて、どんな話なのか聞こえなかった。それからパイプラインのルートを歩いて、ときどき足をとめ、石を積みあげて目印のようなものをつくった。約五百ヤードの長さにほぼ二十くらいつくり、それから自分のピックアップ・トラックに戻り、キャンプへむかって走り去った。

その目印は、おれたちが作業しなければならない個所だった。あすの正午すぎまではかからないだろうが、そうとう忙しくなりそうだった。ジャックハンマー作業の交替時間がきたとき、おれはそのことをパートナーに伝えた。彼は、憤慨したような顔をした。

「よせよ、相棒。おれは冗談に付き合ってる気分じゃないんだ」

「冗談？　いったいなにを言ってるんだ？」

「チーフがそうしろと言ったんじゃないんだろ？」彼はいかめしくかぶりを振った。「今夜じゅうにやっちまおうぜ。一日を締めくくるまえに全部終わらせるんだ」

「今夜？　でも……でも、冗談言うな……！」

「できないっていうのか？　不可能だって？　チーフにはなにも言うなよ。もう終わりましたと言っても、まったく信じてもらえないことがあったんだ。どうせ手抜きしたいだけなんだろうって言ってな。そうじゃないんなら、そのハンマーを精力的に扱うところを見せてみろって」

「きょうはもう終わりにしないかって言おうと思ってたのに」

彼は疲れたような笑いを浮かべ、埃まじりの唾を吐き、ズボンに両手をこすりつけた。ジャックハンマーをわたすと、彼は片方の膝でそれをちょっと押しあげ、ドリルを岩にのせ、電源を入れた。

ジャックハンマーは震え、ガタガタと騒音をあげはじめた。彼が腕に力を込めてそれを地面に押しつけると、ハンマーは甲高い音を立てて震動し、彼から飛び退こうとした。彼は歯を食いしばってもちこたえたが、全身は揺れ動いて震えた。

おれは騒音からはなれ、盛り土に腰をおろした。脚と腕をもみ、かたく凝った筋肉に触れるとうめき声をあげ、おれが姿を現さなかったらキャロルはどう思うだろうと思った。

きっとひどく気をもむだろう。おれが怒っていて、戻ってこないと思うかもしれない。パイプラインを見やってやりのこした作業のことを思ったが、時間に少しでも余裕ができたらちょっとだけ彼女を訪ねようときめた。やあと声をかけ、自分は怒っていないと伝えるだけのほんの短い訪問。なにしろ、今夜はなににもまるで興味が湧かない。

ヒグビーが言ったように、ジャックハンマーを長い一日扱ってれば、寝床以外に恋しいものはなくなる。寝床だけ。そこにはほかにだれもいない。

五時に、厨房の給仕が会社のピックアップ・トラックに乗っておれたちに夕食を運んできた。夕食は、五ガロンのラード缶五つに詰めてあった。ひとつの缶にはコーヒーが入っていて、もうひとつには牛肉と鶏肉とハム、もうひとつにはバターを塗ったパンとクッキーとドーナツ、のこりのふたつにはポテトとミックスベジタブルが入っていた。おれたちは食えるだけ食い、ドーナツとクッキーは少しポケットに入れた。給仕は残飯をプレーリーに捨て、キャンプに引き返していった。

おれたちはタバコを一、二本もっていた。自分で巻いてつくるやつで、はじめから巻いてあるタバコをもっているやつなどいなかった。それからジャックハンマーを操作する順番をコイントスできめ、発電機の電圧をあげて、作業に戻った。

作業を終えたのは十時になろうとするころで、暗い空にはぎざぎざの長い稲妻が走っていた。それはカーテンを引き裂くようで、つぎには雷鳴がそれを縫い合わせるように鳴った。

キャンプへ戻るのに、おれはヒグビーといっしょに車に乗った。ヒグビーは窓からつねに頭を突きだし、雨がいつ降ってくるかたしかめていた。彼はおれと同じくらい疲れているように見え、稲妻が光るたびに年を取っていくように思えた。あす一日雨が強く降りつづいたら、パイプラインの仕事は中止になるだろう。夜に強く降っても仕事に遅れが出るだろうが、運がよければ遅れは数時間ですむだろう。灼熱の太陽とたえまない風のおかげで、またたく間に雨はかわく。ひしゃくで汲んだ水を地面にまいても、水が地表にとどくまえに蒸発してしまいかねないほどなのだ。

ヒグビーは小さく悪態をつき、横目で心配そうな視線をおれに投げた。「なあ、トミー。どう思う?」

「たいしたことありませんよ」おれは肩をすくめた。「きっと夕立みたいなもんだ」

そのとおりだといいなと彼は言い、おれは賭けてもいいなどと嘘をついた。テキサスの西の天気を予想できるのはばかかよそ者だけであることを、彼はもう知っていた。だが、いまさらそのことを彼に思い出させてもなんの意味もなかった。

飲料水が入った樽のランタンと、トラックを駐車してるエリアのランタン付近以外、キャンプは暗かった。ヒグビーはピックアップ・トラックをとめ、おれが車をおりはじめると静かに言った。

「きつい一日だったろう、トミー。はやく寝床につきたいだろう」

「ええ……」おれはためらった。「でもなにかおれに話したいことがあるんじゃないですか、ミスター・ヒグビー……」

「いや、いや、いまおまえに最適な場所は寝床だよ。あすはまたハンマーで仕事をしてほしい」

「そう言われるだろうと思ってました」おれは言った。「でも、それでおしまいですよね？　おれはダイナマイト係の助手にほしがられていて、あすのあとはそっちの仕事に戻るつもりです」

「ずっとハンマーを扱っていろ、トミー。あとになってよかったと思う。ハンマーの仕事にとどまって、残業手当をかせぎ、トラブルから遠ざかって……」

彼が言えたのはそこまでだった。なぜなら、おれは限界まで疲労していて、全身の神経がぴりぴりし、トラブルから遠ざかっていろとまたもや聞かされ——もうおとなしくしていられなかった。おれはそのときとても苛立っていたが、それは忌々しいハンマーを長時間扱ったことが元になっていた。

「もういい！」おれは爆発した。「いったいどういうことなんです、ミスター・ヒグビー？　でかいパイプライン工事現場のトップにいる人が、おれみたいな渡り労働者のなにを気にかけているんです？　なぜおれにかまうんです？　おれはあんたにとってなんなんです？　ディピューに対しておれの肩をもってくれるのはうれしいですが……」

「わたしに恩を感じることなんかないよ、バーウェル。わたしはやらなきゃならないことをしたまでだ。正しいと思ったことをな。おまえもミスター・ディピューに少しは敬意を払え」

彼の声は石のように冷たかった。おれの怒りはたちまちさめていった。彼に食ってかかるような口をきくなんてひどく生意気だと思い知らされた。

「すみません、ミスター・ヒグビー」おれは言った。「ほんとにすみません。おれにハンマーを扱えって言うんなら……」

「もういい。おまえはあすの朝ダイナマイト作業に戻るんだ」

「でも……それじゃ、おれを馘にしないんですか?」

彼はかぶりを振った。「チンピラに生意気な口答えをさせてしまった。彼を一人前の男と誤解していたわたしが悪いんだ。だから、しないよ」——彼は、おれが口をはさむまえに割り込んだ。「おまえを馘にはしないよ、バーウェル。こんなことではな。おまえを馘にしたら、フォア・トレイもいっしょに失うだろう。そしてもし彼が出ていったら、同調する友だちがいる。さらに、その友だちにも友だちがいる。そうすれば……だから、おまえは安全だよ、バーウェル——少なくともいまのところはな」

「すみません」おれはみじめな思いで言った。「ケツを蹴りあげられてもしかたがない」

「おまえにそんなことをしてもはじまらないよ」彼は自分の側のドアをあけ、車をおりはじめた。「もうおまえに時間を割きすぎた」

彼はおれにそっけなくうなずいて、高圧官テントのほうへ歩いていった。おれも車をおり、洗い場のほうへいった。

自分がどんな気分だったか語るのはむずかしい。みすぼらしく、安っぽく、さもしい人間になった気分——それだけではまだ言い足りない。徹底的に見かけ倒し。善良な人がおれの味方になろうとしてくれたのに、おれは彼に泥を投げつけた。下劣な行為だった。チンピラのやること。おれは、最低な気分だった。

手と顔をざっと洗った。そして、テントのあいだの通路をとおり、キャロルがキャンプしているところへむかってプレーリーを進んだ。今夜は彼女に会う気持ちの用意があまりできていなかった。彼女のことを思うとちょっと不愉快な気分にさえなった。それはフェアではなかったが、無理もなかった。

彼女がいなかったら、彼女と会うことに神経質になっていなかったら、ヒグビーに癇癪をおこしたりしなかったろう。彼女がいなかったら、フォア・トレイとまだとても良好な関係でいられただろう。彼を不機嫌にしたりしないで。

おれは自分を一人前の男だと考えてきた。ようやくおとなになって、自分自身に対処できるようになったと。おれは一人前の男であるのに、身長が五フィートそこそこしかない小娘にそのことを忘れさせられてしまった。

まともな女の子ならそんなことができることを、そして、それこそは自分が一人前の男であるたしかな証拠であることを、当時は知らなかった。おれはあまりにもみじめで、あまりにも不安だったから、自分の責任をだれかほかの人間に押しつけることができなかった。

まっ暗なプレーリーを、くよくよ独り言をつぶやきながら、おれはとぼとぼ歩いた。すると、プレーリードッグの巣穴につまずいて倒れたが、しばらく突っ伏したまま、彼女に言うつもりであることをしゃべるリハーサルをした。

「なあ、ちょっと聞いてくれ。きみは身を正して、ばかなことをやめるんだ。さもないと、パイプラインの溝に埋められることにだってなりかねないぞ！　おれは工事にかかわって埋葬された人間をいままでいっぱい見てきたし、これからだって……」

落雷があった――ぜったいに聞きたくない音だった。大きな稲妻がおれの頭をかすめて地表に突き刺さり、白い火の煙が地面から立ちのぼった。目がくらむ閃光が光った。文字どおり目がくらんだ。プレーリーは突如灼熱の日中のように明るくなった。おれは、両目を閉じた。ふたたびあけると、視力を失ったのではないかと思うくらい周囲が突然まっ暗になっていた。

そして、そのとき雨が降ってきた。水滴なんかではなく、小川、川、湖、大洋。

テキサス西端では、雨と雨のあいだに長い時間が経過する。一年間雨が降らないこともあるし、二年間降らないこともときどきある。自然はしばしば勤めをサボるが、そういうときはいつかその埋め合わせをしなくてはならない。そして、今夜はそれを埋め合わせたにちがいなかった。

おれは目が見えなかった。大きく息を吸うこともできなくて、溺れそうだった。おれは走りはじめ、一歩進むごとによろめいたり倒れたりした。おれはすっかり動揺して、キャロルのキャンピングカーがどこにあるのか、キャンプがどこにあるのか、自分がどこにいるのかわからなくなった。

おれはおそらく円を描いて動いていたが、完全に迷っていたのだと思う。パイプラインにたどりつくまで何時間もかかってしまったからだ。おれはパイプラインに沿って歩きはじめたが、最初は逆方向へいってしまい、結局パイプラインの端にたどりついた。それで今度は向きを反対にして、戻りはじめた。やがて、降りだしたときのように不意に雨がやんだ。

もう一滴も落ちてこなかった。蛇口を閉めたみたいに、突如雨がやんだ。

そのころには明け方になっていた。ようやくキャンプについたとき、太陽が地平線の上にのぼりかけていた。

また灼熱の一日になりそうだった。だが、そのときそれはおれにとってなんの意味ももたなかった。おれは骨の髄から寒くて、厨房のコンロで全身をあたため、火傷しそうなコーヒーを四、五ガロン飲みたかった。

いちばん近道して厨房のコンロへむかった――テントの入口をとおって、奥へ直行した。下をむいて急いでいたので、ブーツをはいて突き出されただれかの脚につまずきそうになった。

「そんなにあわててどうしたんだ、坊や?」

「うわ――!」おれは驚いて、顔をぐいとあげた。「なんなんだ?」

テーブルの先に、男が四人席についていた。それぞれ、まえにはコーヒーが入ったボウルがおいてあった。ヒグビーとディピューが奥に、テントの壁を背にしてすわっていた。ブーツをはいた脚を突き出していた男ともうひとりの男は、おれがいる通路側にすわっていた。

ふたりは三十代、四十代、あるいは五十代はじめかもしれなかった。よく見分けがつかなかった。顔には陽光を浴びてできたしわがあり、うしろに少しずらしてかぶっているステットソン帽のつばの下に見えるひたいは、陽に焼けていた。彼らは肩幅が広かったが、腰はほっそりとし、ブーツをはいた足は不自然に小さく見えた。ふたりとも腰に銃をぶらさげていた。その武器は、やせて骨張った体に溶け込んでいるように見えた。

最初におれに話しかけた男は、チェックのシャツのポケットから小さな手帳を取り出した。そして親指をなめ、一、二ページめくり、うなずいてふたたび視線をあげた。

「バーウェル。トマス・バーウェル。ひと晩じゅう外へ出てたのか、トム？」

「ああ。いえ、はい、そうです」おれは言った。

「そうか」男は納得したようにうなずき、目を輝かせて連れのほうを見た。「なかなか礼儀正しいやつだな。なあ、ハンク？　マナーをちゃんと心得てる。熱いコーヒーと朝飯を出してやったほうがよさそうだ、すぐに。そう思わないか？」

「ちがいない」もうひとりが間のびした言い方で言った。「もしおれがひと晩じゅう雨に濡れていたんなら、きっとそれをありがたいと思うだろうな。まちがいないよ、ピート。このことをその手帳に書きとめておけよ、証言のとき役に立つから」

疲労に恐れが入り交じった感情を感じながら、おれは男たちを交互に見た。心臓のまわりに冷たい腫れもののようなものができて、おれは身を震わせた。そして、不安のせいで喉元にヒステリックな笑いがこみあげてきた。ピートの光る目が細まり、彼は残念そうにハンクに話しかけた。

「この事態をおもしろがっているようだぜ、トマス・バーウェルは。もしかすると、彼は礼儀正しいやつじゃないのかもしれないな」

「しょうがないさ」ハンクは抗議するように言った。「こいつはまだ自分の立場がよくわかっていないんだ。気持ちを落ちつかせるには、コーヒーと食い物が必要だ。食い物をやってからちゃんと話してやれば、そのときにはもう笑ったりしないにきまってる！」

ちゃんと話してやる？　心臓のまわりの腫れものがもっと大きく、冷たくなった。ヒグビーを見ると、彼は唇を嚙み、横をむいた。ディピューを見ると、満足そうに取り澄ました表情をしていた。ピートは考え込むように顎をかき、視線をおれの頭のちょっと上に据えていた。彼はため息をつき、ブーツをはいた脚を組みなおし、ハンクにうなずいた。

「おまえには権利があるようだよ、坊や。ボスもそう言ってるし、法律にもそう書いてあるし、そうじゃなくても道徳にかなっているというもんだ。トマス・バーウェル、おまえはアルバート・〝バド〟・ラッセン殺害の容疑で逮捕される。おまえがなにか言えばそれが不利に使われるかもしれない。さて、朝飯にはなにが食べたい？」

14

掘削機はキャンプ地から四百ヤードほどはなれたところにとめてあった。パイプラインのスタート地点からも数百ヤードはなれている。工事のこの段階では使用しないし、現状ではそれを動かすのがむずかしかった。それで、必要になるまでそこにおいたままだった。

雨が降りだす直前、パイプラインの夜間の警備員は大きな音を聞いた――掘削機のバケットが落ちる音。なにがおこったのか調べにいってみたところ、バドの死体を見つけた。バケットが半分にひらいて彼の上に落ち、まさに彼をまっぷたつにして地面に打ちつけていた。長く尖った鋼鉄のフォークが彼の体を何箇所も貫いていた。

警備員はヒグビーに知らせた。雨が降りだしたけれども、ヒグビーは町へいき、マタコーラの保安官事務所を訪ねた。尋常な豪雨でなかったので、ふたりの保安官助手は近くまできたものの、それ以上先へいけなくなった。それでけさ、ハイバックで大型のスターンズナイト車を使い、のこりの道を走り、おれがつく一時間まえにキャンプに到着していた。

「……はは あ、なるほど」ピートは元気づけるようにうなずいた。「おまえは仕事を終えたあとキャンプを出て、女の子に会いにいった。だから当然、なんていうマシンだっけ？　掘削機とかいうマシンのところへいってバドを殺すことなんかできない、って言いたいんだろう」

「なんにしろ、彼を殺してなんかいない」おれは言った。「でも……」

「あの女の子が言うには、おまえはゆうべ彼女の近くに一度もこなかった。くるはずだったのに、こなかった」

「わかったよ」おれは言った。「それを説明しようとしてたんだ。おれは彼女に会いにいった。でも……」

「ああ、やっぱりそうか。でもいかなかった。ということは、おまえはどっかべつのところにいた。そういうふうに受け取れるよな、ハンク?」

「そのようだな」ハンクは間のびした言い方で言った。「まさにそうだ。それが事実なんだ」

「おまえはそいつ、つまり掘削機の動かし方を知ってるんだろ、トマス?」

「いや。ああ、動かし方は知ってる。つまり、どうやって動くのか、理屈は知ってるけど……」

「逮捕されたことはあるか、トマス? 裁判にかかって、有罪になったことは?」

「ああ、ある」おれは言った。「キャンプにいるだれもが、きっと一度や二度は経験してる。酒酔いだとか騒ぎをおこすとか放浪するとか……つまり、そんなようなことで」

「そんなようなことで、か? ほかには?」

「おれが教えてやろう」ハンクが言った。「五セント賭けてもいいが、ピート、ここにいるこの若造はA&Bもやってる。まるまる五セント賭けるぜ。釣りはいらん」

「トマス、A&Bってなんだか知ってるか?」

「暴力行為だろ」おれは言った。「だけど、あれは正当防衛と言い換えてもいいもんだ。とにかく、あの場合はそうだった。ほかの連中が騒ぎをおこして、おれが決着をつけた」

「ふうむ。きのうの夜、おまえがバドに飛びかかったときはどうだったんだ？　おれの知るところでは、彼はおまえに手を出したりしていないぞ」

「わかったよ」おれは言った。「でも……」

「彼を殺してやると言ったんだろう？　あのとき彼から引きはなされなければ、その場でやっていたかもしれない」

「そのとおりだ、おまわりさん」ディピューが口をはさんだ。「そして、昨夜こいつはまちがいなくラッセンを殺したんだ。その機会があったし、動機もあった。そして……」

「たしかに、あんたからそう聞いた。さて、トマス……」

「おまわりさん、わたしにはあんたがたの態度が理解できないよ。どうして煮え切らないで、ぐずぐず……」

「彼はもうあんたに言ったよな、ピート？」ハンクは言った。

「もしかしたら、おれは彼の言うことをちゃんと理解しなかったんだ」ピートが言った。「ミスター・ディピュー、あんた、トマスがバド・ラッセンを殺したことにまったくなんの疑いももっていないって言うのか？」

「ああ、まちがいない！　そんなことは脳みそが半分しかない者にだってわかる！」

「さあ、どうかな」ピートは言った。「そうとも言えないよ。さて、おれたちはそろそろいく。

ところであんた、車をもってるか、ミスター・ディピュー?」

「車?　ああ、もってる。妻のいる自宅にあるが……」

「ナンバープレートの数字は?」ピートは答えを待った。「奥さんの誕生日は?」彼はまた答えを待った。「結婚記念日は?」さらに、待った。「ようするに知らないのか、ミスター・ディピュー?　あんたみたいにすごく確信をもった男が、自分のことじゃないことに絶対的な確信をもってる男が、自分の車のナンバープレートの数字も、奥さんがいつ生まれたのかも、最初に奥さんとセックスした日付も知らない?　こりゃあ驚きだ、なあ、ハンク?」

「びっくりだな」ハンクはディピューを強くにらみつけた。「そんな男はおそらく体のどこで小便をするのかもたぶん知らないんだろう。ちがうかい、ミスター・ディピュー?　ちがうかい、ミスター・ディピュー、って訊いたんだ」

ディピューは顔をまっ赤にしながら、ふたりを見くらべた。そして、突如立ちあがり、テントから走って出ていこうとした。そのとき、ヒグビーがはじめて口をひらいた。

「諸君、われわれはこれからここでもうすぐ朝食を提供しなければならない。だからべつのテントへ移って……」

そんな必要はない、とピートは間のびした言い方で言った。「もうこれ以上話し合うこともないよな、ハンク?　いまのところはもう充分だろ?」

「話はたっぷりした」ハンクは同調した。「まちがいないよ」

「トマス、コーヒーのほかになにかほしいものがあるか？　もっていきたいものでもあるか？」

「もっていきたい……？　どこへ？」

彼はその場所を言った。マタコーラ、郡の拘置所。「もっていきたいものがあるなら、そうしたらいい。長いことかかるかもしれないからな」

「そうなるかもしれないぞ、トマス」ハンクはいかめしく頭を振った。「ああ、そういうことだ、きっとそうなる。五セント賭けたっていい。札でもいいぞ。釣りはいらん」

郡の首都マタコーラは、ひとつの町というより、じつはふたつの町からなっていた。裁判所を取りかこんでとても古い一角があり、そこはもともと牧畜業をやっていた。がっしりしたレンガと砂岩でできた建物がある町で、シートメタルの日よけが歩道に突きだしている。ここを取りかこむように隣接しているのが、新しい町だった。石油が発見されてできた町だ。マシン・ショップ、酒場、安宿などが集まった典型的な新興都市。さらには、大きな都市にあってもりっぱに見えるかなりの数の建物。

おれの監房は裁判所のタワーのてっぺんにあった。切りたったスレート屋根の上にある鐘楼みたいなものだ。四つの壁すべてには窓があり、町のあらゆる方向を何マイルにもわたって見わたすことができた。遠くの農場、油井のやぐら、道路を走る車やトラック——それらが眼下に広がっていた。列車も見えた。貨物列車と客車。久しぶりに見る列車だった。二台が操車場で連結されて、町からゆっくり出ていき、しだいにスピードをあげてプレーリーに入り、ついにはまぶしい陽光のなかに消えていくのを見た。列車を見たあと、ベッドに腰かけると目が潤んできて、ほとんどものが見えなくなった。

ようやく視界が晴れると、おれはタバコを巻いた。また考えごとをはじめたが、なにか希望のあることにしがみつこうとしても、おれの心は堂々巡りをくり返した。

バド・ラッセンはマタコーラの保安官事務所できらわれていた。口に出しては言わなかったけれど、おれを逮捕したふたりの保安官助手の態度にはっきり表れていた。にもかかわらず、バドは彼らの一員だった。彼らの側の人間、つまり警官だった。そして、警官をたたきのめした者は、自動的に敵になるのだ。

警官をたたきのめさなくても、殺すと脅さなくても、彼らの考え方からすると、バドにはおれを殺してもいい充分な理由があった。彼が冒した唯一のミスは、それをしなかったことだった。彼らの考え方では、おれは自分が有罪だと証明していた。それはまちがいだと反駁する理由など、彼らにはひとつもなかった。

おれは正午少しまえに留置されたが、食事を運んでくれた年寄りの看守以外その日はだれにも会わなかった。翌日の朝はやく、朝食のすぐあとに、看守がおれを監房から出し、保安官事務所へ連れていった。おれはそこで、いままで会ったことのない保安官助手に引き渡された。保安官助手は面倒くさそうにおれに手を振り、小さな部屋のドアのほうをさし示した。そのなかに入ると、そこにフォア・トレイ・ホワイティがいた。

「調子はどうだ、相棒?」彼はおれにウィンクし、片手をさし出した。「どうやら連中に屈してはいないようだな」

「フォア・トレイ……ああ、フォア・トレイ!」おれは、落ちつくために唇を嚙んだ。「あんたはどんな調子なんだ?」

「体のなかがガタガタいわなくなったら元に戻るよ。けさの三時から補給トラックに揺られどおしなんだ。あと約一時間で戻らなきゃならない。それで……」

彼は頭をぐいとかたむけ、もっと近寄るようおれを促した。おれが近寄ると、彼は声を落とした。

「おまえはここを出るんだ、トミー。おまえは解放される」

「えっ?」心臓がドキッとした。「まさか、そんな……!」

「声を落とせ! 彼らはそれをまだ知らない。おまえも知らないことになっているからだれにも漏らすな。口外したら失敗するぞ」

「でも……でも……」おれは言葉を失ったしぐさをした。「どうして……つまりどうやって……」

「どうやってとかどうしてなんかは気にするな。説明している時間がない。もうすぐそうなるっていうおれの言葉を信用しろ。おまえは口を閉じて待ってればいい」

「そうするよ」おれは言った。「どれくらいかかるんだ、フォア・トレイ?」

「長くはない。なにか苦労していることはあるか? 食事はどうだ?」

食事は問題ないと、おれは彼に言った。でも、タバコが吸いたいし、なにか読むものがほしい、とも。「もう少しここにいるんなら、鉛筆と紙がほしい。だけど……」

「必要なものはなんでも手に入れてやる」彼は言った。「タバコ、読み物、なんでもだ。それで、おまえに言っておくことがある。ふたつばかりな」彼は深々とタバコを吸い、鼻から煙を吐き出した。「ダラスですっかり破産したのをおぼえてるか? 結局おまえは振顫譫妄にかかった」

「忘れようがないよ」おれは言った。「おれは六千ドル近く失った」

「いや、そんなことはなかったんだ、トミー。おまえが失ったのは、千五百ドルほどだった」

「おれはたしかに破産したよ。六千ドルも失ったあげく……」

「四千五百ドルはおれがあずかった。そうしなかったら、すっからかんになることはわかってたから、おれがあずかった。その金はマタコーラのファースト・ステイト銀行におまえ名義で預金してある」

おれは言葉を失って、彼を凝視した。驚きで口があんぐりあいた。フォア・トレイは冷静にうなずいた。

「この仕事が終わったらおまえに話すつもりだった。そのころにはおまえも常識ってものを身につけているだろうと思って。常識が身につけば、金の使い方もわかる。だが、今回おこったことは……」

「いやあ、なんと言っていいか」おれは言った。「し……信じられないよ、フォア・トレイ。おれが四千五百ドルももっているなんて。それに……それに……なんと言っていいかわからない」

なにも言うな、とフォア・トレイは言った。いまおれが送っているような生活からすっかり足を洗い、昔いつも話していたように大学へいけ、とも。

「おまえを信用しているぞ、トミー。おれが誤解していないことを祈るよ」

「そうだな」おれは彼から顔をそらして、言った。「大金だ。大学へいく金がないなんてとても言えない」

「それで？」

「それで、あんたには大感謝だ」まだ彼を見ないで、おれは言った。「自分はまったくの無一文だと思ってた。だからいつだって……」

「もうやめておけ、トミー。警告しておく。もうやめておけ」

「えっ、なにを？」おれは言った。

「おまえにパイプラインでの仕事はない。おれとおまえの関係ももう終わった。ヒグビーも同じだ。おまえにはここでもうやることがなにもない。なにもないってことは、あの売春婦にももう会わないってことだ」

「彼女は売春婦なんかじゃない！　どういうふうに見えようと――どう言われようと――かまわないが、彼女は……」

「売春婦じゃない、って？」彼は冷酷な笑いを漏らした。「だったら、ゆうべ食事のあとなんだって一ダースもの溶接工たちが彼女を訪ねたんだ？　彼女は最高だったなんてどうして彼らは言うんだ？」

おれは息が詰まった。胃に強い蹴りを食らったような気分だった。顔からすべての血が引いていくような気分だった。

溶接工たち。彼らは金持ちだ、たっぷりもっている。給料日まで待つ必要なんかない。

「トミー……」フォア・トレイの声には哀れみがこもっていた。「すまない、トミー。こんなことを言わずにすめばよかったんだが」

「かまわないさ」おれは言った。「べつにどうってことない」

「その意気だ。どうってことないさ。いまは信じるのがむずかしいだろうが、おまえにとっては身を引くことがいちばんいい。いずれいい娘《こ》にきっと会える。そして……」

「悪いんだけど」おれは言った。「悪いんだけど、その話はもうやめよう。どうしてその話をつづけなくちゃいけない？　その話をすることがどうして……どうして……」

「いいとも」フォア・トレイはそっと言った。「おまえのいいようにするよ」

　そのあと、おれたちはあまり話さなかった。落ちついたら手紙を書くとおれは約束し、彼も手紙を書くと約束した。仕事が無事終わったらおれに会いにくると彼は言い、おれは楽しみに待っていると言った。やがて、保安官助手がドアをあけ、面会時間は終わりだと告げた。それでフォア・トレイとおれは握手をし、おれは監房へ戻った。

　しばらくのあいだ、おれはこれ以上にないほどみじめな気分を感じていた。もうすぐここを出られるとわかっても、気分は高揚しなかった。フォア・トレイが話したキャロルのことを聞いたあと、おれは二度と気分が晴れないだろうと思った。とにかく陰気な気分だったので、看守が鉄格子のあいだからさし入れてくれた雑誌の束に目をくれることもなかった。そして、やがて気分が最高に落ち込んだとき、おれは突如大声で笑いだした。大声で笑い、ひどく怒り、ひどく苛立ったので、もしフォア・トレイがそのときそこにいたら、きっと彼をなぐりつけていたと思う。なぜなら、彼はキャロルのことで嘘をついたからだ。おれはしばらくそのことを考え、ぜったい彼は嘘をついていると思った。

溶接工たちはパイプライン敷設現場の売春婦のまえに列をつくったりしないだろう。大半の溶接工には妻と家族があり、妻や家族とわかれて現場へきたばかりだ。女を求めたとしたらよほどの欲求不満をかかえ込んでいるにちがいなく、もし求めたとしても、相手はここで手軽に見つけられるような女ではない。あまりにも危うく、自分を卑しめることで失うものが多すぎる。

まあ、たしかになかにはばかなやつがひとりくらいいるかもしれない。自分が恵まれていることを知らない者はいつだっている。しかし、一ダース？　ありえない！　フォア・トレイは大げさに言いすぎたのだ。

おれは夕食を食べたあと、はやくに寝台に横になった。読んだり書いたりするには暗すぎた。さらに言うなら、おれの頭はキャロルとおれのこと、四千五百ドルのことを考えるので精一杯だった。だから薄暗がりのなかで横になり、通りから聞こえてくる遠くの音に耳をかたむけ、タバコを吸い、白日夢——夜に白日夢を見ることができるのか？——を見て、いろいろな計画を練っていた。

おれはいつ解放されるのか、フォア・トレイは言わなかった。だが、あすの夜、さもなければ遅くともそのつぎの朝の朝食までに解放されるだろうと推測した。おれは、それまでに七十二時間勾留されたことになる。容疑をかけられて留めおかれる最長の時間だった。警察はおれを殺人で起訴するか、それとも釈放するか、そのどちらかにしなければならない。だが、彼らには立件できる材料がないし、もっと有力な容疑者がいる……

いずれにせよ、おれは出ていくのだ。フォア・トレイはそんなことでおれをからかったりしないだろう。彼は、正確にいつ出られるとは言えなかった。警察に反抗的な者がどういう扱いを受けるか知っているからだ。警察ができるだけ長いあいだおれをつらい目に遭わせようとすることを、彼は知っていた。しかし、おれはとにかく出ていく。

ついに、おれは眠りに落ちた。キャロルのこと、大学へいくこと、その他あれこれを夢で見た。彼女に四千五百ドルを見せ、ふたりでパイプラインのキャンプからはなれて二度と戻ってこないと言ったら、どんなに驚くだろうと思って、笑みが浮かんだ。

その夜はぐっすり眠れた。ほとんど夜のあいだは。いったん目がさめたのは午前三時ごろで、薄笑いを浮かべたフォア・トレイの顔が突然目のまえに現れた。氷のように冷たい目をして、軽蔑したような苦々しい表情が浮かんでいた。彼に凝視されておれはもじもじし、そっとつぶやいた。なんだっておれをそんなふうに見るんだ？　彼の答えは、まるで夢のなかでなくおれといっしょに監房のなかにいるかのように、鮮明に返ってきた。

「彼女が売春婦でないことは知っている。それじゃ、そのほかを聞かせろ」

「そのほか？」

「聞こえただろう、ふざけたチンピラめ！　おまえが戻ってきたほんとうの理由だ！」

おれは言った。「いったいなんの話をしてるんだ?」それから、おれは小さく叫んだ。「痛て！」いきなり上半身を起こしたので、上の寝台に頭をぶつけたのだ。

いったいなぜ自分は目をさましたのだろうといぶかりながら、おれは寝ぼけまなこでひたいをさすった。そのとき夢のことはすっかり頭から消えていた。やがて、おれは毛布のなかにもぐり込み、眠りにつき、朝食だと看守に起こされるまで眠った。

朝食の約一時間後、看守はおれをシャワールームへ連れていった。そして彼に見張られながらシャワーを浴び、髭を剃った。

そのあと判事のまえに連れていかれ、第一級殺人で起訴された。

16

その地域の公僕の大半のように、郡の検事はその仕事を副業としてやっていた。彼は金持ちだった。牛と石油で金持ちになっていた。そしてほとんどの時間を富の管理にあてていた。郡の検事としての仕事は、公共奉仕ないし市民の責任を引き受けていると見せかけるようなものだった——ほかの人が代わりにやっても自分の手柄にするのだ。彼のつぎのステップアップは、おそらく州の検事局に入ることとなのだろう。その後は、もしかしたら知事の椅子か州議会議員の席。現在、彼のオフィスの実務はふたりの若い助手がおこなっていたが、おれが検事本人に会わせてくれと主張したため彼はかなり苛立っていた。

「なにがそんなに不満なんだ、バーウェル？　起訴されたのは、きみに不利な証人が複数いるからだ。そうなるともうどうしようもないな」

「でも、殺人現場を見た者なんかいません！　事故だった可能性だってある……」

「われわれはそう思わない。正直言って、あのクソ野郎がこの町をもっと長くうろつくようなら、わたしが彼を殺していたかもしれない。一度は、馬を蹴っている彼を目撃した。しかし、きみの場合は……ひどいもんだ。フェアなけんかで彼を死なせてしまったんなら、きみと握手したい人の列にならんでもいいが、でも……」

「おれは彼を殺してません！　おれたちは仲直りしたんだ！」

「ほんとか?」彼はデスクの上の書類にちらりと目をとおした。「きみたちは仲直りなんかしなかったと証言する証人がいるんだ。ウィンギー・ウォーフィールドってやつさ。彼は、ラッセンが握手しようとしたのにきみが撥ねつけたと言っている」

「でも、ウィンギーは大口たたきだ! あいつは自分の話を聞いてもらえるんならなんだって言う! 実際には……実際には……」

「なんだ?」彼はおれの態度になにか引っかかりを感じたようで、考え込むようにおれを横目で見た。「なにかあったのか、バーウェル?」

「なにかあったか?」おれは言った。「どういう意味です?」

「われわれにはきみを拘束する理由がたくさんある。その理由はたくさんあっても、証拠はひとつもつかんでいない。だが、きみは釈放されることを確信しているような態度だ」彼はおれを横目で見つづけながら、待った。「だれかがなにかをきみに約束したのか? だれだか言ってみろ。そいつのケツの皮を剝いでやる!」

もちろん、おれはぜったいにここを出ていくが、フォア・トレイに言われたてまえそれを口外することはできなかった。それでちょっともぞもぞし、無実の男を勾留しておくことはできないと思うし、おれはぜったいに無実だと言った。すると彼はおれを凝視するのをやめ、ふたたび苛立ちはじめた。

「もういい!」彼は割り込んで言った。「言いたいだけ言っているがいい! で、弁護士はいるのか?」

「いると思う」おれは言った。「けさ判事のまえに出たときには法律を知っている者がいたと思うけど……」

「それじゃだめだ! わたしが言ってるのはほんものの弁護士だ」彼は腕時計を見てから不意に立ちあがったが、ブーツのせいでちょっとぐらついた。「いや、急がなくていいだろう。裁判まではほぼ七週間ある」

彼は牧場スタイルの帽子を頭に押し込み、デスクをまわってきた。おれも立ちあがると、彼はおれの肩に腕をまわし、ドアまで連れていった。

「教えてくれ」彼は敷居の上で足をとめ、おれを面とむかせて言った。「あのクソ野郎を殺したのか、殺してないのか?」

「殺してません」おれは言った。「ぜったいに彼を殺してない」

「はっきり断言できるのか? わたしに嘘はついていないか?」

「断言できます」おれは言った。「おれは嘘をついていない」

彼の視線がおれの目に突き刺さった。おれを貫いて、反対側から出ていったようだった。ついに、彼はため息をついて顔をしかめ、節だらけの手で顔をこすった。

「そいつはまずいな」彼はぼそっと言った。「もし有罪なら、第二級殺人か故殺を主張すればいい。それならわたしも同意する。彼があるとき馬を蹴ったところを見た話をしたかな?」

「ええ、しました」おれは言った。「そんなようなことをたしかに言った」

「だが、むろん、もしきみがほんとうに無実なら……」彼はかぶりを振り、顔をしかめてから、少し明るい顔になった。「腕のいい弁護士を雇うことだ。必要であれば、わたしも協力しよう。善人ならわたしの助手たちの接し方も変えられるはずだ」

彼の言うとおりになることを願っている、とおれは言った。それから、窮地の状況であるにもかかわらず、おれは大声で笑った。自分を抑えられなかった。

彼は驚いた顔をした。ちょっと感情を害していた。それから、彼も笑いだし、思わずまえにつんのめってしまうほど強くおれの背中をたたいた。

「この意地っ張りめ!」彼は声高に言った。「大笑いするか、強い酒を飲むかしないと、気分はなかなか癒えないもんだ。気に入ったよ。かまうもんか。笑えるときに泣いてなんになる?」

「ええ」おれは相づちを打った。「泣いてなんになるんです?」

「きみは銀行に預金をもってるな? ちょっとはまとまった金だ。それならだいじょうぶ。かりに有罪になっても、なんの問題もない。パーカー兄妹のまえで札束を振って見せてやれ。陪審員より先にきみを家へ返してくれる!」

また相づちを打つと、彼もまたおれの背中をたたき、元気を出せと言った。それから、おそらくだいじな用事でどこかへ急いで出かけていき、おれは監房へ戻った。

何年ものち、この本を出してくれる編集者に、郡の検事のことや、当時テキサスで出くわしたほかの人たちのことを話した。すると、話し終わるずっとまえから、彼はかぶりを振った。そんないいかげんな検事がいるはずがない、と彼はにべもなく言った。そんな連中なんていない。その編集者はそう言った。おれは彼の無知を正そうとはしなかった。しかし、彼がなにも知らないことはあきらかだった。

そういう連中はいた。大勢いた。相当数の人たちが歴史をつくってきたが、少なくともふたり、バドとシスのパーカー兄妹は、州知事にまでなった。

バドとシスは兄と妹だった。無学で堕落したひねくれ者たちだったが、庶民的な資質をもち、その気さくな雄弁ぶりで知事選挙のたび票を獲得した。最初に知事になったのはバドだった。だが、弾劾されると、シス・パーカーが兄の職に立候補し、圧勝して執務室を引き継いだ。

ふたりはいっしょに州議会を運営した。こんなジョークもあった。彼らは交替で働き、ひとりが恩赦を売っているあいだひとりは非番で休んでいた、と。もちろんそんなにひどいことはなかったが、パーカー兄妹に数千ドル納めればテキサスではだれも刑務所へ入ることはなかった。なかには、強盗をやるに先だって恩赦を買っておき、それを必要経費としていた者もいたという。

いやはや……

当時はそんなことがまかりとおっていた。そして、有罪判決を受けたあと恩赦を買うことを考えても、おれの心はちっとも晴れなかった。数週間は刑務所に入っているだろうが、そのあいだにキャロルがどうなってしまうか思うと……昼食も夕食も喉をとおらず、コーヒーを少し飲むのが精一杯で、それさえ喉に詰まらせるほどだった。タバコは三箱吸い、一本吸い終わるとすぐにまた一本に火をつけた。いらいらし、不安で、どこでどうまちがったのだろうと思い悩んだ。

まもなく解放されると、フォア・トレイははっきり言っていた。だが、どうしてそんなにはっきり言えるのか? 彼はみんなが知らないなにを知っているのか? なにかを知っているなら、なぜそれを告げておれをすぐ外へ出してくれなかったのか?

考えれば考えるほど、混乱した。割れそうになるほど頭が痛くなりはじめ、なにかほかのことに打ち込まなければ身がもちそうになかった。しかし、知るは易く、行うは難しだ。雑誌を読もうとしてもむだだった。なにが書いてあるかまったくわからずに十数ページをめくるのがおちだった。

おれは床を歩きまわりはじめた。行ったり来たり。奥の壁からドア、わきの壁から寝台。だんだん脚が弱ってきて、ついに歩くのをやめ、目を閉じて壁に寄りかかって立った。風が水のように顔をよぎっていった。

気持ちがよかった、風が。それは馴染みのある感触だった。親しみのある、やさしい感触だった。たえず吹いているテキサスの風。おれがその地をはなれれば、その風も感じなくなった。いろいろな土地の想い出が甦った。テキサスの中西部にある町マケイミー、高圧線の塔、アルカリ水でごわごわになって地面に立てることができたズボン、チョークの町の鋼管を扱うクルー、電線が巻きついて男の頭がもげたのを見たこと、ビッグ・スプリングの西の現場で油井やぐらを解体した仕事。高さ百二十フィートのリグのてっぺんから掘削装置が酔っぱらったダンサーのように揺れていた。フォー・サンズの安酒場、毎日同じテーブルについていた男。雪みたいに白い髪をして、卑猥なほど若い顔をした男——猥褻な写真で見るような顔をしていた。

その男はだれとも話さなかった。ホワイトコーン・ウィスキーを入れたチーズグラス、あるいはチョクビア・チェイサーを入れたジェリーグラスをさしあげる以外、動きもしなかった。床をじっと見つめてずっとすわっていた——そして、聞いていた。おそらく、風の音を。風の音を聞いていたが、聞いているものがまったく耳に入っていなかった……

寝台に腰をおろした。紙と鉛筆を取って、書きはじめた。書き終わるころには頭痛がおさまって、眠れるようになった。それだけがほんとうの願いだった。自分が書いたものはどう見てもたいしたものでなかったので、おれは紙をまるめ、床に捨てた。それは、以下のような内容だった。

しばらくまえ、おれはここにすわって
床に入ったひび割れを数えていた、
未来を消し去ろうとして
過去におこったことを全部忘れるために、
おれは赤ん坊が泣く声を聞き、
知っている顔を見た。

しかしその子は死に、顔と頭だけが
そこで泣いていた。
果てしない悲しみを嘆き叫び、
その指先を吸った
精髄以外なにも残らなくなるまで
それに弱々しく嚙む唇も。
（しかし、もしかしたらそれは風だよ、坊や。／
（もしかしたらそれは風だ。）

悪魔と顎ひげを生やした聖者がちらっと見た
ドア越しにおれを。
悪魔はくすぶる病菌をもっていて、
聖者は金の鍵をもっていた。
悪魔は笑い、彼に言った
「わたしはつかまえた者をみんな取っておく」
そして彼はおれをそこで縛りつけた
十フィートあるガラガラへビでその椅子に。

（しかし、もしかしたらそれは風だよ、坊や。／
（もしかしたらそれは風だ。）

ああ、もしかしたらそれは風だよ、坊や
腹をすかせてうずくあのそよ風！　伝染する一回のくしゃみの
ふたをとおして大混乱をおこす／あるいはそれは女の悲鳴
棍棒が彼女の背中に振りおろされたときの／あるいは
草の生えた丘にいる腹をすかせた猟犬
そこでは死者が彼らの攻撃を撃退する／
あるいは呼吸を求めるあえぎ
暴徒の火が死体を黒く焼くあいだロープが死を
もたらす／あるいはレイプや殺人や強奪をもたらす
狂人たち、悪人たち、悲しみと喜びの
男たち／そこでは爆弾が爆発し
神の掟に背く者が神の掟に背いたところで砲弾が腐食する。／
（しかし、もしかしたらそれは風だよ、坊や。／
（もしかしたらそれは風だ。）

目がさめたのは、午前の半ばだった。できるだけ長く一日をのばそうとして、しばらく半分目を閉じて横になっていると、太陽の光がまぶたの下に染み込んできた。おれはついにあくびをし、伸びをして周囲を見まわし、ぎょっとして突如起きあがった。

監房のドアがひらいていた。ブーツをはいてブルーのサージの上下を着た男が壁に寄りかかって、おれが前夜書いた詩を読んでいた。彼は読みつづけ、顔をあげずおれに半分うなずいてみせた。ようやく読み終わると(ずいぶん時間をかけた)、皮肉っぽく頭を振り、紙をぽいと床に投げ捨てた。

そんなことはすべきじゃなかった。人の作品をそんなふうに扱うのは無礼だ。本人がやるのなら、まあいい。だが、他人はけっしてやってはいけない。書いた人の顔に唾を吐くようなものだ。

「元気か、バーウェル?」彼は言った。「わたしはダロウ、ベン・ダロウっていうんだ。ここの保安官だよ」

「おれは元気だ」おれは言った。「そして、あんたがだれなのか知っている。あんたのことはよく聞いているよ、保安官」

おれは流しのほうへいって、顔を洗いはじめた。彼は鏡のなかのおれに笑いかけた。ブルーの目が、陽に焼けた顔のなかで光っていた。三十代の人のよさそうな知的な顔をした男で、ちがう状況だったら好印象を受けていたかもしれない。おれが冷ややかに見つめ返すと、彼はくすくすと笑い、おれに片目をつむってみせた。

「いいニュースだ、バーウェル。きみの疑いは晴れた」

「なんだって……！」おれはくるっと向きなおった。心臓がトンボ返りをした。「ほ……ほんとうか？　からかってるんじゃないだろうな？」

「もちろんちがうさ。証人たちはゆうべのうちにきみを釈放すべき証拠があることを知っていたが、わたしが町を出ていたんで、とりあえず放っておこうときめたんだ。まったく……」彼は眉をひそめてかぶりを振った。「彼らはラッセンにひとかけらの愛情ももっていなかったからさ。だが、もう二度とそんなことはさせないとわたしが約束する」

「でも、おれの疑いは晴れた？」おれは主張するように言った。「それにまちがいはないんだな？」

「ああ、まちがいない。ラッセンは掘削機をいじくってて、バケットが落ちてきたと、三人の目撃者たちは証言してる。きっとまずいところをいじったんだろう。あるいは……」

「どうして彼らはもっとはやく言わなかったんだ？」

「どうしてみんな言わなかったか？　巻き込まれるのがこわかったか、あるいはしてはならないことをしてたからだ。たとえば、調理テントからジャマイカジンジャーを盗んで、酒盛りをやっていたとか」

納得はできるが、まだ大きな疑問が心にのこった。フォア・トレイはどうやってその三人のことを知り、なぜそのことをだまっているようおれに言ったのか？　しかし、その疑問をぶつけるには適切な時間でも場所でもなかった。

「さて、バーウェル……」彼はドアのほうをさし示した。「きみは朝食を食べそこなった。わたしが少しおごってやるよ」

おれは礼を言った。「でも、飯は自分で買うよ」

おれは帽子をかぶり、寝具をまとめた。ダロウは、不可解なように眉をひそめて笑った。「おい、どうしたっていうんだ！　なんでそんなにカリカリしてる？　必要以上にこんなところに長居させたことは謝る。だが……」

「おれは仕事をもってる」おれは言った。「金は自分の金を使う。それじゃこれでさよならするから、大金持ちのパトロンの知事さんによろしく伝えてくれ」

おれはドアから出て、階段をおりはじめた。だが、不意に体の向きを変え、彼のところへ戻ってきた。

「すまなかった」おれは言った。「あんたはおれを苛立たせたけど、わざとじゃないことはわかってる。とにかく、嫌みなんか言うべきじゃなかった」

彼は冷静にうなずいた。冷たい声は、ささやき声より少しだけ大きかった。「ああ、言うべきじゃなかった。この留置場でわたしを侮辱するようなことはだれにもさせない。それに、わたしは自分のルールをまげるつもりはない。だから、はっきりさせてくれ……」

「やめてくれ」おれは言った。「そんなことをする必要は……」

しかし、彼にはその必要があった。おれは彼がいちばん敏感に反応する部分に触れてしまったのだ。彼は以前に何度もそこに触れられたことがあった。だから、放っておくわけにいかなかったのだ。

「わたしは大学で法律を学んだんだ、バーウェル。ポリス・アカデミーも卒業している。ここはこの州でいちばん裕福な郡のひとつだから、州でいちばん優秀な保安官を雇う余裕がある。だからわたしはこの仕事を手に入れた。いちばん優秀だったからだし、わたしに給料を払うのを郡が少しも惜しいと思わなかったからだ。わたしは結婚するまえから保安官だったんだよ、バーウェル。まえからだ、わかるか? 少なくとも、義理の父親から仕事の跡を継がせてもらうなんてことをしたわけじゃない!」

彼は深く息を吸って、口を閉じた。おれがすまなかったとくり返すと、彼はそっけなく階段のほうをさし示した。おれは階段をおりはじめたが、彼が跡をついてくる足音がした。おれたちはいっしょに階段をおりたが、ふたりとも裁判所の外の歩道に出るまでなにも言わなかった。それから、彼はおれの腕をぽんとたたき、通りのむかいのレストランを指さした。

「あそこはよさそうだろう、バーウェル?」彼は静かに言った。「わたしはよくあそこで食べる」

「あんたが言うところならどこでも」おれは言った。「あんたがおごってくれるんだから」そう言ってよかったのだと思う。なぜなら、通りをわたりはじめると、彼の顔に笑みが戻ってきたからだ。

おれはたらふく朝食を食べた。ベーコン&エッグ、ホットケーキ。彼はコーヒーを飲み、テーブルをはさんでむかい合っているとき考え込むようにカップをすすっていた。

「わたしはきみを苛立たせたと言ったな、バーウェル。どんなふうに苛立ったんだ?」

気分を害したのは愚かなことだった、とおれは認めた。たしかに愚かなことだった、と彼は同調した。とくに、殺人の容疑者として拘置されたあと意固地な態度を取ったのは、と。

「だが」と、彼はつづけた。「きみが腹を立てたことが、わたしはある意味うれしかった。やましいことはないと胸を張れないやつは腹も立てない。犯罪者は短気になる余裕がないんだ。少なくとも警官のまえではな。連中は守勢にまわるのに忙しくて、攻撃的になれない」

「いや……」おれはフォークに刺したホットケーキにバターを塗りながら、言いよどんだ。「それが褒め言葉なら、どう受け取っていいかわからない」

彼は肩をすくめ、それ以上この話題を避けた。「きみはかなりの金を貯め込んでいるそうだな。四千ドル以上とか」

「そうだ」

「だったら、パイプラインの仕事には戻らなくていいな。雇い主ももうきみを当てにしていないから、どのみち仕事には戻らなくていい」

「おれの疑いは晴れた」おれは簡潔に言った。「おれはなんでもうまくこなす男だから、仕事をする権利はある」

「きみには悪い過去があるな、バーウェル。二十一歳にして、わたしの腕くらい長い記録がのこってる。そうさ」彼は片手をあげた。「いい記録がのこっていることも知っている。学業とかな。だが、世の中でいちばん善良な男だって、悪い環境にいるとまちがいを犯すし、パイプラインの仕事は悪い環境に取りかこまれてる。きみは、悪い環境に身をおいてもう久しい。長い。ここら辺でひと休みしたらどうだ?」

アドバイスには感謝するし、よく考えてみる、とおれは言った。彼は苛立たしそうにかぶりを振った。

「理解できないな、バーウェル。女の子のせいか? きみが人生を棒に振ろうとするのは彼女が理由なのか?」

「おれは人生を棒に振ってなんかいない」おれは言って、皿を押しのけた。「うまい朝食だったよ、保安官。ごちそうさま」

レストランの外に出ると、おれは別れを告げようとしたが、彼はそうかんたんに引きさがらなかった。彼はおれに通りを歩かせ、歩きながら話をし、おれの金が銀行にあずけられていることを喚起しようとし、二軒の男性洋品店のショーウィンドーのまえで立ちどまり、おれに店のなかの服を見るようしむけたりした。都会の服。それから、鉄道の駅が見えるところまで、おれを引っぱっていった。

「見ろよ、バーウェル——トム」彼は言った。「東へいく列車が四時に出る。それに乗ったらどうだ」

おれを郡から追い出そうとしているのか、とおれは尋ねた。彼はためらいを見せてから、渋りながらかぶりを振った。

「それができたらいいのだが、法律を破ってまで強行するなんてことはしない。だから、これは命令じゃない。だが、きみが人生で受けるいちばんいいアドバイスだ、トム。これ以上ないアドバイスだよ」

「それじゃそのアドバイスに従うよ」おれは言った。「でも、そのまえにまずやることがある」

「あの女の子にいっしょにきてくれってたのむのか?」彼はため息をつき、苛立った表情を浮かべた。「なあ、ばかなことをするもんじゃない。彼女がまともな生活を求めているんなら、あんなところにはいないよ」

「ばかなことはしない」おれは言った。「とにかく、彼女に訊いてみなくちゃならない」

彼はうんざりしたようにおれを見つめ、なにか言おうとしたが、やがて肩をすくめて腕時計を見た。「それじゃ」と、彼は言った。「わたしはベストをつくした。だが、ネズミを穴から出す方法はないようだ」

彼は向きを変え、通りを戻りはじめた。おれは背後から声をかけ、自分はだいじょうぶだし、信頼してくれ、と言った。彼は振りむかずに答えたが、その答えは言葉ではなく笑い声だった。いままで聞いたうちでいちばん聞き苦しく、陰気な笑い声だった。

18

乗合馬車は午後二時すぎにマタコーラを出発した。八十五マイルを走るのに、ほぼ四時間かかった。御者はおれをギリシャ・レストランのまえでおろし、薄暗いなかで大型のハドソン車を迂回し、フォート・ストックトンへむかっていった。

おれはマタコーラでめかし込んでいた。新しいカーキ色のズボンと新しい肌着に身を包み、床屋へもいっていた。しかし、そんなおれでもギリシャ人にはなんのちがいもなかった。彼は戸口でおれと出会うと、席につかせるまえに金はあるのかと訊いてきた。それから、なにも盗みをしないように、食事をしているあいだもおれを見張っていた。

料理はまずかった。どうすればあんな味になるのか？ おれはダロウとの話を思い出した。そして、一瞬彼のアドバイスを聞いておけばよかったと思った。突然自分にうんざりした。トミー・バーウエル——放浪者、渡り労働者、ギャンブラー、酒飲み、その他——にはもううんざりだった。自分にもうがまんできなかった。こんな自分から抜け出すには、こんなところを出ていくしかなかった。

どんなにめかし込んでも床屋へいっても、いまのような生活を送っていればなにも変わらない。まったく新しい人生以外なにも助けにならないのだ。

ギリシャ人は礼のひとことも言わずに、釣りをおれに放ってわたした。実際、投げて寄こしたので、小銭を床に落とさないようにあわてて手をのばした。べつのときだったら、彼に悪態をついているか、飛びかかっていただろう。だが、今夜はただ笑いを浮かべて、カウンターに一ペニーのチップをおいた。

ドアから出ていくとき、その一ペニーがおれの背中にぶつけられたが、おれはそのまま歩きつづけた。トラブルを回避する決心をしていたので、どんなにひどい仕打ちを受けても、おれはたぶん彼の足にキスしていた。

五マイルくらいはなれていたが、町から出はじめるとキャンプ地の明かりが見えた。おれはトラックの轍を追うようにしてそちらへむかった。重い靴が、内緒のひそひそ話のような音を立ててしなやかな草を踏みつけた。

しょぼくれた月が遠くのカシの木立からのぼり、空へゆっくりあがっていった。夜風がプレーリーを吹き抜け、最初に見えた小さな星がいまにも火が消えかかっているようにちらちら光った。暗闇をものともしないで、コヨーテが不気味に吠えた。雄オオカミの群れも吠えはじめ、まるでだれかを叱っているように周囲に拡がった。

オオカミたちがなにをしているのか、あるときフォア・トレイがまじめくさって言ったことがあった。オオカミたちは尻を地面につけて月を叱っている、というのだった。冗談に調子を合わせて、なぜ月を叱るのか、とおれは彼に訊いた。月となんの関係がある、と。すると彼は、いい質問だ、とだけ答えた。

それから、彼は眠った。ボトルの中身が空になっていた。そして、その話題はそれ以上語られなかった。何年かあとに思い返したとき、それ以上言うことはなにもなかったのだとなんとなくわかった。彼は哲学者みたいで、言うことはとても奥が深かった。

おれはひと休みするために歩くのをやめ、咳をして口から砂埃を吐き出した。唾は地面に落ちるとすぐ、黒い甲虫――フンコロガシ――に群がられ、虫は唾を土といっしょに玉にし、その玉を草むらのなかのほとんど見えない巣穴に転がしていった。

フンコロガシはプレーリーの腐敗物を食う甲虫で、老廃物をなんでもまるめて処理する。牛や馬がいるところにたくさんいる。この地域には、人間やマシンしかいないので、たぶんいい餌がないだろう。工業化は彼らの生活に支障をきたしているのだ――その状況を、おれはもっとましなことに使うべき時間にへぼ詩に書いたことがある。

フンコロガシ、みすぼらしく、まっ黒《ブラック》
よろよろ歩いた、糞を背中《バック》に
働く、昼間全部と夜半分《ナイト》
玉をつくった、小さくかたく《タイト》
自動車ばかりなので、ますますむずかしく《ハーダー》
要求を満たすことが、家族の貯蔵食糧《ラーダー》の。

いま、この道で彼は励む、仕事《トレード》に、
そこにキャンピングカーが何台か、やつらがつくった《メード》。
かわいそうな甲虫、いま目が見えない、汗《パースピレイション》で
よろよろ歩いて穴《エクスカヴェイション》へ。
彼は涙をかみ、晴らす、視界《アイズ》を
そしてまわりを見まわした、うれしい驚き《サプライズ》で。
「そうとも」と、彼は言った。「おれは夢を見ている《ドリーミング》。
「まわりじゅうに、おびただしさが噴き出している《スティーミング》!
「おれのもっとも控えめな判断《エスティメイション》では、
「ここにある食糧は、国《ネイション》を養えるほど!」
彼は……

そこまでしか書かなかった。それから先はいやらしくなるのだ。

キャンプから二百ヤードのところへくるまで、おれは歩きつづけた。そこで向きを変え、キャロルのキャンピングカーがとまっていた場所の浅い窪みをめざした。そこへつくのに二十分ほどかかった。彼女が野営していたところへ。窪みの縁で立ちどまり、下を見おろし、彼女を呼ぼうとしたが、そこに彼女はいなかった。そこにいたのはまちがいなかった。まちがえるはずがない。

しかし、キャンピングカーは消えていた。

しばらく、どう考えていいかわからなかった。考えることなどまったくできなかった。しばらくして、あの土砂降りのせいでもっと高い地面へ移動したのかもしれないと思った。ふたたび呼吸を落ちつけて、彼女をさがしはじめた。

その夜はあまり明るくなく、遠くまでよく見えなかった。なにをさがせばいいのかなんの当てもなかったら、百ヤード以内にきてもそれを見逃してしまうだろう。もちろん、キャロルはかなりかぎられた区域に車をとめているにちがいない。だからそれを心にとめて、さがしはじめた。五十ヤードほど前方へ移動し、そこで鋭角にまがって数百ヤードいき、さらにまた前方へ移動してから、またまがって数百ヤード引き返す。縦横に十字交差する。

彼女が野営していたところからあまりはなれないようにずいぶん歩いているうちに、車の音が聞こえた。プレーリーでは小さな音でもずいぶん遠くまでとどくのに、おれにはその音がほとんど聞こえなかった。車はとても静かに動いていて、エンジンが回転するパワフルな音が風のひゅうひゅういう音にほとんどかき消されていた。

車がそんなふうに走る音を聞いたことがなかった。ヘッドライトはついていなかった。静寂と言ってもいい環境で、その車はでこぼこした土地を走り、横揺れはしていたが跳ねたりはせず、塚や小山をなめらかに走り抜けた。暗い影が夜間に走っていた。やがて、車は小さな窪みのなかにすべりおり、見えなくなった。

しばらくまったく静かになった。夢を見ているのではないかと思えるほどだった。だが、ドアがあく音がして、いきなり静寂が終わった――声。キャロルとだれかほかの人の声。男たちの声だ。

三人いた。三人の男たちだ。彼らは、キャロルと長いことといっしょにいたわけではなかった。キャロルには助けが必要なのではないかと思って――もっとも、彼女の声からそんなようすは感じられなかった――おれは走っていったが、そのときいきなり三人が窪みから出てきた。彼らは急いで暗がりのなかへ歩き去っていった。藪のなかで身を潜めたおれは、彼らをよく見ようとした。しかし、はっきりとは見えなかった。

彼らは中肉中背だった。顎ひげを生やしていた。服装はラフだった。言葉を換えて言えば、彼らはパイプラインで働いている男たちの半数のなかの三人かもしれなかった。そして、もちろん、彼らはパイプラインで働いているにちがいなかった。三人はキャンプへむかっていた――ここからどこへいくというのだ――もし彼らがキャンプにいるのなら、当然そこで働いている。

おれは数分間藪に隠れて待ち、彼らが戻ってこないことを確認した。

それから、おれは車があるところへいった。

19

それはキャロルのキャンピングカーだった。おれは乗り込み、エンジンをかけた。ものすごい音がした。エンジンを切り、車をおりた。キャロルが駆け寄ってきて、おれの手からキーをもぎ取った。

「なによ、お節介屋!」彼女は言った。「なにか言いたいことでもあるの?」

なんと言っていいかわからなかった。以前、車は古い車のように走っていた。聞いたことがないほど息苦しそうに、いまにもエンジンがとまりそうに。

「少しまえまであの車はあんなふうに走らなかった」おれは言ったが、自信をもって言えたわけではなかった。「おれは知っているし、だれもそれを打ち消すことはできないはずだ!」

「よしてよ!」彼女は足を踏み鳴らした。「なにか知ってるんなら、ここへは戻ってこないはずよ! 戻ってくる必要なんてなかった! あんたのお友だちのミスター・ホワイトサイドがきて、大金をあんたに返したって言ってたわ。あんたのためにためておいたお金をね。だからあんたは……」

「フォア・トレイが? きみがどうしてフォア・トレイに会ったんだ?」おれは言った。

「変な勘ぐりはやめてちょうだい、トミー・バーウェル! 彼は、そう、彼はあたしたちのことを知ってて、あたしが気に病んでるんじゃないかって心配して、すごく自然に……」

「今夜のあの三人の男たちはなんなんだ?　彼らもきみがおれのことを気に病んでるんじゃないかと心配したのか?」

彼女は唇をしっかり結んで、おれを見た。「あんたの質問に答える必要はないわ、ミスター・バーウェル!　自分をいったいなんだと思ってるの?」

「答える必要はないなんて偉そうに言うな」おれは言った。「だって、おれはきみが結婚するにふさわしい男で、きみがこれから結婚する男だからだ。だからおれに議論なんか吹っかけるな!」

彼女の目が動いた。視線がさがった。彼女は、足元の小石を蹴った。「あんた……あんたはあたしにキスしてくれなかったわ、トミー。長いこと会えなかったし、あたしにキスさえしてくれなかった」

「あの三人の男はどうなんだ?」

「教えたらキスしてくれる?」

「なに、ああ、いいよ。する」おれは言った。「だって……」

「それにきつくハグしてくれる?　どう?」彼女はおれににじり寄った。少女のようなささやき声で、からかっているみたいだった。「そして……そして……ちゃんとハグしてキスしたあと、してくれる……?」両の腕がおれに巻きついてきて、なにをするのか耳にささやけるよう頭を引き寄せた。「してくれる、トミー?　少しだけ」

どうしたらいい……

少しだけではなかった。一時間以上たって、ようやくおれたちはキャンピングカーをおりた。三人の男たちのことを説明する時間が必要だったのなら、説明を考え出すのにずいぶん時間がかかったものだ。まことしやかな話だったので、おれは半信半疑だった。

彼女は、生活必需品と水を買うため町まで車でいったのだ。食料雑貨店には、三人の男たちもきていた。少々金をもっていたのは三人のうちひとりで、ほかのふたりは付き添いでついてきたようなものだった。ようするにたいした当てもなく長いこと歩いてきたのだが、少なくともキャンプにいる退屈しのぎにはなった。いずれにせよ、彼らはキャロルの荷物を車に運んだり、水の樽を満たす手伝いをしたりした。それで、キャンプまで車に乗せていってくれとたのまれたとき、彼女は断れなかった。

「安全だったわよ、トミー? だって、あたしたちがいっしょに帰るところを店主が見ていたのよ。彼は男たちがだれだか知っていたから、もしあたしになにかおこったら……」

「どうしてヘッドライトを消して走っていたんだ?」

「こわれてたのよ。たぶん断線してるんだって、男のひとりは言ってたわ」彼女は腕を巻きつけてきて、おれの胸に弱々しくつぶやいた。「ほんとうよ。ためしてみて。ライトがつくかどうか」

そんなことをしてなんになるかわからなかった。車のエンジンはもうかけてみた。

「トミー」彼女は言った。「あんたはここに戻ってくるべきじゃなかった。戻ってくるべきじゃなかったのよ。あんたが戻ってこないと思ったときは、あたし、胸が張り裂けそうだった。でも……でも……」彼女の口調が、突如断固としたものに変わった。「ここから去って、トミー。今夜。キャンプには戻っちゃだめよ。まっすぐ町へむかって、そのままいきつづけるの」

「おれにそうしてほしいのか?」

「あんたはそうすべきなのよ。そうしなきゃだめ。ミスター・ホワイトサイドにそうすべきだと教わったの。ぐずぐずすればするほど、行動をおこすのがむずかしくなる。あんたはもうたくさんトラブルに巻き込まれてる。もしこれ以上——」

「わかったよ」おれは言った。「わかった。おれはここを去る」

「ほんと?——ほんとね?」

「ほんとさ。でも、きみもいっしょにくるんだ」

「で、でも——でも、あたしはいけない。すぐにはね。あたしの言うことを聞いて」——彼女は勇ましく明るい笑いを浮かべた。「あんたが先にいくの。あたしたちの住むところを見つけて。そしてあんたは学校へいって——やれることをなんでもやって——そしたらあんたのところへいくわ。それでどう? オーケー?」

だめだ、とおれは言った。ちっともオーケーじゃない、と。彼女は今夜おれといっしょにいくか、あるいはどっちも出ていかないかだ。

「よく聞くんだ、キャロル」おれは言った。「給料日がきたら、男たちがここに大行列をつくるかもしれないが、おれがその先頭に立ってやる。そして、きみと車に乗ろうとする放浪者を張り飛ばしてやる！」

おれはこれ以上ないほど頭に血がのぼっていた。もし彼女がひとことでも言い返してきたら、その場でひっぱたいていただろう。つまり、尻をということだが、おれがなにをしようとしているかわかったところで、尻の痛みが和らぐこともないだろうが。

しかし、彼女は言い返さなかった。なにか言いそうに見えたが、ためらいがちにおれを見あげ、それからだれも聞いていないことをたしかめるようにすばやくまわりを見まわした。

「トミー」彼女はそっと言った――とても小さな声だった。「給料日にここには列なんてできないわよ。あたし以外、ここにはだれもいない」

「そんなわけはない」おれは言った。「ポケットに十四日分の給料をもった六百人の男たちが……」

「そんな人たちはこない」

「こない？」おれは言った。「こないだって？　どういうことだ？」おれは眉をひそめて待った。

「パイプラインには六百人の男たちがいる。それはまぎれもない事実だ。そして、あと六、七日たてば二週間がくる。だから……だから……待てよ！」おれは言った。「連中は給料を受け取れないとでも言うのか？」

「シーッ！」彼女はおそれるように暗闇のほうをのぞき込んだ。「いいえ！　あたしはなにも言ってない！　あんたになんにも言ってない！」

彼女はおれから後ずさりしはじめた。夜に見ると顔がとても白かった。両肩をつかむと、彼女はおれの手を振り払った。

「出ていって、トミー！　ここから去って」

「だけど……だけど……」

「あたしはあとから追いかける。きっとそうする！　フォート・ワースかダラスの郵便局留めで手紙を書くわ……でも、いまは出ていって。お願いよ！　お願い、お願い！」

「いやだ」おれは言った。「おれはのこる」

「でもそれはできないわ！　できないのよ！」

できないかどうかわからせてやる、とおれは言った。おれが出ていくときには、彼女もいっしょにいくのだ。彼女はいま少し懇願したが、やがておれを頑固な大ばか者と呼び、もうなんでもしたいようにすればいいと言った。でも、二度と自分に近づかないほうがいい、とも。

「あんたなんかきらいよ、トミー・バーウエル！　あんたを好きだったことなんか一度もない！　あんたは卑しくて、とんでもなくいまいましい。あんたといくなんてまっぴらごめんよ。そして……今度あたしの近くにきたら、ひっぱたいてやる！」

「それを楽しみにしてるよ」おれは言った。「あすの夜また会おう」

おれは向きを変え、彼女から歩き去った。彼女は罵ったり懇願したりして、数歩駆け寄ろうとしたが、しまいには泣きだした。けれども、おれはキャンプへむかって歩きつづけ、弱気になったり気持ちがくじけたりしないようにあえて振りむかなかった。三、四分後、その夜閉じこもるためのキャンピングカーのドアを、彼女が乱暴に閉じる音がした。

その音には、厳めしく最終的な決断をしたような響きがあった。ちゃんと警告したわよ、と突き放すような音だった。自分はいったいどうなるのだろうと考え、おれはしばらく歩をゆるめた。彼女にあんな大口をたたかなかったら、自分が頑固なわからず屋でなかったら、彼女に懇願されたとおりにしていたかもしれない。しかし、おれは大口をたたいてしまったし、わからず屋だったから、そうしなかった。そのかわり、まっすぐキャンプへ入っていった。

高圧官のテントには、明かりが燃えていた。だれかが動いている影が壁に映って見えた。ほかの全員は寝床に入っているようだった。あるいは、ウィンギー・ウォーフィールドをのぞいた全員が。彼は洗い場のあたりをうろうろして、なにか文句をつけるところがないかさがしていた。見つければ、どなることができるだろうから。

彼がどうやっておれを警察に印象づけたか思い出した。おれがバド・ラッセンと握手しなかったから、きっと死を願うほど彼を恨んでいたのだと彼らに思わせた。まったくいいやつだ、ウィンギーは――大口をたたくのが楽しくて、おれを危うい目に遭わせた！　どうやら彼もそのことをおぼえていて、おれが腹を立てていると当然思っていた。おれが近づいていくと、あきらかにウィンギーはそわそわしだしたからだ。

おれは顔面いっぱいに笑みを浮かべ、彼の背中をたたいた。「元気かい、ウィンギー、我が友よ?」おれは言った。「調子はどうだい?」

「い、いいよ……我が友、だって?」彼は言った。

「わかってるだろ」おれは言った。「しらばくれるなよ、ウィンギー。あんた、おれについて警察にすてきなことを言ってくれたんだってな。あんたがいなかったら、おれはきっとまだ留置場のなかだ」

おれは彼の手に五ドル札を握らせ、この金を受け取ってくれなきゃ怒るぜと言った。結局のところ、彼はおれの命を救ってくれたのだし、友だち同士はたがいに助け合うものだ。

「よ、よかったな、トミー!」彼は長く深いため息をつき、ちょっと胸を張って気取って見せた。「おまえは潔白だったんだ! もつべきものは真の友だって、おれがいつも言ってるとおりだ。これからもなにか必要なものがあったら、このウィンギー・ウォーフィールドに言ってきな!」

「それでこそ友だ!」おれはもう一度彼の背中をたたいた。「ところで、一時間半か二時間ほどまえ、町から男たちが戻ってきたろう。顎ひげを生やした連中だ、もしかしてあんた……」

「おまえのために証人になった連中か?」彼は割って入った。「あの三人?」

「証……なんだって?」おれは言った。

「ほら、おまえの疑いを晴らした連中さ。バド・ラッセンが事故で死んだのを見た三人」

そして、キャロルといっしょにいた三人!

「そうだ」おれは言った。「そいつらのことを言ってる。彼らがどのテントにいるか知ってるか?」

もちろん知っている、と彼は言った。キャンプ内のことでウィンギー・ウォーフィールドが知らないことなどほとんどなかった!「ロングデンは第三テントにいる。ビガーは第四で、ドスは第七だ。いまごろはもう眠ってると思うが……」

「バ、バ、バーウェル!」

ヒグビーだった。彼は片手でつるはしの柄を振りながら、大股でおれに近づいてきた。ウィンギー・ウォーフィールドはすばやく彼を見てからおれを見て、大きな扁平足でできるだけ急いで真の友トミー・バーウェルのそばから去った。

おれはタバコに火をつけ、ヒグビーが近づいてくるとマッチを指ではじき飛ばした。

「なんです?」おれは言った。「なにか用ですか?」

「おまえはここへ戻ってくるなと言われてるはずだ、バーウェル。だったら、とっとと去れ!」

「だけど、おれの疑いは晴れたんです」おれは言った。「知ってるでしょう。どうしておれは仕事をできないんです?」

「おまえみたいなやつに仕事はないんだ。おまえはキャンプにきて以来トラブルばかりおこしてるから、もうこれ以上はおこさせない!」

「トラブルをおこすつもりなんかありませんよ」おれは言った。「金をもらえたら、トラブルないぞ!」

給料日まで待ちたいと、おれはくり返して言った。

「給料日までだ」おれは穏やかに言った。「給料日までですよ、ミスター・ヒグビー。なんだかかなり特別な日になりそうですけど」

一種の賭けだった。おれは、フォア・トレイが言っていたことを思い出した。彼は、こう言っていた。ここで仕事を失ったら、ヒグビーはいくところがなくなる。ここはたぶんこれまで建設された最後の大規模なパイプラインだろう。

おれは、なぐられないほうに賭けた。そして、その賭けはあきらかに成功した。彼はつるはしの柄をおろし、ためらいがちに唇を濡らした。

「おまえは賢くないな、トミー。おまえたちがどこでどうやって結びついたのかは知らん。しかし、おまえにできるいちばん賢いことは、とにかく失せることだ」

「おれは仕事がほしい」おれは言った。「おれにできる仕事はないんですか?」

「トミー、しつこいぞ……!」

「そんな」おれは言った。「おれにはどんな選択肢があるって言いました?」

彼はなにか答えにならないことを言いかけたが、やがてはっきりした口調で言った。「モルモン・ボードでもかまわないのか、チンピラ?」

「モルモン……!」おれは思わず息が詰まったが、平然とした声をつくろおうとした。「けっこう」おれは言った。「モルモン・ボードを扱うのは大好きですよ」

「そうか?」彼の目は不気味に細まった。「ドープ塗りもか?」

「まかせてください」

「よし」彼はうなるように言った。「おまえはこれからその両方をやるんだ」

パイプラインでは、そのふたつがいちばんきらわれる仕事だった。世の中でいちばんきらわれる仕事。どちらも死にそうな目に遭いかねない。

もっとよい仕事を引き出せなかったものか。虚勢を張って見せたりしなければ、おそらく引き出せたのではないかと思った。彼はおれの生意気さにつけ込み、おれをタフガイのようにふるまわせた。チンピラと呼ばれて、おめおめ引きさがることはできなかった。おれにそんな意思はなかった。

後戻りはできないから、おれはなりゆきにまかせることにした。

20

作業のパートナーとおれはモルモン・ボードを溝の盛り土のうしろにもちあげた。そしてそれをどすんと落とし、ブレードが地面と同一面となるようにした。それから、腕の筋肉がこわばったふたりは全体重を柄にかけ、溝の反対側にいたトラクターの運転手に合図を送った。

運転手はゆっくりバックし、ボードとトラクターのあいだの重いケーブルが張るようにした。ケーブルがぴんと張ると、彼はトラクターを加速し、轟音を立ててバックした。ボードは前進して、溝のなかに盛り土を埋め戻した。溝が埋まると、トラクターはケーブルをたるませ、おれたちが作業を繰り返せるようにした。

ボードは長さが約六フィートあった。長さ六フィートで、おそらく深さ三フィートだ。キッチン・テーブルの先端両側に鋤柄を付けた図を思い描けば、イメージが浮かぶだろう。もちろんどんなテーブルトップよりもずっと重い。ふたりがかりでも、もちあげるのがやっとだ。しかし、もちあげるのは、ボードを使う作業でいちばんかんたんだった。たいへんなのは、溝にむかってそれを操っていくことだった。

溝は、何箇所かで木の頂上くらいの深さがあった。底に立つと、長い柄のついたシャベルをさしあげてやっとてっぺんに届くくらいだった。そうなると、当然盛り土を少量ずつ押していたのでは埋め戻しが間に合わない。一度にボードが扱う量は、岩と土砂七、八百ポンドもの量になる。

しかも、一インチ刻みの遅々とした進み方になる。

ボードは跳ねたり、意のままにならなかったり、盛り土を乗り越えようとしたりした。片側が岩を押しているのに、反対側にはやわらかい土しかないときもあった。そうすると、左右の釣り合いが取れなくなり、ボードが急に宙を飛び、作業している者に怪我を負わせることがあった。おれも、ボードを扱った初日に、もう少しで肩を脱臼するところだった。その一時間後、おれと交替したやつはボードの柄に直撃され、肋骨を二本折って仕事をやめてしまった。

初日のそのあとは交替する者がいなかった。その仕事を引き受ける男がいなかった。押しつけられたら、仕事をやめていっただろう。仕事をはじめて三日目、おれのパートナーは五回も変わった。いまのパートナーを見て、またパートナーが変わることになるだろうと、おれは思った。

その男は、腰まで裸だった。髪は海賊みたいにうしろで束ね、バンダナで結んでいた。顔は砂利が当たったせいで、あばたみたいになっていた。口にはよごれた血がこびりついていた。ボードが飛びかかってきた個所だ。呼吸が喘いでいて、胸が不規則に上下動していた。体が小刻みに震えていて、見ているこちらの気分が悪くなった。激しい震えではあったが、汗で上半身にこびりついた石膏のような泥をふるい落とすことはなかった。

「ひと休みしろ」おれは彼に言った。「そんなに頑張るなよ」

彼はどんよりした目をおれにむけた。ものが見えていないすわった目。「はあ?」

「ほっとけ。ちょっとはなれてろ」おれは言った。

「はあ?」

言っていることが伝わるように、おれはどなった。トラクターの運転手は、それをゴーサインと受け取った。ケーブルのたるみが張り、ボードがまえに動きはじめた。おれは、ボードにしがみついているほかなかった。

長くはしがみついていられなかった。せいぜい一秒。そのあと、おれはボードから放り出された。おれは宙を舞い、溝へむかってまっすぐ突っ込んだ。だが、空中で体をねじり、足が下に、頭が上にくるような体勢を取った。しかし、溝を避けることはできなかった。それでも、溝のなかに落ちてよかった。飛んでくるモルモン・ボードをよけられたからだ。もしよけられなかったら、ボードはおれをまっぷたつにしていただろう。

両足がパイプの上にドスンと乗ったとき、おれはひどく身を震わせていた。だが、ショックを受けたわりに痛くはなかった。だれかが手をさしのべてくれ、おれは溝から出た。口に入った泥を吐き、目をこすった。盛り土のてっぺんまでなんとかあがり、反対側におりた。

すべての作業が中止になっていた。地面に大の字になっているさっきまでのパートナーのまわりに男たちが立ち、シャベルやつるはしにもたれかかり、班長がしゃがんで彼の状態を調べるのを見守っていた。

もちろん、男は死んでいた。彼にはどうしても仕事が必要だったので、作業をやめることができなかった。それで、いわばボードに殺されてしまったのだ。班長は身を起こし、嚙みタバコの汁を吐き出すために顔を横にむけた。そして手の甲で口を拭い、ズボンのわきにその手をこすりつけた。

「いまいましいボードめ」彼は強い南西部訛りで言った。「このオットー・クーパーってやつの心臓はきれいさっぱりとまっちまってる。彼のことを少しでも知ってるやつはいないだろうな」

ひとりもいなかった。

ヒグビーが車でやってきて、作業がなぜ中断しているか知りたがった。彼も、クーパーのことはなにも知らなかった。クーパーは無一文で工事開始ぎりぎりに雇われ、当然のことながらモルモン・ボードの作業をあてがわれた。彼について知られていることはそれだけだった。

ヒグビーは班長をかたわらに呼び、少し言葉を交わした。彼がパイプラインに沿って車を走らせていくと、班長がうなずいておれを呼んだ。

「もうすぐドープ班の連中に追いつくぞ、トミー。そうすれば古いボードを休ませられる。おまえとおれとでもう一度作業してから、ランチにしよう」

「おれもそう考えてた」おれは言った。「さっさと終わらせよう」

班長は死人の頭をつかみ、おれは両足を取った。おれたちは彼を溝におろし、パイプのそばにうつ伏せにした。そして溝からあがり、モルモン・ボードにしっかりつかまってトラクターの運転手に合図を送った。

ボードは前方へ動き、土砂を大量に溝に押し、オットー・クーパーの死体を埋めた。

班長は噛みタバコの汁を風下に吐いた。そしてまっすぐのぼる太陽に目を細め、手で口をぬぐい、その手をズボンで拭いた。「ばか野郎め」彼はもの憂げに言った。「だが、こいつは世界でいちばん長い墓に埋められたな」

「メキシコ湾に到達するまでに仲間ができるだろう」おれは言った。「連れが大勢ね」

「そうだろうな」彼はいかめしくうなずいた。「ぜったいまちがいないよ。食料運搬トラックがきたぞ」

食料運搬トラックは、作業員たちがいちばん多く集まっているところの近くにとまった。おれはすぐにそこへいかなかった。食べ物が必要なのと同じくらい両腕と背中のこりをほぐす必要があったし、群がる男たちにもまれるのがいやだったからだ。

給仕はおれのトレーに料理をのせ、コーヒーのボウルを満たしてくれた。腰をおろすのにいいところはないかと見まわし、やっとパイプの継ぎ目のところにみんなからはなれてうずくまった。食事をするのにいい場所ではなかった。ドープ・ボイラーが近すぎて、その青白い煙がアリの大群のようにチクチクおれを刺した。

なんとか耐え抜いて、食べつづけた。疲れすぎていたし、動くのはいやだった。だが、ついにもうがまんできなくなって、立ちあがろうとした。

「そこにいろ」足がおれの足を踏みつけた。「そこにいるんだ、トミー」

「いったいなん……」おれは言って、立ちあがろうとした。足を踏みつけられていたので、もちろん立ちあがれなかった。おれはパイプに尻もちをついた。

「そのほうがいい、トミー。しゃがんでるよりはましだ。それに、時間はかからないよ」

男は、ゆうべ見た顎ひげの男たちのひとりだった。おれのまえにしゃがんだ彼の目は、意地悪くおもしろがっているように動いていた。ほかのふたりの男は、おれとならんでパイプに腰をおろした。両側に、おれをはさみつけるようにして。

「おれはロングデンだ」最初の男は親指を自分にむけた。「こっちのふたりはビガーとドス。ウィンギー・ウォーフィールドじゃなくておれたちのことを尋ねるやつがいるんなら、そう自己紹介するよ。ずいぶん礼儀正しいだろ?」

「そうさ。おれたちはちゃんと疑問に答える礼儀正しい男たちだ」

「そりゃいい」声の震えを抑えようとしながら、おれは言った。「そうすると、あんたがたはラッセンが死ぬところを見たと認めなきゃならなくなったわけも話してくれるんだろうな?」

「どうして認めなきゃならなくなったなんて思うんだ、トミー?」

「友だちがそう言ったからさ」おれは言って、釈放されるまえにフォア・トレイがそのことを知っていたことを話した。「あんたがたがあの夜キャンプをはなれたことを彼は知って、もし証言しなければなにかをばらすと脅したんだ」

ロングデンは唇をすぼめ、ほかのふたりと視線を交わし——なにかの合図だ——おれが完全に誤解していると言った。

「ほんとうはこういうことだ、トミー。正確にはこういうことなんだよ。第一に、バド・ラッセンは事故に遭ったんじゃない。おれたちが彼を殺した……」

「なに……!」おれは、彼をまじまじと見た。「あんた……それを認めるのか?」

「まあな。それを裏付ける証拠がなければ、話してもなんの支障もない」彼は小さく笑った。

「機が熟すって言葉があるが、そろそろバドを殺すべきときだっておれたちは考えたんだ。彼はトラブルになりかねない厄介者で、おまえは邪魔な存在になりつつあった。だから彼を殺して、おまえにその罪をなすりつけようと考えたのさ。おれたちはそういうふうにするのが好きなんだよ、トミー。事故か、あるいはだれかほかの者が犯人だと見えるように殺害を計画するのが」

「そういうことだ」ドスがうなずいた。「詮索好きなボーンズの野郎は事故に見せかけた。そして今度は、おまえをバドを殺した犯人に仕立ててあげなけりゃならなかった」

「そうだ」ビガーが言った。「だが、おまえはどっちに転んでもよかったのさ。未解決の殺人事件も事故も山ほどあるからな」

ロングデンは子供に満足している父親のように、ふたりに微笑んだ。「うまくやったな。ふたりはうまくやったと思わないか、トミー？　まあ、それはともかく、おまえが釈放されるよう画策したのはフォア・トレイじゃなくて、キャロルだぞ。彼はおまえになにがあったか彼女に話し、あとは全部彼女がやったことだ。おれたちがおまえをブタ箱から出せば、おれたちの計画をばらさないと誓ったんだ」

彼は天気のことでも話すように、のんびりと話した。おれたちは何百人もの男たちから五十フィートしかはなれていないところにいたが、それでもこの三人は、この三人の殺人犯は……

「あんたたちは給料を強盗するつもりだな」おれは言った。「キャロルは、逃走車を運転する」

「そして彼女は分け前をたんまりもらうことになるんだよ、トミー。おまえたちが所帯を築くには充分な金だ。それが望みなんだろ?」おもしろがっているように、彼の眉がよじれた。「おれもこいつらもなんの異議もないよ、そうだろ?」

自分に異議はないとドスは言い、ビガーもそれでかまわないと言った。結局おれは彼の筋書きのなかで障害とならない男になり、手伝う女の子はキャロル以外にいなくなった。

「なあ、トミー」ロングデンは、思わせぶりに両手を広げた。「おれたちはおまえたちが今後幸せに生きることを願っている。だが、いまは彼女からはなれている必要がある。おれたちには計画することがあって、おまえにそばをうろついてほしくないんだ」

言っていることを強調するために、彼はおれの膝を軽くたたいた。おれは彼から飛び退こうとしたが、ほかのふたりがおれを押しとどめた。

「ちくしょう……ふざけるな!」おれは唾を飛ばして言った。「おれをいったいなんだと思ってるんだ? おれに近づいて、できることとできないことを話し、おれを思いのままにできるとでも? おれは会いたいときにキャロルに会うし……」

「ははあ。それはできないよ、トミー。好きかってしようもんなら、死ぬことになる」

「上等だ! あんたたちがおれを殺すことについて、キャロルはなんと言うかな? おれを脅すなら、彼女はあんたたちとの約束を反故にするさ」

「かもしれないな、トミー。かもしれない――それを知ったあとではな。だが、もちろん彼女はそんなことをしないよ。だれもそんなことをしない」

「くたばれ！　おれが消えても、だれもなんとも思わないとでも？　ずいぶん高をくってるんだな！」

なにも問題はない、とロングデンは言い、ビガーは微笑んだ。おまえみたいに賢い若者は姿を隠しているほうを選ぶさ、とドスは言った。

「いいか、よく聞け、トミー」ロングデンはつづけた。「キャロルはおまえに去ってくれるようせがんだ。おまえのことを気にかける者もみんなそう願ってる。そういうことだ。おまえがここから抜け出て移動するよう、キャロルとほかのみんなはできるだけやってきた……」

「しかし……そうだったかもしれないが……」

「だから、おまえは気持ちのいいある朝に姿を現さない。人びとはどう思う？　トミー・バーウェルはついにトラブルつづきの仕事に見切りをつけて消えちまった、と彼らは思うさ」

彼は力強くうなずき、おれになにか言うことがあるかどうか見きわめようと待った。言うことはあった……しかし、彼に言うつもりはなかった。すると、彼はほかのふたりにむかって頭をぐいと振り、三人は立ちあがっていっしょに歩き去った。

作業開始のホイッスルが鳴った。

おれはトレーを食料トラックにもっていき、ドープ班のところへむかった。

最近では、溝をとおすパイプは工場で保護塗装される。しかし、当時塗装は現場の溝でほどこされていた。発破と同様に、それがいちばん手っ取りばやかったし、いちばん金がかからなかった。経済力の異なるべつの州だったら、それは一度も許されなかっただろう。しかしテキサスでは、綿や牛や石油に大きく依存する州では、実質的になんでも可だった。たいへん骨が折れる綿の栽培は、安い労働力を大量に必要とした。綿の栽培は健康的な条件のもとおこなうのが困難だが、牛の飼育もどんな天候だろうとサドルにまたがって果てしない時間をすごす男たちなしにはできない。カウボーイはわずかな食い扶持で健康と命を危険にさらし、若いときから老けていく。石油産業も、それに関連した事業も同じだ。

油井でまったく安全な仕事なんてひとつもなかった。どうにか安全な作業から、ひどく危険な作業まであった。完全に安全な仕事にするには、当然多額の費用がかかったが、産業はどんな足かせもはめられるわけにいかなかった。反対に、州の態度は、ひじょうに保護的だった。

テキサスの石油業者は、スタンダード・オイル社が不公平な競争相手だと文句を言った。それで、長年にわたって、スタンダード・オイル社は法律で州から締め出されていた。その会社は世界のほかの地域ではどこでも操業できたが、テキサスではできなかった。テキサスの企業とトラブルをおこす者は、自ら災難を招いていた。その点では、不健康で不潔で危険な仕事をする人び雇われた連中は、だれも無理強いしたわけではない。雇われた連中は、雇われたときからどんな作業をすることになるかわかっていた。もし危険を冒したくなかったら、その仕事につく必要などないのだ。

保険？　たしかに保険はあった。だが、保険も大きな事業だったし、州の保護を充分に受けていた。ある種の仕事についている労働者に保険会社が保険証券を売る（あるいは雇用者が買う）とは思えなかった。その保険の受け取り人が制限され、限定されていて、事実上無価値にならないかぎりは。

ここで、話をおれとドープ班に戻すことにする。

班には三人の作業員がいた。それに、作業後にパイプをチェックする班長だ。ひとりが溝の片側を、もうひとりが溝の反対側を歩いた。どちらもハンモックのようなものの端をもつ。ハンモックのようなものはパイプのまわりを一回転してゆるく包み、下はエプロンのようになって垂れさがった。三人目、つまりおれがそのエプロンのなかへドープをそそぎ込んだ。

庭で使うじょうろのスプレーノズルを取り払ったものとそっくりのそそぎ缶を、おれは使っていた。おれがドープをそそぐと、ほかのふたりはハンモックをノコギリのように前後に引いたり押したりした。液体アスファルトの薄い層でパイプをコーティングするのだ。いっぽうおハンモック担当の男たちは、揮発性のガスからかなりはなれていることができた。

れは、それに顔をむけて身をかがめなければならなかった。彼らはどんどん前進した。おれは、じゃまにならないよううしろにさがらなければいけなかった。

もちろん、おれはゴーグルをつけていた。また、帽子を目深にかぶり、襟を立て、西部の無法者のように顔にバンダナを巻きつけていた。しかし、それしかできることはなかった。それではまるで不充分だった。ドープをそそいでいるあいだ——その日の午後とさらにあと二日——おれの顔はひどく焼けた。剝けた皮膚がひも状にたれさがったくらいだ。首とひたいも似たようなもので、もう少し長くつづけていたら視力も永久にダメージを受けただろうと思う。

二〇年代のテキサスの西端は、タフな世界だった。生き抜くことがたいへんだったし、生き抜けても風采がひどく見苦しくなったかもしれない。だが、一マイル先から男であることの見分けくらいはついただろう。

二日と半日後、パイプが溶接されてドープを塗られると、ヒグビーはフォア・トレイが受け入れればダイナマイト作業に戻ってもいいとそっけなくおれに言った。それで、おれはフォア・トレイにしつこくたのんだ。おれが仕事に戻ってから口をきいてくれないので、苛立ちながらむきになってせがんだ。それでも、彼は依然として口をきいてくれなかった。

彼はただ聞いていて、かぶりを振り、なにも答えず向きを変えて去ろうとした。おれは彼をつかまえ、振りむかせた。

「なあ……なあ、聞いてくれよ!」おれは口ごもった。怒りで声がしわがれていた。「き、聞いてくれ、フォア・トレイ・ホワイトサイド！　おれは二十一歳で、一人前の男だ。あんたはそうおれに言って聞かせてきたじゃないか！　おまえは一人前だ、しっかり生きろって。それをおれにわからせた。でも、おれがそうしようとすると、今度ははねつける。あんたは……」

「おまえのためを思ってやってるんだ！」

「どうしてそんなことがわかる？　おれのためだとわかるどんな人生を送ってきたっていうんだ？　自分をいったい何様だと思ってるんだ？　自分は神だと？　あんたは神なのか、フォア・トレイ・ホワイティ？」

彼は言った。「よく聞け、トミー！」それで、どれくらい長いこと聞いてればいいんだ、とおれは訊いてやった。おれがなにをすべきか、どれくらい長く語るつもりなのか、と。

「一日、一時間、一分か？　あんたは気がむいたときだけ父親のようになったり、兄貴のようになったりする。だが、おれが自分でこうときめた道を進みはじめたらどうなる？　それはまたべつの話だろ？　でも、あんたはすぐによそよそしくなる。自分の居るべき場所へ戻れと言う。分相応の道をいって、あんたをわずらわせるな、って。いっとき父親みたいな存在なのに、つぎにはおれのことなんか知らないようになる。あんたは……」

おれはどなり散らし、いまにも泣きそうになった。おれには友だちが必要だった。ほんとうの友だちが。キャロルのことや、足を突っ込んだ混乱に動揺していたからだ。おれはおそれ、不安で、どうしていいかわからず、どっちを向けばいいのかわからないでいるのに、彼は……彼は……

フォア・トレイの表情が和らいだ。不安げな落ちつかないようすで、彼は地面に視線を落とした。ついにおれの注意を引くまでに、彼は数回おれに話しかけたと思う。

「トミー……悪かった、トミー。朝になったらおれと発破の作業に戻ろう」

「謝って当然だ！」おれは言った。「あんたは……でも、いっしょにやりたくなかったら、おれを発破に戻す必要なんかない！　おれは一人前の男で、おれにだってプライドはある……」

「おれの荷物の包みにはまだ半パイントびんがある。おまえとおれで、そのいちばんいい使い道を試してみようじゃないか！」

おれたちは、そうした。そして、多くを語り合った。というより、彼が大部分話して、おれが聞いた。

「……なかには人を思いやることをこわがる者もいるんだ、トミー。自分とだれかが近づきすぎることをこわがる。人を思いやると、度がすぎてしまうことがある。よく言われるように、ひとつのバスケットに卵をいっぱい入れると、バスケットがこわれたりすれば……」彼はかぶりを振り、空《くう》を見つめた。「卵がほとんど全滅してしまう。おれは、妻を失ったとき、ほとんど死んだも同然になった。長いあいだ死んでしまいたかったが、そのかわり……」

「すまなかった」おれは言った。「あんたにあんなふうな言い方をすべきじゃなかった」

「いや、すべきだったんだよ、トミー。おかげで、以前見えなかったものが見えた。おれにはそうすることが必要だったんだ。人は他人の人生を代わりに生きることはできない。だれかを思いやれば、その人の気持ちを汲み取って思いやるべきで、自分勝手に思いやっちゃいけない。で、おれの意見では、おまえがここに戻ってきたのは完全なまちがいだった。それは確信している。だが……」

「戻ってこなきゃならなかったんだ、フォア・トレイ。戻ってこなきゃならなかった！」

「おまえは戻ってきた」彼はうなずいた。「戻ってきたおまえに唾を吐きかけないおれもおれだよ。いったんだれかの味方になったら、なにがなんでも味方するんだ。もしほんとうに深く愛した人をなくしたなら、そうだな、少なくともしばらくのあいだはそのだれかのことを思いつづける。おまえにはまだ充分勝ち目があるし、プレーをとめられたわけでもない。おまえがだれかを愛して、相手もおまえを愛したなら、おたがいが良かろうが悪かろうが、無関心だろうが、それが唯一の愛し方なんだ。だが、少しのあいだでも、人を愛したんならおまえは豊かになったんだ……」

おれたちの会話はここで終わった。ふたりとも、以前理解していなかったことを理解した。そして、いままでよりよい友だちになった。

ロングデンと顎ひげをはやしたふたりのことを話そうと口まで出かかったが、せっかくかたい絆を築いたのだから面倒な話をもち出したくなかった。いずれにせよ、おれたちはまたいっしょに働けるようになったのだから、話す機会もたくさんあるだろう。

結局、話す必要はなかった。キャロルに近づくな、さもないと死ぬことになるぞとおれに警告したロングデンは、冗談を言っていたわけではなかったのだから。

だが、それはまだ先の話だ。その二、三日まえに、フォア・トレイと対等になる話をしなければいけない。

だから、ちょっと話を戻そう。ドープ班の初日の午後が終わるところまで……

23

ヒグビーは張り切っていた。おかげで、パイプラインは長くのび、現場まではキャンプから一時間ほどかかるようになっていた。夜になったとき、平床トラックのとなりにすわっていた男が、もうすぐキャンプを移動させなければならなくなると言った。現場までいくのに時間がかかりすぎるから、キャンプをいっぺんに二十五マイルか三十マイル南へもっていくことになる、と。おれはひび割れて火ぶくれしている唇をできるだけ動かさないように、なにも言わずにうなずいた。

その夜は、石鹸とお湯で顔を洗うこともほとんどできず、あたたかい食事を口に入れるときもそのたびにうめいていた。もちろん、焼けてこわばった肌を少しでも動かすのはいいことだった。耐えることができれば、肌の回復に役に立った。夕食のあと、おれはバターをたっぷり塗りたくったが、それも役に立った。

コックは同情するようにおれを見て、「資本主義者たちめ」と吐き捨てた。彼に言わせれば、連中にとって地獄は寒すぎるが、革命が起これば、ケツを切断用トーチであぶられることになって、人間を生きて調理するのがどんな感じなのかわかるようになるだろう、ということだった。それから、コックは三十ポンドのハムを残飯のなかに放り込み、その晩を安らかにすごせるようジェイク(ジャマイカジンジャーからつくった密造酒)の四オンス・ボトルをおれにくれた。

テントの雑用係は、おれを気遣ってなにかしてやれることはないかと長いことそばをうろついていた。おれがついに眠りについた振りをすると、彼は自分の寝床へいって毛布にもぐり込んだ。みんなが寝床について、キャンプが暗くなると、おれはテントの裏から抜け出し、町をめざした。

これまでの人生で、こんな気分で五マイル歩いたことは一度もなかった。しかし、町まで電話はひとつもなかった。ダロウ保安官に電話しなければならなかった。キャロルを助けるためなら五千マイル歩いたってよかったが、おれにできることはほかになかった。

彼女は以前悪だくみに加担したことなどなかったはずだ。年齢から考えてもないはずだ。むりやり給料強盗を手伝わされているだけだが、そんなことは警察に通じない。犯罪を犯せば犯罪者で、強制されただけだと言い逃れすることはできない。だから強盗がおこなわれるまえにとめなくてはいけないし、それができるのはダロウだけだった。

車の修理工場のとなりに電話ボックスがあったので、おれはそこから彼に電話した。時間が遅かったから、彼は事務所にいなかったが、おれはなんとか彼を自宅でつかまえた。電話の背後で赤ん坊が小さく泣く声と、夕食の時間にいつも遅れることに文句を言っている女性の声がした。ドアが閉められる音がして、その声はあまりよく聞こえなかった。それから、おもしろそうにくすくす笑いながら用件はなんだと訊く声が聞こえた。

おれはしゃべりはじめた。一分かそこら話すと、彼はおれをさえぎった。

「その連中はおまえをからかっているんだ、バーウェル。自分たちの妹か義理の妹のまわりをおまえにうろついてほしくないのかもしれない。しかし、あとの話はナンセンスだ」

「ナンセンスだって!」おれは言った。「連中はもうふたり殺していて、今度はおれを殺すと脅してるんだ……」

「彼らはだれも殺していないよ。あのふたつの死は事故だ」

「冗談じゃない! あんたは……あんたは連中を知らないんだ、保安官! 知らないから……」

「いや、知ってるよ、バーウェル」彼は静かに言った。「ああいう連中について知るべきことはなんでも知っている。情報収集はわたしの仕事の大きな部分を占めているし、わたしはそれを集めるのがうまい。だが、彼らの場合、躍起になって情報収集する必要はなかった。連中はわたしの郡に入ってきた瞬間に身元がわかったよ」

「で、でも……」おれは言葉を失って受話器を見つめた。「でも、くそ……」

「彼らはロング兄弟だ。あのロング兄弟だよ、わかってるのか? 彼らがおそらく恩赦を買い取ったのは認めよう。以前にもやったからな。だが、もうまともにやっていくと主張しているし、それが本気に見えるふるまいを見せている。まず最初にわたしに会いにきたし、おまえの疑いを晴らすと申し出てきたことでもそれが証明されたように思えるよ」

「そう思えるだって?」おれはあやふやな笑い声をあげた。「あいつらはテキサスで最悪の殺人者で悪党だ。なのにあんたは……!」おれはちょっと喉が詰まって、先をつづけられなくなった。

「わからないんですか、保安官? 連中はいずれ自分たちの正体がばれることを承知で、賢くふるまって機先を制したんだ。そして、ぎりぎりまでおれの疑いを晴らさなかった。キャロルは……」

彼はため息をついて、ふたたび割って入った。「おまえの話はわかったよ、バーウェル。よくわかった。わたしは、ロング兄弟なんか全然信用していない――ロングデンにしても、ビガーにしても、ドスにしてもな。彼らが潜在的にはいい娘に自分たちの手伝いをさせようとしているのは気に入らないが、彼らはいまのところどこからも手配されていない。そしてわたしは日曜学校を経営してるわけじゃないんだ。だから……」

「あの車は?」おれは言った。「ねえ、保安官、もしも……」

「車がどうした? 故障でもしてるのか? 車をなにかに使おうっていう人間なら、コンディションをいつも最高の状態にしておくもんだ」

「でも、ただ乗りまわそうっていうんじゃない! あれは、その、あれは逃走車なんだ!」

「ほう、もちろんぜったいにちがうとは言わないが、逃走車ってものをおまえはいくつ見たことがあるんだ、バーウェル?」

彼は答えを待った。そして、からかうように笑った。おれは、的はずれなことをもぞもぞと言った。すると彼はまじめになって、哀れむように言った。

「おまえは悪い過去をすごしてきたな、バーウェル。トラブルをおこすことが多くて、人からあざ笑われるようになった。おまえがあそこへ戻ったらまたトラブルが待っていると思っていたよ。ロング兄弟はポーカーフェイスで人をからかうことで有名だ。たとえそんなことをしなくても、彼らの正体を知る機会はつねにあったから、おまえは女の子のことを思って頭に血がのぼってるんだろう。だから、わたしのアドバイスを受け入れるなら……」

「待ってくれ!」おれは言った。「待ってくれ、保安官! あることを思い出した」

「そうかい?」彼はあくびをかみ殺した。「で?」

「ヒグビーだ。彼も強盗に一枚嚙んでいる。おれはさっき給料日のことでばかげたことをほのめかしたが……」

「バーウェル!」彼の声は突如ぶっきらぼうになった。「そのことをキャンプでぺらぺらしゃべりまくったのか?」

「もちろんそんなことはしてない」おれは言った。「おれがどうしてそんなことをする?」

「おまえはこれ以上ないほど能なしのように思えるからだ! ヒグビーは、ある期間内にパイプラインを敷設しなきゃならない。その期間が一日のびるごとに莫大な損失が出る。毎日法外なボーナスを出すようなもんだ。彼はそんな仕事をやらなきゃならなかったし、これからもそれを滞りなくやらなきゃならない。なのに、その彼がどんな連中と関係するっていうんだ?」

「だけど、いいか」おれは言った。「おれは……」

「彼はクズどもを相手にしなきゃならないんだ、バーウェル! たいていのやつはそうさ。放浪者、浮浪者、飲んべえ、前科者——油井のクズどもさ。働かないですむ理由を見つけて人生を送っているような連中だ。恋におぼれた大口たたきの小僧が連中の給料のことでなにか詮索して、いったいなにがおきると思うんだ？　おれに言わせれば、ヒグビーのもとに残った人手じゃ、納屋を建てることもできないだろうよ」

「でも、おれはヒグビーにはっきりとは言わなかった！　ほのめかしたりもしなかった……」

「おまえがなにを言っても彼にはショックだったろうよ。いいか、彼はロング兄弟が何者か知ってるんだ。連中の採用を提案したのもわたしだ」

「彼が、知ってる？」おれは言った。「あんたが提案した？　なんで……なんでだ、そんなのどうかしてる！」

おれが自分で思っている半分も賢かったらわかるだろうに、というため息をダロウはついた。

ロング兄弟にはまともな才能がなにもないが、パイプライン工事は腕に技術のない労働者を雇う郡のなかでも大きな事業だった。彼らがそれに雇われたことがわかれば、彼らの動向を追うことができる——つねに居場所がわかる——だけでなく、ものを盗むより稼ぐほうがいいと思わせることに役に立つ。

「連中があそこにいれば、パイプライン会社もわたしもともに安心していられる。われわれが信用していないのは、おまえとあの女の子が惚れ合ってるってことだ。運まかせの博奕みたいなものだからな。もし彼女がおまえと懇ろになれば、ロマンチックなとんまの脳みそが股間に……」

おれの顔はまっ赤に燃えていた。ドープのせいだけではなかった。おれは言った。わかったよ、おれはたしかにとんまだ、と。だが、だれにも干渉しないで彼にできることがひとつあった。

「あそこからキャロルを連れ出してくれ、保安官。そうしてくれれば……」

「そんなことはしないよ。わたしは娼婦のお守りなんかしない。彼女が犯罪を犯さなければ、法的にわたしにはなにもできない」

彼は、電話を切ろうとしていた。おれは、あんたも給料強盗に関与しているんだろう、もし自分の仕事をちゃんとしないんならちゃんとする人に連絡する、とどなった。

キャンプへ戻って口を閉じていろ、もしそうしなかったら、自分のルールのひとつを破っておれを郡から追放する、と彼も言い返した。

「もうひとつよく聞くんだ、バーウェル。ロング兄弟にこう伝えておけ! わたしは冗談が大好きだから、人殺しや強盗の話を聞いて大笑いしていた、ってな」

会話が打ち切られると、電話の切れる鋭い音がした。

おれは小銭を漁り、マタコーラの郡検事に電話した。彼はおれから電話がくることを予期していた。ダロウから連絡を受けたのだ。

「バーウェルか?」彼はうめくように言った。「きみはいったいなにを飲んだんだ? アルコールのまがいものか? 怪しげなものを飲んで酔おうとするのはやめたまえ」

「おれは酔っぱらってなんかいない!」おれは言った。「なにも一滴も飲んでない! おれは……」

「だったら、なにか少し飲め。しばらく女の子のことを頭から追い払え。それがきみのトラブルだ、バーウェル。飲まずに女のことばかり考えてることがな。男にとっては最悪のことだ」

「たのみますよ」おれは懇願した。「ちょっと話を聞いてくれれば……」

「そんな暇はないんだ。そんな暇はない。酔いをさませ。朝になればずっといい気分になっている」

彼は電話を切った。

おれも電話を切った。困惑して、もどかしく、混乱して、わめけばいいのか笑えばいいのかわからなかった。

電話ボックスから出て、しばらく夜の外に立ち、涼しい風に顔を撫でられるままにしていた。

ダロウはすべてのことに答えをもっていた。ヒグビー、ロング兄弟、キャロル――すべてにだ。そして彼の答えすべては論理的だった。彼が言ったことは、おれが言ったことよりずっと説得力があった。実際には説得されなかったが、そのように思えた。

ロングデンはからかっていただけだとだれもが信じるにきまっている。彼は青二才をもてあそんでいただけだ、と。本気だとしたら、強盗をやるなどとおれに話すなんてだれも信じやしない。

もちろん、おれに話さなければならなかったから彼は話した、というのが真相だ。

おれは、キャロルと接したことで真相に気づいた。そして、給料日のことを話したときのヒグビーの反応が、決定打になった。そのことをちょっと考えれば、保安官に進言しようとするのは当然だろう。だからロング兄弟は彼らにできる唯一の手を打った。そしておれは、その罠にすっぽりはまったのだ。

ダロウは賢い男だった。もしおれが疑っていることとその理由を話すだけにとどめていたら、彼はおれに同調していた見込みはあるし、ロング兄弟は監獄行きで、キャロルは自由になっていたかもしれない。しかし、おれは疑いを話すかわりに、ロングデンがおれに話したことを話し、ダロウがからかうように声を立てて笑ったとき……

もちろん彼は笑った！　だれだって笑うだろう。おれも彼に付き合って笑うべきだったし、まったくばかげて聞こえると同意すべきだった。そうしていればよかった。かっとして叫んで彼を悪者呼ばわりなどしないで、道理をわきまえて理性的にふるまっていれば——だが、おれはそうしなかった。

おれは、ばかみたいにふるまった。おれはそのようにふるまい、彼はおれをそのように扱った。

おれは思い出してひるんだ。助けてくれたかもしれない唯一の人の信用を失ったと気づいた。もう二度とあの連中に助けを求めることはできない。これからなにがおころうと、ロング兄弟がなにをしようと、もうどうしようもなかった。おれは永遠にキャロルを失ったが、それはまぎれもなく自分のせいだった。おれはひどく落ち込んでみじめになり、自分に腹が立ち、声をあげてうめいた。

「ちくしょう！　こんちくしょう！　おれはどうしてこんなに愚かなんだ？」

「そんなに落ち込むなよ、トミー」ロングデンが電話ボックスを取りかこむ影のなかからふらりと出てきた。「さあ、キャンプまで乗せてってやろう」

車、キャロルのキャンピングカーは、町の空き家のうしろにとめてあった。ロングデンは近道をして町を出ると、轍の多い道を走ってキャンプへむかった。ヘッドライトは消したままで、スピードを出して走るとエンジンは快調な音を立てた。おれたちは幽霊のように夜をなめらかに走った。黒い車体はほとんど闇にまぎれていたし、静かに走っていた。

「ほんとにいい車だな、トミー?」ロングデンは誇らしげに笑いをもらした。「修理と整備にどれくらい金がかかったと思う? あててみろよ」

「そんなことどうでもいい」おれは言った。「キャロルはどこだ?」

「彼女は元気にしてるよ、トミー。おれが予行演習してるあいだ、何人かが彼女を見張ってる。キャロルのことは心配しなくていいよ、トミー。彼女はどこへもいきやしない」

「どうして?」おれは言った。「目に青あざができてるから? 平手打ちを浴びせたりしてるのか?」

「いや、ちがうよ。もちろんちがう。そんな必要はほとんどない。彼女を文無しにして、見張っていたほうがずっとかんたんだ。それに、いつも見張っている必要もない。ひょっとしてだれかが見張っているかもしれないと彼女が思っているかぎりはな」

「ああ、たしかに」おれは言った。「あんたがたはたしかに頭がいい」

本気で言ったのであって、お世辞ではなかった。真実だった。ロング兄弟——とくにロングデン——は、一流の犯罪者と言ってよかった。一味の構成も、ほかのギャングの構成と異なっていた。初期のころ、彼らが一味をふやして徒党を組むまえ、ロング兄弟はすっかり有名になってしまい、自分たちの正体を隠そうとしても意味がなくなった。それで、彼らはその努力をあまりしなくなった。だが、徒党を組むと、一味のメンバーの身元が割れたり、つかまったりするのはぜったい避けていた。

ギャングのボスのほとんどは、だいたい背後に安全に身を隠していた。ときには計画を立てること以外仕事に参加もしなかった。しかし、ロング兄弟はつねに最前部に立ち、メンバーを背後に隠していた。だから、一味は何人いるのかだれも知らなかった。だれがメンバーなのか、かならずしもはっきりしなかったからだ。

ギャングのメンバーは、従業員の振りをして強盗の犯行現場にいるかもしれなかった。それは〝客〟かもしれなかったし、通行人かもしれなかった。ロング兄弟は大きな仕事しかやらず、盗む金は五万ドルになることもあった。狙うのはつねに銀行、大きな工場の従業員給料、あるいはそのたぐいだった。そして、現場は人が大勢いる場所。その人たちのうちのひとり、あるいはほとんどがギャングの一員であるかもしれなかった。だれかが犯行のじゃまをするような動きをすれば、すぐに彼がその者を排斥した。

だれかが犯行中のギャングに逆らうような動きをしたのは、もうだいぶまえのことだった。もしかしたら、人びとに紛れ込むというやり方をあきらめたのかもしれなかったが、それをたしかめる方法などなかった。逆らえば殺されるとしたら、だれもあえて危ない橋はわたらない。

ロング兄弟は数回刑務所に入った。彼らにとってはたいしたことではなかった。入ってもすぐに出てきたからだ。だが、ギャング一味は娑婆にのこった。ひとりのこらず。そして驚くほど兄弟に忠実で、彼らのために多額の金を蓄えた。いっしょに仕事をしているあいだ、なめらかに動く機械のように機能していた。

だが、いま、ついにロング兄弟はしくじったのだ。キャロルの助けにはならないだろうが、彼らはパイプラインの給料を強奪しようとして重大なミスを犯した。

「どうした、トミー?」車は速度を落として、とまった。「どうしたんだ?」ロングデンは座席の上で体をまわし、おれににやっと笑ってみせた。「なにか問題でもあるのか?」

「問題があるのはそっちのほうだろう」おれは言った。「あんたとあんたの一味の全員のほうだ」

「一味? おれたちに一味がいるなんてどうして思うんだ、トミー?」

「おれがばかじゃないからだよ。キャンプには六百人の男たちがいる——六百人だぞ! 彼らは、給料を盗んで逃げるやつがいたら、ただ指をくわえて見ているような連中じゃない。彼らをおとなしくさせるには武装した一ダースの人間が必要だ」

「おいおい、まいったな!」彼はもの憂げに言った。「すべてお見通しってわけか、トミー。だが、おれたちにどんなトラブルが降りかかるっていうんだ? どうなるっていうんだ?」

問題は逃亡にある、とおれは言ってやった。ロングデンは当惑したかのように装い、眉をつりあげた。なにもかも完璧に計画を練ってあると考えていたが、もしかしたらもう一度はじめからおさらいしたほうがいいかもしれないな、と彼は言った。

「おれたちにはこの車がある。後ろ脚で立つこともできるし、とんぼ返りもできる車がな。そして逃げるときがきたら、この車を運転するのはおれだ。おれの運転の腕は知ってるだろう、トミー？　地理はよく頭に入れておくから、ヘッドライトを消したまま真っ暗ななかでも走ることができる。おれはいつもそうしてるんだ、トミー。そうする必要がないときでも、ヘッドライトを消して走ってる。いつなにがおこるかわからないからな。だが、それはおもにテストみたいなもんだ。その地域の地理がすっかり頭に入ってることをたしかめるためのな。どんなに小さなカーブもでっぱりも頭に入れておく唯一の方法さ。まっ暗ななかでドライブできれば……」

「なにが言いたいかはわかる」おれは言った。「先をつづけろよ」

「そうだな、それにキャロルがいる。おれたちは彼女をまわりから守ってきた。彼女を学校へやり、彼女をたいせつに扱い、特別なときがくるまで彼女を温存してきた。だから、いままで彼女を自分のものにした者はいなかった。彼女は見かけどおりの女じゃない、とはだれも知らない。パイプライン工事現場で売春してる女じゃない、とはな。彼女はいつも近くにいて、その存在にだれもが馴れている。だが、彼女が銃と弾薬を携帯してるなんてだれも思ってない……」

「つづけろ」おれは言った。「おれの知らないことを言えよ。あんたは強盗をやる。それからどうするんだ？」

「さっさと逃げるのさ。それだけだ。いつもしてることだ」

「でも、今回は大きなちがいがある。今回はあんたがたの犯行だとすぐばれる。警察はあんたがた全員をさがすだろう。あんたと兄弟だけでなくな。つかまれば、外にいてあんたのために金をためておく者はだれもいなくなる」

彼は、いかめしくうなずいた。あまりにもいかめしすぎて、本気に見えなかった。「ああ、トミー。だが、問題は逃亡にある、とおまえは言った」

「まさに問題があるよ。逃げなければならないからな。あんたがた全員がだ。あんたがた全員はこの国をはなれるか、つかまるかだ」

「だったらなにが問題だ？　この車は一ダースくらいの人間を楽に運べるし、おれたちはメキシコの玄関口にいるようなもんだ」

彼は目を輝かせて、ふたたびうなずいた。なんともいかめしく見えた。おれの言っていることはよくわかっているはずなのに、どうしてわからない振りをしているのか、とおれは訊いた。

「なあ、トミー」彼はもの憂く言った。「そういう態度はよくないぞ、トミー。おまえは実質的にファミリーの一員なんだ。なのに、保安官におれたちのことを報告する役目を引き受けた……。おまえみたいにりっぱないい若者を、どうしておれがもてあそんで楽しんだりする？」

「もういい。地獄に堕ちろ」おれは言った。

「おれがどうするか教えてやろう、トミー。おまえがこの問題でおれを安心させてくれたら、キャロルに会わせてやろう。彼女とふたりっきりになれるよ、そう、三、四時間な。オーケー?」

「だまれ」おれは言った。「あんたはおれを彼女のそばに近づけさせもしないよ。あんたはおれを殺すと脅したけど、おれがまだここにいて、出ていくつもりがないってことを彼女が知ったら、あんたはそんなことできなくなるもんな。そしてその脅しこそは、おれたちを言いなりにさせるたったひとつの方法ってわけだ」

おれからそんな言葉を聞くなんてひどく気分が悪い、と彼は言った。おれが彼を信用していないように聞こえなかったら残念だ。

「さぁ、いいから言っちまえよ、トミー坊や」彼は猫なで声を使った。「どちらにしろ、おまえになんの損があるんだ。なにかすごくだいじなことを言わなくちゃならないんだろ。金を払ってでも聞いてやるよ!」

「うーむ……」おれはためらい、やつをじっくりと見つめた。彼が嘘をついていることはたしかだったが、ついていないことを望んだ。どうしてもキャロルに会いたくて、なんでも信じてしまいそうだった。

「いまから言うことはぜったいに嘘じゃないぞ、トミー」彼は、宣誓するように片手をあげた。「問題がどこにあるのか教えてくれたら、キャロルに会わせてやる」

ああ、そうだろうとも、とおれは言った。彼女に会わせてくれようとするが、その途中でおれは殺される。その気になれば、わざわざそんなことをしなくても、その瞬間にその場で殺すことだってできる、と彼は平然と指摘した。

「とんでもないよ、トミー。殺さなきゃならなければ殺すが、それを願ってるわけじゃない。おまえがしつこくまだここらをうろついていることを、保安官は知っている。だから保安官がおまえをさがしにこっちへくるとなると……」彼は思わせぶりに両手を広げてみせた。「さあ、話せよ、トミー。おれの願いを聞いてくれ。そうすればおまえの願いも聞いてやる」

問題とはなにかを、おれは彼に話した。

彼は興味深そうにおれを見つめながら、待っていた。「それで、トミー?」

「それで、ってどういう意味だ」おれは言った。「それだけさ」

「それだけって?」

「いま話したとおりさ!」

「それで? もっと詳しく説明してくれ」

「でも……わかったよ」おれは言った。「支給される給料は大金だ。分厚い札束になる。だけど、あんたが最後の仕事にするほどの大金じゃない。一ダースもの人間が余生を外国ですごせるほど充分じゃない」

「そうか?」

「もちろん、充分じゃない。倍の金は必要さ!」

「そうか?」

「いいかげんにしろ!」おれは言った。「何度も言ってるのに、あんたはそこにすわって、〝それで?〟ってくり返す。あんた、耳は聞こえるんだろ? いったいどうしちまったんだ?」

「さびしいのさ、トミー。楽しいやつといっしょにいたくてたまらないんだ。おれはすごくつまらない人生を送ってるんだよ、トミー。昼も夜も働いてる。何度も何度も同じことをくり返してな。だから、おまえみたいに楽しいやつが現れると……どうしたんだ、トミー? 問題がどこにあるかわからないからっておれに腹を立ててるんじゃないだろうな?」

おれは歯ぎしりした。ようし、もう一回詳しく説明してやる、とおれは言った。

「あんたたちロング兄弟と一味は、のこりの人生をメキシコで暮らさなきゃならない。あっちでは、あんたがたは活動できないし、こっちへ帰ってくることもできない。そこまではいいな? パイプラインで働いてる男たちはこれから二週間分の給料と、残業代をもらう。なかには多くの報酬をもらう者もいるだろうし、中ぐらいの報酬の者もいて、何人かは——ほとんどは——最低賃金だ。それを全部均すと、平均で……」

「ひとり百ドルちょっとだよ、トミー。合計で六万五千から七万くらいかもしれない。それで、なにが問題だ?」

「問題は」おれは四歳の子供に話しかけるようにゆっくりと言った。「問題は、金が足りないってことさ。最低でもその倍は必要だ! これでようやく理解したか? 脳みその足りないあんたの頭でもようやく呑み込めたか?」

「うーん……」彼は頭を掻いた。「その部分は理解したよ、トミー。よくわかった。だが、理解できないことがひとつある」

「なんだ?」おれは言った。「なにが理解できない?」

「なにが問題なんだか……」

……おれが車を出てドアをばたんと閉め、キャンプにむかって歩きはじめたとき、彼はまだ大声で笑っていた。

もう言ったように、それはドープ班で初日の午後を終わったあとの出来事だった。やはりもう言ったように、二日後にフォア・トレイとおれは話をして和解したのだった。

おれたちは話すためにプレーリーに出ていたが、彼が自分のテントに戻ったあともおれはしばらくそこにのこった。気持ちのいいところだった。さえぎるものがなにもない何百マイルものプレーリーの風に吹かれた。とてもクリーンで、あまいにおいがした。一日じゅうドープのにおいを吸い込んだあとでは、いくら風に吹かれても足りないくらいだった。

太陽が沈み、あたりは薄暗くなっていた。おれは草から起きあがり、自分のテントに戻った。ふたたびキャロルのことを考えはじめた――考えるのをやめられなかったので、まだ考えていた、と言ったほうがいいかもしれない。寝床の端に腰をおろすと、夜の感傷に浸ることになり、ここからずっと遠くへいけたらと思い、キャロルがいっしょならと思った。

テントのなかは騒々しかった。夜のこの時間帯はいつもそうだったが、給料日が間近に――あさってに――迫っていたから、いつもよりうるさかった。みんなふざけ合ったり、思い切り大声でわめき合ったりしているように思えた。みんな気分が高揚していて、もらう金をどう使うか計画していた。

男のひとりが、わしづかみしたオレンジの皮をおれに投げつけた。おれは飛びあがり、彼に一発喰らわせてやろうかと思った。だが、彼は笑って手を振って寄こしたので、放っておくことにした。

おれは靴をぬぎ、寝床に横になり、かまわないでほしいとわからせるようみんなに背中をむけた。近くにいた男たちはそれを察して、テントの前方へ喧噪とともに移動した。おれはまたキャロルのことを考えはじめた。

どうやら、やることはひとつしかなかった。だれもおれを助けてくれないのなら、だれもロング兄弟からキャロルを遠ざけてくれないのなら、自分でやるしかない。

どうやってやるかは、わからなかった。アイディアはまるでわかなかった。彼女に会えて、話ができたら、彼女を無事に連れ出すチャンスはある。おれたちはプレーリーに消えていくことができる。ほんとうにプレーリーで姿をくらましたかったら、行方不明になればいい。望まなくてもかんたんに消息を絶てる。永久に、だれにも見つからない。

おれたちは徒歩で逃げることができる。運がよければ、車で逃げることができる。警察が自分たちの仕事をわきまえているどこかへいける。ダロウのようなところのかわりに。そして、そのときからいっしょに幸せにいられる。いずれにせよ、彼女のところへいければ、自分たちはきっとだいじょうぶだとおれは確信していた。しかし、いったいどうやればいいのだ？

四六時中ロング兄弟が見張っているのに、どうやったら彼女に会えるのか？

おれが考えたやり方では、チャンスは一度きりだ。もしおれがやつらのなかへ飛び込んでいけば、それですべておしまいだ。おれは消えて、ただおれがこの地を去ることにしたということ以外だれにもわからない。

もしかしたら不思議がる者がいるかもしれない。いくつか疑問も呈されるだろう。でも、だれもなにも証明なんかできない。だから……

テントの喧噪をついて、平床トラックがくる音が突然聞こえた。また一台、また一台と。外から騒がしい人の声が聞こえ、それよりも大きいヒグビーの威圧的な声もはっきり聞こえた。

おれは寝床で寝返りを打ち、上半身を起こした。ヒグビーがテントのフラップを跳ねあげて、なかをのぞき込んだ。いかめしい顔つきで、なかの男たちをひとりひとり冷たい目で見ていった。

「ようし」彼はつぎつぎに男たちを指さして選別し、外に出るようぶっきらぼうに合図した。「ようし、ここから出ろ！　いけ、さっさと！　荷物はのこして、服だけもっていけ！」

不安げに、いぶかしそうに、彼らは立ちあがった。不満や疑問の声が低く響いた。いったいなにごとだ？　外へ出ろ、とヒグビーは言って、男たちを選別していた。

「おまえ！」彼は指さした。「なにをぐずぐずしてる？　それにおまえとおまえとおまえ！　のろまめ、もう一度言わなきゃならないか……！」

彼の目がおれにとまった。焼けてむくんだおれの顔に。だが、その目はおれをとおり越した。ヒグビーは、向きを変えてフラップから出ていった。

不平をつぶやき、悪態をつきながら、男たちはテントからぞろぞろ出ていった。おれは靴をはき、前方へ移動した。そして立ったまま、夜の外をのぞいた。

男たちが平床トラックに乗っていた。一台が満員になると、トラックはすぐにエンジンの音を響かせてキャンプを出ていった。全部で四台だった——男たちを乗せた四台の平床トラック。最後のトラックにならんですわっていたのは、ロング兄弟だった。

「選ばれずにすんだな、トミー」そう言ったのは、ウィンギー・ウォーフィールドだった。「まあ、当然だよ。当然だ。顔を焼かれたうえ、ケツの皮まで剝がされたんじゃやたまらねえからな」

いったいどうなっているのか、とおれは尋ねた。彼は例によって知ったかぶりをしてしゃべった。彼らには警告したんだ、と彼は言った（〝彼ら〟とは、いったいだれのことなのか）。ここでは支柱を立てずに深い溝を掘ることはできない、と警告したという。カシやナラの多いところでは、あまり深くない地中に水がたまっていることはだれでも知っている、と。そう、ここら辺では砂が水を含んでいて、溝を掘れば水がしみ出てくる。それで、支柱を立てないと……

「一マイル以上崩落したんだよ、トミー。あわれな労働者どもは、きっと真夜中かそれ以降までかかって作業することになるだろうと思うぜ」

彼の言う〝思う〟はあてにできるかどうかわからないと思ったが、彼らが長いこと留守にすることはわかった。ロング兄弟は長いことキャンプを留守にして、おれに必要な時間は一時間だけだった。

しなければならないことをするにはいい晩だった。暗くて人に見られにくかったが、すばやく動けるほどには明るかった。おれは、足早にプレーリーを歩いた。おれを助けたいかのように風が背中を後押ししてくれた。

風はなくてもよかった。風は雑草や藪を吹き抜けて大きな音を出し、おれの神経を苛立たせ、たえず風向きを変えた。だが、聞きたかったのは、おそらく神経の高ぶりを抑える音。

もちろん、問題はロング兄弟だけではなかった。

ロング兄弟は数時間拘束されているだろう。たぶん、彼らの一味も同様だ。ヒグビーは、ほかの労働者たちといっしょにいけとおそらく彼らに命じた。彼らにも選択の余地はなかっただろう。彼らがほかの連中とともに選抜された可能性は高かった——もし彼らがキャンプにいたら。彼らは当然たくましく、強壮な男たちで、特技のない労働者として雇われた。だから、ヒグビーは彼らがテントにいたなら連れていったろう。

しかし、もし彼らがまだここにいたら……こっちにいたら。……そのときは、まずい。い、い、い、い、い、い、い、い、い、い、い。

そして、彼らにとってもまずかったし、おれにとってもだった!

一味の連中がいったい何人いるのか知らない。だが、おれがキャンプから四分の一マイルもいかないところで、最初の男がまえに立ちはだかった。向きを変えたが、そこにも男がいた。彼はうしろから近づいてきて、おれに飛びかかろうとした。おれは左右に体を振ってよけたが、まだほかにも男たちがいて、先まわりをしようとしていた。

彼らは両腕を広げて、死の円陣を狭めるように迫ってきた。彼らをすり抜ける方法もなかったし、彼らを迂回する方法もなかった。唯一の希望、ちっぽけな希望は、彼らを突破することだった。

彼らは無言で、大胆に近づいてきた。自信たっぷりで、体ばかり大きな子供に対するプロの殺し屋の一団という感じだった。恐怖に凍りついているウサギをしとめようとしているガラガラヘビより自信たっぷりだった。声に出さない笑いが聞こえてくるようだった。

おれは、わずかに膝をまげた。脚の筋肉をぴんと張り、泥道に踏ん張ってはずみをつけてから、突如頭から突っ込んだ。

おれの頭は男の腹を直撃した。彼は倒れ、おれは勢いあまって彼の上で一回転した。それから立ちあがって、走った。倒れた男はうめき、もがいて、ほかの者たちのじゃまになり、彼らはよろめいたりたがいにぶつかったりした。彼らはもつれ合い、それでずいぶん時間をむだにした。彼らはもう円陣を組んでなどいなかった。ばらばらだった。キャンプへの道はひらかれていた。

おれは走った。とにかくがむしゃらに走った！　一分まえは死んだも同然だったが、いまは自由で走っていた。彼らが追いつけないことはわかっていた。

彼らにもわかっていて、あえて追いかけようとしなかった。

だれが投げたのかはわからない——石だったのかなんだったのかも。だが、それを投げた者をドジャーズは選手として雇いたいだろう。彼は暗いなかで動く標的にむかって投げたのだ。ほぼ百フィートの遠投。しかし、ものの見ごとにおれにあてた。

頭が爆発したのかと思った。地面に倒れるまえに気絶していた。

それから一時間——どれくらいの時間だったかわからない——おれは二、三度意識を取り戻してちょっと動いた。すべてがぼやけ、半分意識がない霧のなかにいるような朦朧状態。なにもかもどうでもよかった。

短い斜面を転がって底に落ちたとき、はじめて意識を取り戻した。だれも見えなかった。たぶん目をあけていなかったのだ。しかし、人のつぶやき声はした。自分が朦朧とした状態にいたときのように不鮮明で、入り乱れて聞こえた。

ロンジーはやつに警告したんだ。あの女のことを。まずやつらをとめろ。まさかやつらが惚れ合うとは思わなかった。とにかくやつを葬れ。

なにかが顔に跳ねた。土だった。それからさらに土。おれは呼吸をととのえようと必死になりはじめた。上へ這いあがろうとした。ただし、まるで夢のなかでやっているような感じだった。遠くからぼんやりと笑い声が聞こえた。どうやら自分が笑っているようだった。それから、不意におれは意識を失った。

ふたたび意識を取り戻した。プレーリーに横たわって、半分だけ意識を取り戻した。地面で窒息しないよう顔は少し横向きだった。さっきとちがった調子のつぶやきが、ぼんやりと聞こえた——言い合い。もうひとつ声がくわわっていた。

……ロンジーとは話がついてる……よく聞け。いまはしっかりさがせ。とにかくさがせ。しっかりさがすんだ。さっさとしないとおまえたちにこのライフルの弾を食らわせてやるぞ……

おれはふたたび失神した。

突然、完全に意識を回復した。すっくと立ちあがり、ぐるぐると周囲を見まわした。おれはひとりで、就寝用テントのうしろから百ヤードちょっとのところにいた。フォア・トレイとおれがわずか数時間まえにウィスキーを飲みながら話をした場所からさほどはなれていなかった。自分は眠ってしまって悪夢を見たのだと信じそうになった。そう信じたかったが、それはありそうもなかった。

なにしろ、頭が割れるように痛かった！　夢を見て頭がずきずき痛むなんてことはない。そのとき、以前聞いたことのある声がした。ほかの連中と言い合いをして、あきらかにおれの命を救ってくれた男の声。

「……ロンジーとは話がついてる」彼はたしかそう言った。ほかにもなんやかや。内容は忘れてしまったが、ひとつのことははっきりしていた。言い合いをしている相手と、彼は以前から知り合いだ。キャンプのなかでざっくばらんに言葉を交わす仲ではないが、親しい。彼とおれの仲のような感じ。

もちろん、おれたちはおたがいに知り合いなのだ。おれはその夜彼と半パイントのウィスキーを分け合って飲み、ロング兄弟一味とひどいトラブルに陥りそうであることを話そうとした。ところが、彼が一味のメンバーだった。

しかし、フォア・トレイが一味のメンバー？

彼は知り合いが多いから、連中のことも知っているというだけではないのか？　一味に混じっているわけではなくて。おれが出会うずっとまえ、彼は辺鄙なところをいろいろとめぐり歩いていた。彼はギャンブラーで、ギャンブルをするときには相手そのものではなく相手の金を見る。彼は他人のことに口出しせず、しかも口がかたいから、自分のことをあまり語らない男たちと大勢知り合いになった。そして、そのなかにロング兄弟がいた可能性はある。

きっとそうかもしれない。ほんとうはどうかわからないし、それを知る方法も知らない。そんなことを親友にどうやって訊けばいいのだ？　いちばんいい方法は、それとなく遠まわしに質問することだろう。だが、どうやればいいのかわからなかった。翌朝、パイプラインの発破作業にいっしょに戻ったときも、おれはその方法を模索していた。それに、きっとおれは、怒っているかのように眉間に深くしわを寄せていたにちがいない。なぜなら、彼はなんとなく遠慮して口をきいているようだったからだ。

「おれはあまり思いがいたらなかったかもしれないな、トミー。説明しておくべきだったいくつかのことでおまえを悩ませてしまった」

「いや」おれは肩をすくめた。「いつか説明してくれると思ってた」

「あの女の子、キャロルがおれに言ったから、おまえがラッセンを殺したという疑いは晴れると思ったんだ。彼女は理由を言わなかったが、すごく自信ありげだった。だからおまえに伝えた」

「なるほど」おれは言った。「パイプラインの博打打ちが、おれの疑いは晴れるなんて言っても……いや、もういいよ。肝心なことはおれの疑いが晴れたってことで、その理由じゃない」

彼はおれを見た。それから、雷管と導火線を付けていたダイナマイトに視線を戻した。「もしかしたら、彼女はいきさつをおまえに話したかもしれないな。以来彼女には会ったか?」

一度だけ会ったとき、いきさつについてだいたいのことを教えてくれた、とおれは言った。

「おれは彼女に一度しか会っていないが、あんたもそれは知ってるだろう。彼女に会う機会が二度となかったことも、あんたは知っている」

「そりゃそうだろう」彼はさりげなくうなずいた。「モルモン・ボードやドープの作業をしたあとは、女を訪ねてみようなんて思わない」

いまはモルモン・ボードもドープもやっていないから、彼女に会うのをやめる理由はなにもないと思う、とおれは言った。彼はダイナマイトの底をゆっくりたたきながら、おれを見ないでしゃべっていた。

「調べて教えてやるよ、トミー。会えない理由なんてなんにも思いつかない。いまはこのダイナマイトに火をつけよう」

おれたちは導火線に火をつけ、急いでその場をはなれた。溝に戻ると、おれは会話をつづけようとした。しかし、フォア・トレイははっきりとかぶりを振った。

「ダイナは嫉妬深いんだ、トミー。ほかの女じゃなくて彼女に全神経を集中しないと吹き飛ばされるぞ」

「でも、おれたちは話さなきゃならないんだ!」おれは言った。「話さなきゃならないことはわかるだろう!」

「そうか?」彼は片方の眉を吊りあげた。「なんについてだ?」

「そりゃ、その……つまり、おれは話したいんだ」おれは言った。「おれたちは話すべきだと思う」

「おれもそう思うよ」彼はうなずいた。「だが、昼飯までその誘惑には抵抗できるとおれは思う。もちろんおまえがそう感じないなら……」

たぶんがまんできると思う、とおれは言った。そりゃよかったと彼は言い、おれたちは仕事に戻った。彼をせかすことはできなかった。せかす理由がなにもなかった。たぶんこわかったのだと思う。だから、おれはそれ以上突っ込まなかった。そして、午前中がすぎていった。やがて、昼食時になった。

おれたちは作業員の一グループとともにトレーに料理を盛り、ふたりきりになれるところへもっていった。食べはじめたが、どう切り出そうか迷って、なかなか言葉が見つからなかった。おれが言葉を模索していると、彼が先に切り出した。

「おまえはブタ箱で書き物をするのか、トミー? それなら……」彼は、おれが答えるまえに先をつづけた。「いつか小説を書いてみたらどうだ。犯罪ものがいいかもしれない。たとえば、このパイプライン工事を舞台にしてな。給料強盗の話にはもってこいの舞台じゃないか？」

「まさにそうだな」おれは言った。「でも、筋書きをどうすればいいかわからない。だって単純すぎるだろう。キャンプに武装した一ダースくらいの男たちが現れて——連中はまえもって配置についてるんだ——金を強奪する、なんて」

「六百人の男たちに対して一ダースの男たち？」彼はかぶりを振った。「六ダースの人間たちだって無理だ。大勢にいっせいに襲いかかられて、自分を守ることだってできなくなるのがおちだ。強盗に取りかかるまえによっぽど知恵を絞らないとな」

「でも……」おれはためらった。「おれにはそう思えないよ、フォア・トレイ。彼らは武装してるし、労働者たちはしてない。給料には保険がかかってる。結局はもらえる金のためになんで殺される危険を冒すんだ？」

「結局はもらえる？　ひと月かふた月後にか？」フォア・トレイは歪んだ笑いを浮かべた。「いつかは給料をもらえるなんて聞いてパイプライン作業員がおとなしくなると思うか？」

「でも、くそ、それはわかるけど……！」おれは言葉に詰まり、そのあとの言葉を呑み込んだ。

「わかったよ」おれは言った。「金がキャンプに届くまで待たなきゃいいんだ。そこへ届くまえに強奪する」

「どうやって？　ちょっと待て……」彼は片手をあげた。「忘れるなよ、これは現実の話でもおかしくないんだから、事実に沿って話そう。装甲したトラックを襲うとか、保安官助手たちが三台の車で隊列を組んで運ぶ金を盗むなんてできないぞ」

「もちろんできないさ」おれは言った。「隙をつくんだ。強盗はルートの途中で見張ってる。小説で舞台を設定するなら、人里はなれた道の途中でな。そして装甲トラックでもなんでもが現れたら、急襲する。多少話に無理のあるところが出てくるかもしれないが、でも……」

「ああ、話に無理が出てくる」フォア・トレイはうなずいた。「だから、おまえの小説には装甲トラックとか警察の車の隊列とかは登場させるな。この話みたいに型破りの展開では、金は会社のピックアップ・トラックかふつうのトラックでこっそり運ばれるようにしなきゃならない。強盗に対して積極的な対策ではないが、話の展開としてはそれがいちばん現実的だ」

おれは言った。「ああ、そうだな。わかるよ。ピックアップやトラックはしょっちゅう行き来してる。現場で使われてないときは、町へいってるかマタコーラへむかってる。道路では補給品なんかを運搬して一日じゅう往来してる。だから、金はそのなかの一台に隠して、キャンプに帰ってきたとき……」

「どの車に隠す？　もしかしたら二十五台から三十台はあるぞ。強盗をやるなら、どの車が金を運んでいるかどうやって知る？」

「かんたんさ」おれは言った。「キャンプのビッグボスが一味の仲間なんだ。彼がこっそり教えるのさ」

フォア・トレイは笑った。「ヒグビーみたいなやつが？　彼が密告して、自分が犯人ですと指さすのか？」

「それなら……そうだな、運転手が密告するんだ」

「同じことだ。もし一味にまっ先に殺されなかったら、彼は日没までにブタ箱に入ってるだろうよ。おれに言わせりゃ、自分からわざわざ災いの種をまいたことになる。愚かなあまり、分け前《スプリット》じゃなくて頭をかち割られる《スプリット・スカル》のを期待するようなもんだ」

「しかし、それじゃ……こんなのはどうだ？　会社の現場事務所はマタコーラにあって、銀行もそこにある。それで、ピックアップ・トラックか平床トラックは給料を受け取るためにマタコーラまでいかなくちゃならない。ということは、同じ日に戻ってくるためにはキャンプを朝早く出る必要がある……」

「まえの日の夜遅くに出たほうがいいんじゃないか？　完全に安全を期すならばな。暗くなってからは大金を積んで道路を走れない。それに、ここでみんなに給料を配るには時間がかかる」

「なるほど」おれは同意した。「車はまえの日の夜に出る。そうすれば、キャンプにもはやく戻ってこられて……」

「いや、だめだ、それもやめとこう！　ここと町のあいだだけを走ってる会社の車を全部使う、っていうのはどうだ？　はるばるマタコーラから一台で運んでくるよりずっと安全なはずだ」

「こんなのはどうだ？」おれは言った。「強盗一味はトラックでもピックアップでもキャンプを出るときナンバープレートを控えるだろうから……」

「なあ、トミー」フォア・トレイはため息をついた。「トミー、強盗に襲われる可能性を危惧する給料保険会社や銀行やパイプラインの管理職が、そんなことを予期しないと思うか？　ナンバープレートやなにかで車を特定されないよう、なにか必要な手を打つと思わないか？」

もちろんそうするだろう。おれはちょっとためらってから、最終的なアイディアを思いついた。一味がまえもってマタコーラに見張りをおくのだ。金が引き出されたら、彼が町に電話して……

「ひとつ問題がある」フォア・トレイは割って入った。「マタコーラでどこに見張りをおいておくんだ？　銀行か、それとも会社の現場事務所か？　それに、金を運ぶ運転手がそのどちらにも現れなかったら？　その男はかならずしもそこへいく必要なんかないんだ。金は、まえもって手配された落ち合う場所で彼に引き渡すこともできる。たとえば、ホテルの部屋とか」

作業開始ホイッスルが鳴った。フォア・トレイはコーヒーに最後の口をつけ、のこりを地面に捨てた。彼は立ちあがり、おれも立ちあがった。

「なあ」おれはしゃがれ声で言った。「小説の筋書を考える遊びはもうこの辺にしよう。あんたは給料が強奪されることはないと断言した。いろいろ言葉を費やして、そんなことはおこりえない、ってあんたは言う。でも、おれはたまたま知ってるんだ……」

「作業時間だ、トミー」彼は頭を現場のほうへ振った。「稼ぎにかかろうじゃないか」

「でも、おれはどういうことになっているのか知らなきゃならないんだ！　いまよりもっと頭を混乱させるようなことを、どうしてあんたは言うんだ?」

彼はため息をついて、ためらった。「おそらく、おれにはそれしか言えないからだよ。おまえが不安がっていることをおれは知って、おれにできる唯一の方法でおまえを安心させてやろうとしてた。しかし……おれにはそれしか言えない。さあ、仕事に戻ろう」

「強盗はおこるのか、おこらないのか? あした給料日がきたらなにがおこるんだ?」

「おまえはここにいないだろう、トミー。おれに従って仕事に戻らなければ」

彼はおれを平静に見つめながら、反応を待った。

おれたちは、作業に戻った。

その夜、おれたちは残業しなければならなかった。食堂の給仕はおれたちに遅く食べ物をもってきた。パイプライン現場の水準ではかなりお粗末な食事でもあった。だが、給仕はこれっぽっちも申し訳なさそうでなかった。

「なにかあたえられるだけでラッキーだと思えよ。あしたは朝飯も昼飯ももっとずっと少なくなる」

「なんで?」おれは言った。

「ボスのお達しだ。おれたちはキャンプを四十マイル移動する。四十マイル引越するときにのんびり食事の用意なんかできない」

おれは給仕からフォア・トレイへ視線を移した。彼はまるで驚いていないように見えた。

「しょうがないだろう」フォア・トレイはつぶやくように言い、いまではキャンプがおれたちの二十マイル以上も後方にあることを指摘した。「新しいキャンプをずっと先につくっておけば、そこを基点に現場まで戻ることも現場を先へ進めることもできる。キャンプをひんぱんに移動しなくてもすむ」

「そんな賢いやり方があるんなら」と、おれは言った。「どうして最初からそうしなかったんだ?」

「たぶんだれでも経験から学ばなきゃならないからさ。少なくともおれたちの大半はな」彼はタバコに火をつけ、箱をおれにまわした。「もちろん、経験が浅くても答えを全部知ってる頭のいい若者もたまにはいるがな」

食堂の給仕は仕事を終えると去っていった。おれはフォア・トレイの皮肉に応えて、答えをすべて知ってる振りなんかしないが少しは知りたい、と言った。

「それに、おれはからかわれたくなんかない」おれは言った。「おれには助けが必要なんだ。どうして必要かあんたはわかるだろうし、あんたのほかにたよれる人がいないんだ」

「おれはおまえを助けてるよ。いままでも助けてきた」

「わかってる」おれは言った。「おれは、じつは、ゆうべおれは一時的に意識が戻ったんだ、フォア・トレイ。おれは……」

「そうか」彼は静かに言った。「おまえがどんなに当惑したかはわかるよ。おまえが知らないことがあってもいいんじゃないかと思ったんだ。でも……」

自分は一味の仲間ではない、と彼は言った。メンバーもひとりも知らなかった。もっとも、彼らはみんなあきらかに彼を知っていた。ゆうべおれを殺そうとした男たちに関しては、暗かったから、彼が連中の正体を知ることができたかどうかは疑わしい。

「だが、おれはロングデンをよく知っているし、兄弟のことも彼をとおして間接的に知っている。ロングデン・ロングはほぼ十年まえから知ってるんだ。おれたちはいっしょに刑期を務めたからな。彼とその一味をここへ連れてきた責任はおれにある」

彼はタバコの火をつまんだ。そして、地面に落とすと踵で踏みつけた。あたりはすっかり静かになり、黄昏時のプレーリーの不気味な静けさがただよっていた。おれは息を呑んだが、その音が耳のなかで響いたように思えた。

「あんたは」と、おれはようやく口をひらいた。「あんたはあの殺人者の友人なのか?」

「そんなことを言ったおぼえはないぞ。長いこと知り合いだと言っただけだ。おれはここでこういう仕事があると知り、そのことを彼に伝えた。彼はそれを気に入り、仲間を引き連れて移ってきたんだ」

「ヒグビーはどうなんだ?　あんたは彼ともちょっとした取り引きをしたにちがいないとおれは思ってるんだ」

「トミー……」彼は当惑したようにためらいを見せた。「ヒグビーのことは忘れろ。おれはロングデンと彼の一味をここへ誘ったが、女の子がかかわってくるとわかってたらそんなことはしなかった。彼からはしばらく音沙汰がなくて、おれはむしろほっとしていたんだ、トミー。安心していたら——ちょっとだけだが——やがて彼が現れた。そして……」

「でも、どうして？」おれは言った。「まず、そもそもどうしてこんなゴタゴタにかかり合ったんだ？　どうしてこんなことになった？　あんたに金は必要ないだろう。ここともメキシコ湾までのあいだでひと財産つくることもできるんだ。なのにどうして……？」

「おれになにが必要かなんておまえにどうしてわかる、トミー？」彼はかぶりを振った。「でも、気にしなくていい。おれはできるだけたくさんおまえに話してきたし、おそらく必要以上に話してきた。さて、もうそろそろダイナとダンスをする時間だ」

フォア・トレイは帽子のつばのまえとうしろを上へ反らした。立ちあがろうとした。彼がロング兄弟と組んでいるなんて信じられない、とおれは言った。たとえ向こうはそう考えていても。

「おれはあんたをよく知ってるよ、フォア・トレイ。あんたは警察に協力してるんだろう。あんたと保安官とみんなは協力してロング兄弟を罠にかけようとしてるんだ。もちろんそうだ」おれは笑った。「そうにちがいない！　一味のメンバー全員がはじめて明るみに出るだろうよ。そして……」

「おれは自分のために動いているんだ、トミー。もっぱらな」

「ああ、そうだろうよ」おれはにっこりして、彼にウィンクした。「そう言わざるをえないものな。おれにでさえ真実を認めようとしない」

「とくにおまえにだ、トミー――真実がどうのこうのと言うんならな」

「なんだって?」おれは言った。「いったいどういう意味だ?」

「カリカリするな」彼はもの憂く言った。「おまえはなかなか見どころがあるよ、トミー。賢いし、ガッツがあるし、手強い連中とブラックジャックをやってもなかなかやる。だが、おれはおまえにポーカーやチェスをやらせたことはない。ちなみに、ロングデン・ロングがすごく得意な二、三のゲームもな」

おれは顔を赤くしながら地面に視線を落とした。彼がおれのことをぼんくらだと思っていたなんて残念だ、とおれが言うと、彼はため息をついて、そんなことはいっさい言っていないと言った。

「だが、おまえはこんなことにかかり合う運命にあったんだ。もちろん、誠心誠意に偽りはなかったんだろうが、結果は最悪となった。たしかに、あの娘《こ》を説得したい気持ちに駆り立てられてるんだろう。幸か不幸かおまえにははじめに真実を伝えた。おれは、自分のことを考えてここに身をおいているんだ。ほかのだれのためでもない……他人のことなんてどうでもいいんだ」

「ちょ、ちょっと待ってくれ!」おれは、彼が立ちあがると同時に飛び起きた。「おれの彼女はどうなるんだ? キャロルはどうなる?」

「彼女がどうなるか? 言われたとおりにしていれば無事だろうよ」

「でも……」

「もういい、トミー」彼は手袋をはめながら、向きを変えた。「仕事に戻るときだ」

「たのむよ」おれは言った。「ひとつだけ質問に答えてくれ。ひとつだけでいい。そうしたらもうなにも訊かない」

「いいだろう。だが、はやくしろ」

「あしたのことだ、給料日だ。おれはあんたの代わりにブラックジャックの胴元をやるのか?」

彼は答えをためらい、ゆがんだ笑いを浮かべた。「遠まわしに気の利いた質問のしかたをするんだな、トミー。だが、答えはかんたんだ。もしブラックジャックがおこなわれるんなら、おまえがおれの代わりに胴元をやるんだ」

27

朝食はドーナツとコーヒーとドライ・シリアルで、ひとりひとりが無糖練乳をひと缶もらえた。午前十時になるころまでには、食堂と調理場のテント、コンロ、調理用器具などが平床トラックに積まれた。トラックは、コックと助手も乗せて新たなキャンプ地へむかっていった。

フォア・トレイとおれは、野外便所と生ゴミ捨て場を爆破して埋めた。それから、ほかの労働者たちと仕事に取りかかり、解体作業や積荷作業をおこなった。全員が引越作業をした——重機係、溶接工、だれも彼も——六百人全員。大きなキャンプを移動するのはたいへんな仕事だった。全員の手が必要だった。みんなたがいに手を貸しあった。

昼食は果物とクッキーと冷たいコーヒーだった。そのあと、ヒグビーはフォア・トレイとおれにピックアップ・トラックをあてがい、おれたちは発破用の道具類を積み込んだ。

ダイナマイト二十ケースがうしろに積まれ、そのひとつひとつは毛布でくるまれて寝台のマットレスの上にまとめておかれた。おれはそのそばにすわり、それを体でかかえていた。運転はフォア・トレイがして、彼のわきのシートには枕で保護されたダイナマイトの雷管がおかれた。ほかの乗客はひとりもいなかった。

四十マイルもピックアップ・トラックのうしろに乗っているのはたいへんだった。二度と体験したくないドライブだ。だが、ひとつだけいいことがあった。キャロルやロング兄弟やおれがかかえているトラブルのことを考えなくてすんだ。おれは乗せている荷物とフロントシートにある黒い雷管のことだけに神経を集中していた。そして、神経を集中しているのになんの苦労もいらなかった。

パイプラインの先端の先には道路がなかった。道として使えるトラックの轍さえなかった。プレーリーを横切っている車の轍はいくつもあったが、それはくねくねまがったり交差したりしていて、トラックの運転手たちには障害になりこそすれ助けにはならなかった。

フォア・トレイは、当然とてもゆっくり走らなければならなかった。人間や荷物を運んでいる大きな平床トラックやピックアップ・トラックが、おれたちを追い越していった。彼らはがたがた揺れたり跳ねたりしながら、間隔を取っておれたちを大きくよけ、南へむかい、なだらかに起伏してひからびた荒野を走っていった。

まさに荒野だった。距離だけで考えれば、まえのキャンプ地から大きくはなれているわけではなかった。しかし、そこは人里はなれた土地で、地の果てのようなところだった。そしてそんなところまでいくと、土地勘というものがまったくなくなった。

ときどき、新しいキャンプからきた平床トラックやピックアップ・トラックがおれたちとすれちがった。まるで、最後の荷物をとどけるむだな努力をしながら走りまわっているようだった。町から大量の氷を積んできた一台のトラックが、おれたちのわきをとおった。氷は少しずつ解けていて、新しいキャンプ地へむかって水滴を落としていった。ケチな会社が氷なんて贅沢品をどうして運ばせているのだろう、とおれはいぶかったりした。もっとも、その日おれが気にしていた唯一のことは、どうやって生き残るかということだった。

とてもゆっくり走ったので、その日午後四時近くになるまで新しいキャンプ地につかなかった。すべての荷物を降ろして片づけるのに、五時近くまでかかった。おれたちは、のこっている作業を終わらせるため、ほかの連中と忙しく働いた。幸運にも、すべきことはそれほど多くなかった。焼けつくような暑さ、腰を痛めそうな肉体労働、少ない食事が重なって、仕事をさっさと切りあげたからだ。

だれもがやっとのことで動いていた。片方の足をもう片方のまえへ出すのもやっとだった。チャンスさえあればみんな日陰でぐずぐずし、ときには地面にばったり倒れ込んだりした。給料日というより通夜みたいだった。おれはロング兄弟を見つけたが、彼らもほかの連中とたいして変わりなく疲れ果てているようだった。ロングデン・ロングが一度おれのわきをとおり、笑いを浮かべようとしたが、そんな気力さえのこっていないようだった。おれは二度ほどキャンプ地の外のかたむいた土地をしげしげと見て、キャロルか彼女のキャンピングカーがいないかと注意深くさがしてみた。どちらも見えなかった。キャンプの外でもなかでも、強盗事件がおこりそうな気配はなかった。

実際、これまでのなりゆきから見て、強盗がおこるかもしれないと考えることなどはばかばかしかった。

ヒグビーが長い洗い場の上に立って、お待ちかねの時間だと叫んだときは、六時近かった。歓声が少しあがったが、弱々しくてみんな疲れきっているようだった。だが、彼らが喜んでいるらしいことは伝わった。だれかが叫んだ。「食い物は?」金ではなく、食べ物。ヒグビーはつるはしの柄を振って、みんなに近づくよう合図した。男たちが集まっていくと、ディピューが洗い場に立ち、ふたりの部下が大きなボール箱をもちあげた。

給料が入った箱だろう、とおれは思った。労働者たちの二週間分の稼ぎが入っている。みんなが待ち望んでいたもののはずだった——だが、そのときはちがった。だれもあまり興味がないようだった。

ディピューがヒグビーの耳になにかささやいた。ヒグビーは眉をひそめ、肩をすくめ、うなずき、洗い場につるはしの柄をたたきつけてみんなの注意を惹いた。

「みんな!」彼は、群衆をいかめしくにらみつけた。「ミスター・ディピューから諸君に言うことがあるそうだ!」

ディピューは進み出て、ヒグビーがやったようにみんなをにらみつけようとした。大きな笑い声がおこり、彼はそれを気に入らなかった。そして口をひらいて、「みんな、よく聞け……」と言ったとき、彼の声は裏返って甲高いわめき声になっていた。

どっと笑い声がおこった。彼は笑いがおさまるのを気むずかしく待ち、それからふたたび口をひらいた。「わたしがあんたがたの味方であることはみんな知ってるだろうが……」

甲高いわめき声のまえおきが長すぎた。ヒグビーでさえまじめな顔でいるのがむずかしくなった。五マイル先からでも笑い声と野次は聞こえたろうが、ディピューが話そうとするたびにそれは大きくなった。彼は、ついにあきらめた。向きを変えて引きさがろうとした。しかし、彼は目が見えなくなるほど怒っていたのだと思う。というのも、彼は洗い場から転げ落ちたのだ。そのとき引き起こされた大爆笑が打ち上げ花火だとしたら、それ以前のは線香花火にすぎなかった。

爆笑につぐ大爆笑。大きな笑いのうねりが次から次へと襲った。骨にまで響くほどの大音声だ。それを見てまた大笑いした男たちは、目に涙を浮かべてよろめいたり、体をふたつ折りにしたり、呼吸困難になるほど喘いだりした。やがて笑いはようやくおさまったが、彼らは腰をおろさなければならなかった。そして、笑いが完全に静まるまえ、ヒグビーがしゃべりはじめた。

「パイプライン会社は大きな組織だ。この仕事のほかにも事業をやっていて、そのなかのいくつかの仕事は小切手で給料を払っている。それで、ちょっと手ちがいがあった。会社は、現金の代わりにここへ小切手を送ってきた……」

湧きあがった怒号をついて、ヒグビーは声を張りあげた。「みんな、ちょっと聞け！　訊きたいことがある！　タバコや葉巻をただでほしいやつはどれくらいいる？　いいか、あそこにはおまえたちのほしいものが全部ある」つるはしの柄を食堂テントのほうに振った。「おまえたちのほしいものはなんでもあるぞ！　よく冷えたポテトサラダを食いたいやつはどれくらいいる？――ようく冷えてるんだぞ――それにフライドチキンとバターロールもある。これまでの人生で最高のご馳走だ！　さあ、答えを聞かせてくれ！」

彼は、答えを聞いた。肯定の喝采、叫び。しかし、怒った不満の低い声もあった。彼らは腹をすかせて怒っていたが、〝よく冷えた〟という言葉は魔法の言葉だった。しかし、彼らは金もほしかった。小切手ではなく――いったいどこで小切手を現金に換えられるのだ？　やはり、現金だ。

それで、彼らはふたつに引き裂かれた。迷って、どちらの側に振れてもおかしくなかった。

「自由な時間がほしいやつはどれくらいいる？」ヒグビーはふたたびどなった。「あすの朝の勤務時間の九時まで寝ていたいやつはどれくらいいる？　飲みたいだけ酒を飲みたいやつはどれくらいいる？」

怒りや不満の声がまったくなくなったわけではなかった。しかし、たちまち弱くなった。酒と聞いて、喝采を送る喜びの声にほとんどかき消された。

「そうこなくちゃな！」ヒグビーは、みんなにむかってにやっと笑った。「やっぱりおまえたちはパイプライン工事作業員だ！　それじゃ、こうしよう。小切手でもほしいやつはもっていけ。いますぐ！　のこった者たちはつぎの給料日が四週間後にくるのを待って、現金を受け取ることにしろ！　のこったわれわれはこれからパーティをひらくんだ。これからすぐに！」

彼は洗い場からおり、食堂テントへむかった。

ほんのちょっとのあいだ、みんなはどうしようかと迷い、失望と欲望を天秤にかけた。それから、喜びの大きな歓声をあげて、ヒグビーのあとに従った。

溶接工も重機担当係も、ほかの者たちについていった。

ヒグビーは、ありえないことをやってのけた。おれにはありえないと思われることを。もちろん無意識にかどうか知らないが、ロング兄弟がぜったいに狙うにきまっている多額のつぎの給料の手配をしたのだ。

28

酒はジャマイカジンジャーからつくった密造酒にフルーツジュースを混ぜたもの（フルーツジュースは少量）だった。その酒は強く、たちまち男たちに効いた。そして、キャンプは一時間もたたないうちに暴動みたいな騒ぎになった。

いたるところでけんか騒ぎがおこった。つるはしの柄を握っている高圧官や班長たちがいなかったら、多くの男たちが死んでもおかしくなかった。高圧官や班長も酒を飲んでいた――つるはしの柄に活力をいっぱい注入するほどに。頭をそんなものでしたたか打たれたら、けんかはたいていたちまちおさまった。たいてい、であって、かならずではなかったが。

たとえば、厨房テントから肉切り包丁を盗んできたやつがふたりいた。彼らは、自分たちが床屋だと言ってみんなを追いかけまわし、髭剃りや髪のカットをやろうとした。彼らは当然つるはしの柄で耳を打たれたりしたが、それはむしろ強壮剤の役割しか果たさなかった。打たれれば打たれるほど、彼らのおこないはひどくなった。それで、ついには銃で撃たれて怪我をすることになった。

あくまでも、怪我だ。キャンプで応急処置ができないほどひどい怪我ではなく、翌日仕事へいけるくらいの怪我。ひとりは足の小指を吹き飛ばされ、もうひとりは手のひらを撃ち抜かれた。そして、そのあとは、ふたりともおとなしくなった。

酔っぱらって荒っぽくなった一団は、毛布にだれかをくるんで放り投げる遊びをしていた。毛布にくるまれた男が空中に放り投げられているあいだに酒をひと口飲むというばかげたゲームをしていた。おれが見たかぎり、落ちてきた男がちゃんと受けとめられたためしはなかったが、一団の男たちはそんなことにおかまいなしだった。くるまれた男が地面に落ちるたび、それは毎回のことだったが、彼らは握手を交わし、はしゃぎ合い、それからつぎの犠牲者をさがしはじめた。彼らがおれのほうへきたとき、おれはテントの大きな杭をもって待ち受けた。だが、そのときつるはしの柄をもった一団が割って入り、彼らをみんな気絶させた。

オクラホマにある昔のオセージ・インディアン・ネーションでパイプラインの仕事をやったことのある者がいて、彼らはインディアン・ボールというゲームをそこでおぼえてきた。当時でさえ、そのゲームは禁止されていたが、パイプライン労働者はどこかでそのゲームに出会い、やり方をおぼえたのだ。そのゲームをやるのに酔っぱらう必要はない、とネーションにいた者たちは言っていたが、酔っぱらっていたほうが遊びはずっと派手になった。

そのゲームにはいわゆるルールというものがいっさいなかった。ボールが空中に投げられ、ふたつの集団がそれを取り合う。集団には何人いてもいいし、なんでもありだった。キック、かきむしり、噛みつき、殴打。ゲームは、どちらかの集団がぶちのめされてゲームをつづけられなくなるまでおこなわれた。

今夜は枕がボールの代わりに使われた。競技場は、長い洗い場だった。そのせいで、ゲームはよけいに危険になった。競技場の外に投げ出されたり、たたきのめされたりした。とても大勢がゲームにくわわり、総勢二百人くらいに見えたが、おかげで洗い場が彼らの体重でこわれ、みんな地面に落ちて、わめきながらもつれ合った。

もちろん、それでもゲームは終わりにならなかった。それどころか、もっとひどくなった。こわれた洗い場から引きはがした木片を棍棒代わりにした連中が、それを振りまわしながらおたがいに襲撃し合った。つるはしの柄をもった者たちが彼らを阻止しようとしても人数が多すぎたし、そんなに大勢の男たちを銃で撃って怪我させることもできなかった。それで、ゲームはつづけられた。だれもが酔っぱらいすぎていて瀕死の怪我を負うようなことにならないだろう、とボスたちは考えていたのかもしれない。

おれはできるだけはなれたところに立っていたが、そのときウィンギー・ウォーフィールドがおれににじり寄ってきた。どうやら、おれは大きなまちがいを冒してしまっていた。このあいだ彼を友だち呼ばわりし、親しげにふるまった。以来、彼は自慢話をしたり、大口をたたいたり、気取った態度を取っておれにまつわりついてきていた。

「なあ、トミー」彼は頭を振り動かし、もったいぶった態度で言った。「おれが警告しなかったなんてボスたちには言わせないぜ。おれは言ったんだ、あの臭い浮浪者どもに酒なんか飲ませたら……」

「彼らは浮浪者なんかじゃない」おれは冷たく言った。「あんただって彼らの仲間じゃないか」

「おれが?」彼はジョークを聞いたみたいに笑った。「とんでもねえ。おれはあんな連中とは全然ちがうよ、トミー。おれはいろんな土地をめぐり歩いてきて、あんなクズどもみたいに……どこいくんだ、トミー?」

「自分の寝床さ」おれは言った。

「いっしょにいって少しついててやろうか? 数分なら付き合えるぜ。つまり、どうせいまおれにできることはあまりないからな……トミー?」

おれは答えずに歩きつづけた。

思ったとおり、おれのテントは空っぽだった。この騒ぎに包まれて眠れるやつなんかいないし、こんなに大勢の酔っぱらいがうろつきまわっているなかで寝るなんてどうかしている。おれは寝床の端に腰かけて、タバコに火をつけた。一本吸って、ときどきジャマイカジンジャーからつくった密造酒に口をつけながらもう一本すった。ウィンギーに消える時間をたっぷりあたえてやった。

ひどく頭が痛かった。騒音のせいだと思う。それに、どうにもできないことにいらついていた。いらつきはますますひどくなり、密造酒のせいで胃がむかつきはじめた。おれはついに立ちあがり、新鮮な空気を求めて外へいきかけた。そのとき、ビガーとドス・ロングがテントのうしろのフラップから入ってきて、兄のロングデンもテントのまえから入ってきた。

その日パイプラインの工事現場にいたときのように、三人はおれをはさみうちにした。ビガーとドスは両わきで寝床に腰をおろし、ロングデンはおれのまえでしゃがみ込んだ。現場にいたときとは大きなちがいがひとつあった。現場にいたときは、戸外だった――だれもがおれたちを見ていて、叫べば助けてもらえる日中だった。いまは、六百人の男たちがいながらこれ以上ないほど孤立していた。声をかぎりに叫んでもだれにも聞こえないだろう。

「なあ、トミー……」ロングデンはおれがどう感じているかあきらかに見抜いて、安心させるかのように笑いを浮かべた。「これは友好的な訪問だよ、トミー。で、調子はどうだ?」

「生きてるよ」おれは言った。「悪いけどな。だから、おれが怒りだすまえにとっとと消えたほうがいいんじゃないか?」

こんな状況下でそんなことを言うのはかなりばかげたことだったから、三人全員が声を立てて笑った。彼らの立場だったら、たぶんおれも笑っていただろう。

「威勢がいいじゃないか、彼は」ロングデンはくすくす笑い、ドスとビガーも賛同した。「でも、これは友好的な訪問だ、トミー。純粋に友好的なものだよ。おれたちはこの地域をチェックしにいってたんだ――チェックすることはいっぱいあるんだ、こんな長い移動のあとだからな――そして、ちょっとおしゃべりに立ち寄ろうと思った。おまえが寂しがっているんじゃないかと思って……」

「さっさと終わらせよう」おれは言った。「なにを話したいんだ? 自分たちがどれだけ賢いかを? 給料日が二週間後にのびることを最初から知ってたと?」

「まあな。おれたちはトラブルについて話したいんだ、トミー」

「トラブル?」おれは言った。

「トラブルだ」ロングデンはうなずいた。「おまえはほんとに頭のいい若者だ、トミー。ああ、わかってるさ、おれはおまえをちょっとからかった。しかし、人をからかって遊ぶのがおれは好きなんだ。ほんとはおまえを高く買ってる。ここにいる弟たちも同じことを言うだろうよ」

「おれたちも同じさ」ビガーがいかめしく言った。

「ほんとうさ」ドスも宣言するように言った。「おまえはほんものの頭脳をもってると兄貴は考えてるよ、トミー。そして、兄貴が人を見る目はたしかなんだ」

「そのとおり!」ロングデンは言った。「なあ、おまえはこないだの夜かなり鋭いことを話したな、トミー。おれたちが計画している仕事がうまくいかない可能性をいくつか指摘した。もちろん、うまくいかないことはない、いってことや、おまえが考えてるような問題はないってことはわかった。だが……いまおまえはどう思うんだ、トミー?」

彼は真剣だった。三人とも。彼らが予測できないなにかをおれが知っていると思っていた。おれは、自分が優位な立場に立つ方法はないかと考えながら、ためらった。すると、ロングデンがふたたび言った。

「どうだ、トミー。教えてくれたらキャロルに会わせてやる」

「そうだろうとも」おれは言った。「こないだの夜みたいにな」

「本気だぞ、トミー。彼女はおれたちといっしょに移動した。いまはここから百ヤードもはなれていないところにいる」

「かもしれないな」おれは言った。突如脈がはやくなった。「彼女に会いに出かけると、おれはそれっきりだれにも見かけられなくなる」

「だったら出かけなくていい」ロンジーは肩をすくめた。「おれたちがここへ彼女を連れてくる。おれたちにたしかな情報をくれれば、これから一分以内に彼女をここへ連れてきてやる!」

今度はおれが笑う番だった。もちろん彼の言葉を疑っちゃいない、とおれは言った——ああ、そうとも!——だが、暑さでちょっとめまいがしてきた。

「いま彼女を連れてこい」おれは言った。「一分か二分のうちにな。話したあとは彼女と長く会っていたいが、話をするまえにも一、二分彼女に会わせろ」

彼らは顔をしかめ、おたがいに見つめ合った。もしかしたらトミー坊やは彼女に会わなくても話をするかもしれないぜ、とビガーが冷やかして言った。しかし、ロングデンはそっけない身振りをして弟をだまらせた。

「ようし、トミー。きまりだ。ちゃんと約束を守らなかったら……!」

彼が頭をぐいと振ると、ドスが立ちあがり、テントの前方のフラップをあげた。ビガーは後方から出ていき、戻らなかった。少なくとも、テントのなかへは戻ってこなかった。フラップがふたたびあがったとき、キャロルがそこをとおってきた。

ロングデンがそばに立っていたので、おれたちには話すチャンスがなかったし、いずれにせよもらった時間内にはなにも話せなかった。彼女はおれの腕のなかに入ってこられなかったし、すばやくキスとハグをする間もなかった。ロングデンが彼女を引きはなし、うしろのフラップから追い出したからだ。それから、彼とおれとドスはふたたびすわり、おれが話しはじめた。

「まず、あんたがたがここへきたのがまったくのまちがいだ」おれは言った。「あんたがたはパイプラインっていうものを知らない。実際にやってみるまで自分がなにをやるのかもわかっていなかった……」

おれは埒もないことをくり返し言った。強盗をしてもトラブルにみまわれると思わせようとして、時間稼ぎをした。彼らを助けるためではもちろんなかった。しかし、もし強盗なんかすべきでないと彼らを説得できれば、キャロルはもう彼らに必要なくなるし、そうなれば彼女とおれは……

「なあ、トミー……」ロングデンはじれったそうにそわそわしていた。「そんなことは全部わかってる。キャンプに届けられた金を奪えないことくらいわかってる。だから、ここへ届けられる途中で奪わなきゃならない。なにが……」

「途中で奪うことなんかできない」おれは言って、その理由を話した。「かんたんそうに見えるが、でも……」

「いいかげんにしろ!」ロングデンはどなった。「時間稼ぎはやめろ! おれたちは取り引きをした。いまさら後戻りなんかさせないぞ！」

「だれが後戻りしてるっていうんだ？」おれは言った。「おれの知ってることを話せとあんたは言ったから、いま話してるんだ」

「なあ、トミー……」ふたたび愛想のよい声になった。「ちょっとはっきりさせよう。キャンプに届いてから金を奪うには男百人が必要だ。だが、ここへくる途中で奪えば、どれだけの人数が必要だ？　まったくちがう話だろう？　金を積んだ車を運転してるやつを撃てば、あとは楽勝だ。だから、おれが知りたいことはな、トミー」彼は寝床に腰かけて前かがみになった。「フォア・トレイはどうしてこの仕事におれたちの仲間全員が必要だと言ったかだ」

「フォア・トレイ？　彼がこれとなんの関係がある？」おれは言った。

「おい、おい、トミー。彼がこの計画のどこに当てはまるかわかってるだろう。おまえと彼は親友で、彼はおまえをおれの仲間たちから遠ざけたあと、当然おまえになにか打ち明けたはずだ。先を見越せない阿呆にだってわかることだろうに、なんで彼はこの仕事に仲間全員が必要だなんて言ったんだ？」

「それは……」おれはためらった。「もしかしたら、彼はあんたにすべてを話したんじゃないんだ。あんたには強盗をやる方法がひとつしか見えてないが、彼にはべつの方法が見えてたんだ」

「そうか！」ロングデンは大きな声で言った。「おれたちの方法には大きな穴があるんだな。パイプラインの仕事ってものを知らないから、おれたちにはその穴が見えないんだ。だが、彼の……彼の考えるやり方がどういうものか、どうして彼は教えないとおまえは思う?」

「エース札を最後まで伏せておくためだろう。仲間全員の協力が必要なことを、彼はまずはっきり知らせた。あんたがわからないのはその理由だ。それを言うまで、彼はあんたが行動をおこすことを阻止できる」

「そのとおりだ、トミー! そのとおりだ! だが、彼は理由を言わなかったし、これからも言わないだろう。だから、約束どおり、おまえが言うんだ……」

「いいか」おれは不安げに言った。「おれはそうじゃないかと思っただけだ。あんたはそれを事実と受け取っている。あんたにはフォア・トレイに訊くチャンスがいくらでもあったじゃないか。なぜ訊かなかった?」

「二週間ほどまえに突然そのチャンスがなくなっちまったからだよ。そんなにあわてなくてもいいように思えた。それに……」

「いったいなにを知りたいんだ」おれは言った。「あんたはフォア・トレイに裏切られたと思っているようだな。もしそうなら、おれに言わせれば、彼にはりっぱな理由があるんだろう。でも、それはおれの問題じゃない。彼とよく話し合えばいいんだ! あんたの疑問を彼に訊いてみればいい!」

「彼に訊け、か。彼に訊け、とおまえは言ったのか、トミー?」

「よく聞こえなかったのか?」

ロングデンは、おれをじっと見つめた。そして、ドスと不思議そうに視線を交わし合った。

「なあ、トミー。おまえはおれたちを信頼していい。失うものなんかあるのか?」

「よく聞け!」おれは言った。「しっかり聞け! おれをまるめ込もうとしたり脅そうとしたりしてもまったくむだだ。なぜって、あんたに教えられることはなにひとつないからな! あんたの役に立つともし思っても、なにひとつ教えない……」

「だが、おまえは知らないんだ」ロングデンは穏やかな口調で言った。「おまえはなんにも知らないんだ」

「まちがいねえ」ドスが言った。「トミー坊やはなんにも知らねえんだ」

ロングデンはなにか考えるように、目を細めておれを見た。どうやらなにかべつのことを言おうとしていた。やがて、彼の目がきらりと光り、突然口が歪んで笑いが浮かびそうになった。

「なあ、おまえはなにを知ってるんだ?」彼はもの憂げに言った。「おれの目のまえにあるのに、おれには見えないなにかだな」

彼は笑って、おれの太ももをたたき、立ちあがった。そしてドスにむかって頭をぐいと動かした。それからひとことも発せずに、ふたりしてテントのうしろのフラップから出ていった。おれは不安な気分で彼らを見送りながら、フォア・トレイのことをもち出したのはちょっとまずかったのではないかと思っていた。彼に迷惑をかけるようなことを言ったかどうか思いつかなかったが……

やがて、ヒグビーがテントに入ってきて、おれが立ちあがるとぞんざいにうなずいてみせた。口の片方の端に、かわいた血がついていた。シャツのポケットがはがれてたれさがっていた。彼はテントの支柱にちょっともたれかかっていたが、それからふたたび背筋をのばした。

「朝になったらおまえを発破作業にまわすぞ。バーウェル。やれるな?」

「経験があります」おれは言った。

「頭を使うほうの作業だ。フォア・トレイのあとを引き継ぐんだ」

「彼のあとを引き継ぐ?」おれは言った。「どうして……?」

「知らなかったのか?」彼は顔をしかめ、鋭い視線をおれに投げた。「二時間ほどまえに彼は仕事をやめたんだよ。補給トラックで出ていった」

「で、でも……なぜ?」おれは言った。「どうして彼は……?」

「彼の問題だ、バーウェル。働いているとき相談されれば、話は聞く。仕事をやめたら、わたしのあずかり知らぬところだ」

酔っぱらいたちの騒ぎが突然大きくなって轟いた。ヒグビーは顔をしかめ、しばらくぎゅっと目をつむり、それから怒ったように入口のフラップのほうをむいた。「パイプライン労働者どもめ!」――悪態をついているようにも聞こえたが、なにかもっとちがう感情もこもっていた。もしかしたら、一種のプライド。一種の愛情。自分とよく似た子供のことを話すタフを自負する父親。「下劣な野郎どもめ! ひとりのこらず出血痔核で死んじまうがいい!」

彼はバットのようにつるはしの柄を握りながら、テントを出ていった。

おれは寝床の上にへたり込み、痛む頭を両手でかかえた。当惑して、気分の悪さが胃から頭へ拡がっていった。頭をどう整理していいかわからなかった。なにもかもあまりにひどいことになったとしか思えなかった！　キャンプに足を踏み入れた瞬間からひどかった。いや、そのずっとまえからだ！

おれはなぐられたことがあったし、ブタ箱に入れられたことがあったし、馘になったこともあった。爆破で吹き飛ばされそうになったこともあったし、ジャックハンマーを扱ってはらわたがひっくり返りそうになったこともあったし、ドープやモルモン・ボードでひどい目に遭ったあったこともあった。人間におこりうるあらゆることが、おれに降りかかってきた。おれは生き埋めにされそうになったも同然で、それで……それで……

それで、おまえはトミー・バーウエルって男を彼らに見せつけてやった！　おまえは彼らをあざ笑い、彼らの仲間はどこにいるんだと尋ねた。だが、もううんざりだ！　うんざりなんて言葉じゃまだ足りない！　だからもし彼らがこれ以上おまえにちょっかいを出そうものなら――たった一回でも……

「フォア・トレイのことは聞いたか？　おれはおまえに警告することもできたんだ、トミー」ウィンギー・ウォーフィールドが、偉そうにうなずきながらおれのまえに腰をおろした。「油田のボーリングが本格的にはじまったころからおれはそばにいたが、フォア・トレイ・ホワイティのことにしろほかのやつのことにしろ、おまえに告げたらまずいことはなにひとつなかった。どうして……」

おれはかかえていた頭をあげ、彼を見た。

「ウィンギー」おれは言った。「あんたはおれから遠ざかっていたほうがいいぞ」

「わかってる。おまえがどんな気持ちかわかってるよ、トミー。おまえは彼を友だちだと思ってた。そして、友だちは忠実なものだってな。でも、彼はだれの友だちでもなかったんだぜ！　どうしてわかると思う？　それは……」

「失せろ」おれは言った。「ウィンギー、ここから出ていかないと……！」

「それじゃ、いいことを教えてやろう、トミー。真実ってやつをな。おまえが彼を友だちだと思ってたあいだ、彼はずっと……彼は……」

おれが立ちあがって寝台の端をもちあげると、彼の声は尻すぼみになった。おれが寝台の一本の重い脚をはずしにかかると、彼はそわそわして唇をなめた。

「なあ、トミー。おまえはなにを学んでたんだ？」

「あんたの声はロバのいななきみたいに耳障りだな」おれは言った。「それともラバのいななきか？　ラバのいななきをとめておとなしくさせるには、ケツをこっぴどくひっぱたくしかない。だからおれは、ケツをひっぱたくためのかたい棒をこれから一秒以内に手に入れるつもりだ！」

ウィンギーは大あわてでそこから出ていったから、その勢いでランタンの火が消えそうになった。

それでおれは大きなパイプラインのダイナマイト係のボスになった。もしかしたら、テキサスの西端からメキシコ湾のポート・アーサーまでの大きなパイプライン工事の最後の行程になるかもしれなかった。工事がはじまってから、三週間がすぎていた。そして、おれは発破工のボスになった。まだだれも足を踏み入れたことのない土地に、爆破で道をつくっていた。あるいは、ジャックハンマーと協同で作業をしていた。やがて、岩があまりにも多くなったので、ジャックハンマーのために岩に少し裂け目を入れておいたほうがよくなった。それでおれは先をいくことになり、削岩機や黒い小さな雷管をつけたダイナマイトで土地を切りひらきながら、湾へつづく長い道のりを先導して進んだ。

発破の準備ができ、爆破地点からはなれると、おれはときどきパイプラインの後方をながめやった。一度も見たことがないほど遠くを見ているような気がした。見えるものがたくさんあった。パソ・ポル・アキ——ここまでやってきた。あとはもうなにもない。

人間と機械類。遠くまで果てしなくのびている。人間と機械類。はじめは細くてほとんど見えない流れのようなものにしか見えなかった。地平線に消えるちっぽけなもの。出発点では弱々しい泉のように地表から湧き出ているように見えた。それからだんだん大きくなっていき、人間も機械類も大きくなり、それが発する音も大きくなっていき、細い流れは川になり、その雷鳴のようなうねりは大地を揺るがした。

顔をまっ黒にした男たちの細長く長い列。彼らがもっているシャベルが、陽光を受けてきらりと光っている……

溝をのぞき込んでいる黄色く塗られた発電機。ときおり周囲の環境に驚いたかのように、断続的に震動と音を発する発作をおこしている……

前後に波打つ巨大な溝。太った女房のようにうなったり震えたりしている……

ジャックハンマーはかたい岩を打って、上下に大きく震動している……

溶接工がパイプに炎をあてているところでは、目のくらむ火花が舞いあがっている……

ライフラインを継ぎ足せ、
パイプラインがやってくる。
だれかが仕事をやめようとしている！

大勢の男たちが仕事をやめていくだろう、とおれは思っていた。金を受け取って去るか、溝を墓とするか。パソ・ポル・アキ――ここまでやってきた。あとはもうなにもない。

それでもそれは見るべきものであり、記憶にとどめておくべきものだった。人間と機械類――

死んだり、こわれたり、使い古されたり——ただし、つねに前方へ進んでいる。メキシコ湾のポート・アーサーへむかってうらさびしい原野を這うようにして。

おれが爆薬をすごくこわがっていたということは、大げさでもなんでもない。おれが知っている唯一の親である祖父母は、小さな肉片と化して天国へいった。けっして忘れることのできない出来事だ。だが、こわがることは、体が麻痺してしまうこととはちがう。こわがることは、健康でいるいちばんいい方法だ。

ダイナマイトは繊細な少女みたいなものだ。しかし、完全に予測可能だ。扱い方を知っていて、きちんと正しく扱ってやれば、仲よくやっていける。しかし、けっしておざなりに扱ってはいけない。さもないと、それが最後の付き合いになってしまう。彼女が注意を惹きたがっているときには、けっしていいかげんであってはいけない。

ダイナはいい子だ。だが、嫉妬深い。浮気でもしようものなら殺される。だからおれは彼女をこわがり、こわがってよかったと思った。おれたちは仲よくやった。ダイナとおれは。おれの助手がとんでもなく愚かであったにもかかわらず。

そいつは、仕事に集中するかわりにいつだっておしゃべりをしていた。ときどき、彼は仕事をやる気がまったくないように思えた。おれは何度もダイナマイトの埋め方を彼に教えた。だが、彼は何度やってもうまくできなかった。おっかなびっくり短い羽でガラガラヘビをくすぐろうとしているみたいだった。そして、ダイナマイトを埋めるたび、尻込みしておれがそれを掘り出すのを待った。

結局、ある朝彼はダイナマイトをもう一度埋めなおすことになった。よけいな手間だった。それで彼が尻込みしておたおたし、もぞもぞ謝っているあいだに、おれは削岩機を取りあげて彼を呼び寄せた。

「チャンスをやる」おれは言った。「この削岩機をケツの穴に突っ込むか、地面からダイナマイトを掘り出すか、そのどっちかだ」

くそくらえだ、と彼は言った。自分はほかの仕事につくか、この仕事をやめる、と。おまえはフンコロガシよりましだと認めることはできるが、ダイナマイトを掘り出すまではだめだ、とおれは言った。おれたちはさらに少し言い合いをし、おれは二度ほど彼にパンチを見舞わなければならなかったが、やがて彼はおれの言うとおりにした。

彼がダイナマイトに取り組んでいるあいだ、おれは安全なところにさがっていたが、そのときヒグビーが車でやってきて、なにかトラブルかと訊いた。おれはトラブルなんかないと言い、助手を叱咤していただけだと説明した。ヒグビーは、そうするしかない場合もあると言った。

「彼とは組みたくないか、トミー？　それならそう言えば、べつの助手をつけてやる」

「いや、あいつはうまくやりますよ」おれは言った。「最近のガキにしては悪くない」

「ガキ？　ガキどもはわたしがガキに見えたときよりずっと大人びているにちがいない」

「そのとおりですよ」おれは言った。「ただし、連中は大人びてるけど、賢くはなってない。おれに言わせれば、ミスター・ヒグビー……」

彼が突然ひどく咳き込み、顔をそむけたので、おれの言葉は途切れてしまった。ちょっとして、彼は顔を元に戻したが、咳で顔が赤くなっていた。

「ああ、なんだ、トミー？　なんて言おうとしてた？」

「世の中はこれからいったいどうなるんでしょうね、と言おうとしてたんです」おれは言った。「でも、おそろしい気がしますよ。ガキの新しい世代が出てきてますから。おれたちがガキのころは……」

ヒグビーはふたたび咳き込みはじめた。彼は口でさよならを言うかわりに肩越しに手を振り、咳をしながら車で走り去った。

おれは、ヒグビーが好きになった。彼がつむじまがりかどうかまだわからなかったが、彼が一人前の男であることはわかったから、彼が好きになった。

なんにしろ、かつて知っていた多くのことについて、じつはあまりよく知らないこともわかった。少しまえまで、おれはすべてのことをすべて知らなければならないと感じていた。そして、知らないことを認めるのがこわかった。だがいまは、それはたいした問題ではなかった。無知であることは、愚かであることと同じではない。時期がくれば学べることを、おれは知った。

ダイナマイト係のボスであることと助手であることにはたいへんなちがいがあった。責任のちがいだ。時間と金と命がおれにかかっていた。おれは高くつく遅れなしに、命を危険にさらすこともなく、きれいに溝を爆破すると信じてもらっていた。その責任を果たすのに日々けんめいだった。けんめいのあまり、数日が数週間に思えたほどだ。責任を果たすことは、いままでもったことのなかった自信をおれにあたえてくれた。自分は存在価値のある人間だと知った。それを知ると、もはやそれをつねに証明しようとする必要はなくなった。

ときどき晩にトラックでキャンプに帰るとき、おれは揺れる平床の上に立ち、キャロルがいる、あるいはいると思われる方向にむかって、プレーリーをながめやった。ときどき、うまいぐあいに見当をつけられたりしたときには、ちらりとでも彼女が見えたり、以前のように小さな窪地に彼女のキャンプ地が見えたりしないかと思いながら。午後遅くの夕暮れに、トラックの縦揺れや横揺れに身をまかせていた。帽子はつばのまえとうしろを上向きにしてかぶっていたが、裸になった上半身は灰色の土埃にまみれて茶色く光っていた。サルビアや丈の低い草の頭を飛び越えて、おれは彼女にむけたメッセージを送った。じっとして、落ちついているように、と。なんとかしておれはうまくやるから、なにも心配することはない、と。

おれがうまくやることはわかっていた。彼女に対する責任はちゃんと果たす。だが、どうやっていいかわからなかった。早まった行動に出てはだめだ。そして、うまくやるまえに、おれはべつのことを知らなければならなかった。ある時期——ほんの少しまえまで——おれはそんなことにおかまいなしだった。しかしようやくいまになって、おれは考えるようになり、性急に取りかかるまえにいろんな角度から問題を見て、解決しようとするようになった。いま、おれには責任感があった。それで、おれは〝なぜ〟を知らなければいけない、と知った。さもないと〝どうやって〟にもたどりつけない。

ロング一味に強盗ができるものかどうか、おれにはわからなかった。しかし、なんにしろ、ロングデンはできると信じていた。しかも、仲間はひとりかふたりで充分だと認めていた。

彼はそのことを喜んでいるものだとおれは思っていた。人数が少なくてすむならば、それだけ仕事もかんたんになる。しかし、彼は喜んでいなかった。心配していた。なぜだ？

強盗に必要なのはひとりかふたりではなく、一味全員だとフォア・トレイが自分に思い込ませようとしたと、ロングデンは確信しているようだった。なぜだ？　そんな策略をしてフォア・トレイはなにを得る？

ちょっと振り返ってみると、フォア・トレイが強盗の実行をあれこれ言う動機はなんだったのか？　彼は強盗がおこなわれることを望んだとしたら、なぜだ？　分け前など彼が働いたりギャンブルをしたりして得る金よりも少ないだろう。となると、なぜだ……金など必要ないのに、なぜだ……？

そうだ。ひとつの疑問の答えは、いくつかの疑問の答えになる。

フォア・トレイの動機は金ではない。それが歴然としているとなると、のこるはひとつしかない。復讐。それでロングデンの疑惑、心配の説明もつく。一味全員をフォア・トレイはここに連れてきた。彼ら全員に復讐するつもりだからだ。彼はテキサスの官憲になど信頼をおいていない。権力を握ったパーカー兄妹が恩赦を売っていたようなところでは——

だが、ちょっと待て! フォア・トレイはなぜ一味の全員に恨みをもっているのだ? 一味が何者かわからないのにどうして恨みをもつ? もちろん、彼は一味が何者か知らなかった。一味自身のほかにはだれも知らなかったはずだ。彼らが強盗、あるいは逃走のために集ったときには、何者なのかわかるだろう。しかし、それまでは……そして、だからといってなにが変わる? 彼らに、彼ら全員に恨みをもつからには、あらかじめ彼らのことを知っていなければおかしいだろう。すると、なぜだ? それはありえなかったのだから……

おれは夜な夜な寝床に横になってその謎に考えをめぐらせた。すっかり疲れて眠ってしまうまで、その矛盾をさぐった。そして、答えではない答えをくり返し思いついた。

フォア・トレイは、法に一味を委ねたくなかった。自分自身で復讐をするつもりで、それができる方法はひとつしかなかった。

彼らを殺すのだ! 最低一ダースの男たちを殺す。自分には全員がまったくの他人!

意味がわからない……わかるか? あるいは、もしそこに論理性があって、もし彼がそれほど彼らを憎んでいたら、なぜ彼は突然その計画を放棄した——なぜ仕事をやめてキャンプを去った?

あるいは、そうしなければいけなかったのか? それも計画に必要な一部分にすぎないのか?

ふたり以上必要ないのにフォア・トレイが一味全員をこの仕事に引っぱってきたわけを、ロング兄弟は知りたがっていた。彼はその理由を言えなかったから、去らなければならなかったのか。

そして――

そして……？

わからないが、真相に近づいていることはわかっていた。彼が恨みをもったわけ。知らない男たちを殺したがったわけ。実行するときめていた計画をあっさりやめてしまったわけ。

おれは考えていた。ほんとうに生涯ではじめて考えていた。そして、答えに近づいている感じをもてた。そしてついに答えに到達した――ほとんど。

ダイナマイト係のボスとして、二週間目を迎えているときだった。おれはふつうに洗っただけでは落ちないほどよごれ、汗まみれで仕事から帰った。それで、夕食のあと、水を浴びにペーコス川へ歩いていった。川はおおむねパイプラインと平行していて、わずか一マイルのところを流れていた。おれは土手沿いに低木の生えた土地をいき、河岸で立ちどまって河床を見おろした。

この季節、ペーコス川は川というよりむしろ水たまりの連なりだった。いろいろな大きさの池が連なっていて、そのあいだは小石や砂の上に薄い水が張っているだけだった。涼しくなった夕方には、動物や鳥が水たまりのまわりに群がり、秩序正しく行列をつくって平和的に行ったり来たりしていた。

オオカミが一匹、コヨーテが二匹、大きな山猫が三匹いた。みんな川を自分の幸せなわが家みたいに考えていた。ウサギ、ウズラ、キジもいた。ときどき、水を飲んでいる動物に水浴びしている鳥が羽で水をかけた。歯を噛み鳴らすこともあった。しかし、それはたんなる威嚇であって、それ以上のものではなかった。一日の終わりで、みんな日中に餌のために充分戦ってきていたので、いまは休戦のときだった。おれの見るかぎり、川の上流でも下流でも、動物や鳥たちが――いわゆる天敵でも――ならんで立って水を飲んでいた。おれはそれを見守りながら、天敵なんているのだろうか、空腹以外に敵がいるのだろうかと思ったりした。

彼らのじゃまになるのはいやだったが、いつまでもそこに立っているわけにいかなかった。それで土手をおり、最寄りの水たまりで水浴をはじめた。鳥のなかにはおれをじゃまに思うのがいて、甲高い鳴き声をあげ、おれに向かって羽ばたきした。動物たちは、べつの水飲み場をさがしてのんびり移動していった。動物は最初にうさん臭そうにおれをちらりと見たあと、その後はほとんどおれに目もくれなかった。どうやら、おれとも休戦状態にあると判断したらしかった。

いままでに受けた最高の待遇だと、おれはいまでも思っている。

しっかり体を洗ったあと、おれは砂地の河岸を裸でぶらぶらし、太陽で体をかわかした。こわがることのない生物がまわりにいるなかで、歩くのは気持ちがよかった。それで、おれは思ったよりも遠くまでいった。そして、ついに見た――川のゆるい勾配の土手にあったもの。おれはそのまえにしゃがみ込んだ。興奮で脈がはやくなりはじめた。

灰色の灰。小さなたき火の跡だ。あきらかに最近のものだった。露で灰が崩れていたので、手でかき分けると、べつのものが見つかった。木のかんなくず。まわりの藪をさぐってみると、それがどこからきたのかわかった。

木片。箱がつくられていた板。なんの箱かわからないが、火をおこすためかなり薄くそがれていた。

においを嗅いでみた。なんの箱かまだよくわからなかった。ダイナマイトのにおいがかすかにしたが、そのにおいは自分に染みついているもののようだった。

おれはその木片を藪に戻し、なんとなくまわりを見た。ペーコス川の水は、もしもボウフラを気にしなければ飲むことができた。人間は食べ物としてたいていのものは摂取できる。ここでもしばらく生きていけるだろう。そして、目立たないようたき火を小さくして、しっかり目をあけて用心していれば、だれにも気づかれないだろう。

おれは服をおいてきた下流に戻った。ゆっくり服を着ながら、つぎはどうしようと考えた。そして、結局ここですることはないときめた。

彼は発見されたくないのだ。だから、たとえさがしても見つかりそうもなかった。それに、いずれにしろそんなことをしても意味がなかった。彼の決意はかたいのだ。でなければ、こんなところへこないだろう。

だが——おれは川の土手をのぼって、キャンプへむかった——だが、彼らしくなかった。彼は粘着質な男ではなかった。あとに引きずってくよくよする男ではなかった。そんな男が、粘着質でない男が、人を殺そうとするほどいつまでも腹を立てていられるものだろうか?

もちろん、断言はできない。彼は妻のことをだいじにしていたから——おそらくとても——彼女を失ったときには……

おれはいきなり立ちどまった。どういうふうに彼女を失ったのだ?

彼は言わなかったが、突如わかった。ほとんどまちがいなかった。それを確信するためには、だれかと話さなければならないだろう——しかし、まだだ。いよいよそのときがくるまで、給料日のまえの夜になるまで。ただし、もっとはやく話しておくべきだったと彼が思わないうちに。

そのあいだに、ほかにすることがあった。

つぎの日の夜、仕事の帰りにトラックに乗ったとき、おれはシャツを着ていた。しっかりボタンをとめ、シャツの裾をズボンのなかにたくし入れ、動きまわる用意をしっかりととのえていた。キャンプについても洗い場へ直行するかわりに、野外便所へいく振りをし、急ぎ足で藪のあるところまで歩いた。もってきたものをそこで取り出し、それを見えないところに隠した。つぎの日の夜も、おれはもうひとつ荷物を運び、三日目の夜も同じことをした。荷物はさほど大きなものではない――ふつうの意味での〝荷物〟などと呼ぶほどのものではなかった。しかし、三つあれば足りるだろうと思った……おれがすることのためには。おれがやりかねないとフォア・トレイがほのめかしたようなばかなふるまいをしているのでなければ。

拳銃のほうがよかったかもしれない、と思った。もっと扱いやすく、安全だ。しかし、それを手に入れる方法がなかった。だがおれには武器が必要だから、もっているものを利用した。

おれは藪に葉巻二本とダイナマイト用ハーネスを隠しておいた。それに、コックを言いくるめてもらった八オンス入りのジャマイカジンジャーからつくった密造酒のボトル二本。

そのときは、それだけだった。

やがて、給料日の前日の夜になった。

おれは洗い場で洗面器をセットしていたウィンギー・ウォーフィールドににじり寄った。彼はおれにしかめ面をむけ、ロバがいななくような声でわめきはじめたが、おれは彼に五ドル札をやってだまらせ、早口でしゃべりはじめた。

「あんたには謝らなきゃならない」おれは言った。「あんたのことを悪く言うフォア・トレイを信じるべきじゃなかった。おれが腹を立てたのは……」

「おれを悪く言うだと――! そんなんじゃないぞ、トミー! おれは――」

「シー、そんなに大声を出すなよ!」おれは言った。「あんたがそんなんじゃないことはわかってるよ、ウィンギー。彼はおれたちのあいだにトラブルをおこそうとしてそんなことを言ったんだ。彼はそういうやつだからな。で、あんたは他人のことをとやかく言うのが好きじゃないことはわかってる――あんたの流儀じゃないからな。でも、彼についてきたない面をたくさん知っていると思うんだが――」

「そのとおりさ! おれはあちこちで引っ張りだこだったんだ――」

「わかってる、わかってる」おれは言った。「だから、もし話してくれれば、おれがみんなに広めてやる……ただし、ここでじゃない! 彼は危険な男だ。たぶんキャンプにまだ友だちがいるだろう。もしおれたちが話しているのをそいつらに見られたら……」

「ああ、そうだな」彼は不安そうに唇をなめた。「たぶんキャンプの外で話したほうがいいかもしれない。いい場所を知ってる」おれは言った。

「いい場所を知ってる」おれは言った。

31

彼は藪の背後でおれの近くにうずくまった。飲み物をさし出されても、首を振った。彼の声は恐怖で震えていた。

「考えてたんだ、トミー。おれとフォア・トレイはいつだって仲のいい友だちだったし、思うに、その、彼のきたない面はなにも知らない。彼の気持ちを傷つけたり、彼を怒らせるようなことは言いたくないから――」

「そうだろう」おれは言った。「おれも同じ気持ちだよ、ウィンギー。一杯やって忘れることにしようか?」

「おれは飲まないんだ、トミー。知ってるだろう。ジャマイカジンジャーからつくった密造酒なんか飲まない」

自分もだ、とおれは言った。ジャマイカジンジャーからつくった密造酒なんていままで飲んだことはないし、飲みはじめるには年を取りすぎている、と。ウィンギーは当惑したように眉をひそめ、おれの手にあるボトルを見つめた。

「おまえが飲んでるのはそれじゃないんだろう?」

「もちろんちがうさ」おれは言った。「おれが飲むのは、百パーセント純粋なジャマイカジンジャーってラベルに書いてあるものだ。見えるか? そこにはっきり書いてある」

「ああ、そうか、でも――」

「ほかのやつらがやるように、変なジュースを混ぜたりするまでは密造酒じゃない。おれがそんなことをしたのを見たのか？ とんでもない！ おれは医者のアドバイスに従って、純粋な水を混ぜるんだ。これみたいにな。そうすると、これは薬になる。殺菌剤ってやつだよ。きたない洗面器なんかからついたおそろしい細菌を殺してくれるんだ」

彼は不安そうに自分の両手を見た。そしてズボンでしきりに拭った。医者が忠告してくれたように百パーセント純粋なジャマイカジンジャーを飲まないと、自分は梅毒か淋病でたぶん死んでいただろうと、おれは言った。

「大きなキャンプには、不潔な病原菌が蔓延してるんだ。そういう黴菌をもってるやつらは、ほかの者がせっかく清潔にした状態を台なしにする連中だ。彼らは洗い場や洗面器をよごして、そのまま放っておく――でも――そう、心配するな」おれは言った。「あんたはどんな殺菌剤を使ってるんだ、ウィンギー？」

「おれは、そのう、おれはよくおぼえてない」ウィンギーは言った。「百パーセント純粋なジャマイカジンジャーの飲み物ってやつをおれにつくってくれないか？」

はじめ、彼は役に立ちそうなことをなにも言わなかった。ほとんど嘘ばっかりで、フォア・トレイがサイコロでどれだけイカサマをしたかとか、自分におべっかしか使わない者をけなしていたとかしか話さなかった。それから、ジャマイカジンジャーの密造酒に水を混ぜたものを二杯飲み終わるころ、フォア・トレイが昔刑務所に入っていたことをしゃべった。その話は聞いたことはあるが、どうして入ったのかはわからない、とおれは言った。

「だったら、おれが話してやろう！」ウィンギーは大きな音を立てて飲み物を飲んだ。「ふうっ、これで黴菌を殺せりゃ最高だな！　いままで使ったなかじゃいちばんだ――い、い、ヒック！　フォア・トレイが刑務所にぶち込まれたわけはこうだ。少なくとも、ぶち込まれたわけをそう言ってる連中がいる。おまえには、おれが言ったと言わないでほしいんだ。だって、おれが言ってることはおれが聞いたことで、まるでおれが、その、ええと――ええと。まあ、そういうことだ。彼は家宅不法侵入でぶち込まれたんだよ。そうなんだ！　不法侵入さ」

「おい、よせよ、ウィンギー」おれは信じていない振りをして、声をあげて笑った。「フォア・トレイはそんなことをするほどばかじゃない。かりにやったとしても、つかまったりしないよ」

「でも、酔っぱらっていたら？　長いこと飲んでいて、ぐでんぐでんで、頭が働かなかったら？　もしも――い、い、い、ヒック、ヒック！　百パーセント純粋なジャマイカジンジャー殺菌剤をもう一杯くれよ！」

まだ彼を信じていない振りをして、おれはそれをゆっくりつくった。そういうことだったんだ、とウィンギーはとにかく言った。フォア・トレイの故郷に住んでいるまたいとこを知っている男から直接聞いたんだから、と。

「女房のせいだったんだとさ。女房が殺されてから彼は頭がすっかりおかしくなっちまって、いま言ったように不法侵入をやらかしたんだ！」

「飲むのはもうやめておけよ！」おれは笑った。「あんた、どんどんおかしくなってるぞ。世の中にフォア・トレイ・ホワイトサイドを狂わすことのできる女なんていない！」

ウィンギーはおれの手から飲み物を取ると、不機嫌にすすった。それから一、二分なにも言わなかったので、おれが少し強く言いすぎたのではないかと思った。だが、そのとき彼はゲップをした。鼻から密造酒のにおいが漏れ出た。そして彼は機嫌よさそうに声を立てて笑った。

「ばかみたいな話だろ？　でも、とにかくそういうことなんだ。フォア・トレイと彼女は、ガキのころからの知り合いで、結婚したときもガキ同然だった。で。彼女が殺されたときは――ヒッ、ヒック――そのときは……」

「たしかに、それはほんとうのことかもしれないな」おれは言った。「ちょっと突拍子もない話のようでもあるが。ところで、彼女の名前はなんていうんだ？」

「それを知ってなんになる？　そんなどうでもいいことを、いったいだれが知ろうとするんだ？」

「いや、新聞に載ったんじゃないかと思って――人が殺されると――たいていは――」

「ばか言うな！　とんでもねえ！　重要人物でもないかぎりありえないぜ。だれも気にしないからな。おまえやおれや哀れな女の子が死んだって、だ、だ、だれも気にしない。死体を墓に放り込んでおしまいさ。おまえもおれも哀れな女の子でも――それに――」

ウィンギーは泣きはじめた。おれは背中をたたいてやり、彼を慰めてやった。もう一杯ぐいと飲むと、彼の感傷はおさまった。

彼によると（彼が聞いたところによると）、フォア・トレイの妻は工場か銀行か〝そんなようなところ〟で働いていたらしい。そこが強盗に遭って、大騒動になり、硝煙が晴れて強盗一味が立ち去ったとき、彼女は死んでいた。哀れな女の子は、銃で撃たれて死んだのだ。それ以来フォア・トレイはおかしくなりはじめ、一年か二年後に彼は不法侵入でぶち込まれた。

「ばかげた話だろ?」ウィンギーは憤慨したように、飲み物を見つめた。「彼の女房を殺したやつは見つかってない――少なくとも、その件ではだれも裁かれていない。だが彼は、飲みすぎて善悪の判断がつかないとき人の家へ押し入ってつかまった」

「なるほど」おれは考え深げに言った。「彼はだれが犯人か突きとめたのかもしれないな。つまり、彼が刑務所に入っていた時期に、強盗団の何人かも入っていたかもしれない。で、連中は彼がだれだか知らずに、自分たちのしたことを漏らしたのかもしれない」

「彼がだれだか知らずにってどういう意味だ?」密造酒のせいで、ウィンギーは気むずかしくなっていた。「彼の名前は知ってただろう?」

「でも、彼女の名前は知らなかった。新聞に載ることもなかったし、裁判もおこなわれなかったから――」

「ばか言うな。なんのちがいもないぜ、まったくな！　だれにもわからねえことをどうやって彼が知るんだ？　派手な銃撃戦で、弾が飛び交ってた。強盗団とみんなが銃を撃ち合ってた。だ、だ、だから――ヒック！――だれが撃ったのかわかるわけがねえ。そいつをつかまえる唯一の手は、全員をとっつかまえて……」

最後の言葉が、おれには決定的だった。ぐだぐだとまとまりのない酔っぱらいの話、キャンプの大口たたき――地面に足をつけて真実を語るのではなく、わざわざ木にのぼって嘘をつくようなやつ――のゴシップが、事実と結びつけられた。

そいつをつかまえる唯一の手は、全員をとっつかまえて……

それを、フォア・トレイはするつもりだった。

ウィンギーと話すまえから、おれはそのことをそこそこ確信していた。おれ――部外者――がそう思っているくらいだから、ロングデンも予測しているだろう。フォア・トレイも、彼が予測していると想像しているにちがいない。ならばなぜ彼は先走った？　一ダースもの男をひとりで相手にしようなどと――彼ら全員は武装していて、彼を待ち受けている――

その謎を解いている暇はなかった。大騒動がおきようとしていて、キャロルとフォア・トレイはそのどまんなかにおかれることになるだろう。なのにおれにできることは、ほとんどなにもなかった。

キャンプでは、平床トラックのエンジンがかかっていた。それから、ピックアップ・トラックのエンジン。二台はいっしょにキャンプ地を出ていった。両方とも、まちがいなくマタコーラへ長いドライブをする。どちらかが労働者たちの給料をもって帰るのだろうが、強盗一味にはどちらなのか知りようがなかった。だが、ロングデン・ロングにとってはなんの問題もない、とおれには思えた。どうすればいいか、彼にはわかっていた。

ウィンギーがぶつぶつ言った。「もう、一杯、く、くれよ……それ……」それから、彼は笑って、「ヤッホー！」と叫んでボウルを宙に放り投げ、うしろにひっくり返った。

おれは彼を地面にちゃんと寝かせ、ジャンパーを肩まで引きあげてやった。彼は大きないびきをかきはじめ、熟睡に入った。

少しうしろめたさを感じつつ、おれはウィンギーをそこにのこして立ち去った。もっとも、うしろめたさを感じるべき理由などなかった。彼は渡り労働者で、ベテランの労働者だった。ワイオミングからウェスト・ヴァージニア、スウィートウォーターからセミノールまでのすべての油田を渡り歩いてきた。彼はベッドで寝るより地面で寝るほうが多かったし、いろいろな生物に刺されたり嚙まれたりしてきた。銃をもった二本脚の動物以下のものに傷つけられるなんて、考えられなかった。

32

その夜は暗くなかったし、明るくもなかった。ごく平凡な夜で、じっと目を凝らせばものが見えた。さがしものがわかっていて、それがどこにあるかわかっていれば、見つけられる夜だった。だから、男がどんなに用心していても、おれには彼が見えた。

その男は、平床トラックとピックアップ・トラックの列の下を這っていた。だがそれぞれの車両の下には一分ほどしかいなくて、つぎへと移っていった。そんな短い時間でトラックになにができるのかわからないが、男が自分のしていることをわかっていることはたしかだった。トラックを故障させるためのなにかだ。当時車やトラックはずいぶんかんたんに組み立てられていたから、機械の重要部分に達するのはかんたんだった。

男は最後の車――平床トラック――の後部の下から這い出てきて、プレーリーに出るまで這いつづけた。それから立ちあがって、暗がりのなかへ歩いていった。

一味のほかの連中はその男より先にいっていた。彼は、あの平床トラックとピックアップ・トラックがマタコーラに出ていくまで自分の役割を果せず待っていなければならなかった。そしていまようやく、彼はほかの連中に合流しにいった。

おれは立ちあがり、彼のあとを尾けようとしたが、わざわざそんなことをしなくてもよかった。一味はキャロルがキャンプをしているところに集合するだろう。フォア・トレイにどうしても自分たちを見つけてもらいたいのだ。そのためには、そうするしかない。

おれはキャンプの端をまわって、プレーリーを横切りはじめた。一味とキャロルが——そしていままではもしかしたらフォア・トレイも——いる場所へむかってまっすぐ。そして、そこでまた気が変わった。たぶん彼らはキャンプでトラブルがおきることを予想しているからだ。トラブルがおきるとしたら、キャンプでおきるにきまっている。だから連中は目を光らせている。おそらく連中は、おれが首を突っ込んでくることを当てにしてるんだろう。おれも以前はあまり賢いとはいえなかったからだ。

いずれにしろ、おれはしばらく思案した。それから、まっすぐ先へ進むかわりにまがって、ちょっと東寄りに南へ動き、ゆっくり大きな弧を描いた。彼らがいるところが正確にわかるわけではなかったが、キャンプのだいたい東で、そこから一マイルちょっとのところだとわかっていた。それで、キャンプの明かりをガイドにし、ひどく苦労せずに方角を見定めることができた。

問題は、動くことだった。すばやくだ。

おれは、ダイナマイト用ハーネスを胸につけていた。目が届いて、すぐにつかめるところにだ。そこには、ダイナマイトが六本さし込まれていた。もちろん全部雷管がついていたし、導火線はできるだけ短く切ってあった。

そんなものを体につけていれば、動きはすみやかにとはいかない。暗いなかで、地面が荒れているとなればなおさらだ。そんなものを身につけていれば、一度転んだらそれでおしまいになる。

望むよりはやくずっと遠くまで旅することになる。

それで、おれは慎重にやらなければならなかった。むかっているところへかなりまわり道をしなければならなかった。時間が足りなかった——思っていたよりずっと。しかし、そうするよりほかになかった。選択肢はなかった。

弧の端まできた。西に向かって急に向きを変えようと思っていた地点だ。おれはこんもりしたサルビアの藪の背後にしゃがみ、葉巻に火をつけた。すばやく火をつけたので、炎は最小限の明かりしか放たなかった。火が見えたとだれかが気づくまえに、マッチは消えた。

おれは火がついた葉巻の先端を両手で覆い、煙を深く一、二回吸い込んだ。灰が燃えさしに変わるにまかせ、それを隠した。

一味との距離がまだはなれていれば、まだチャンスはあった——キャロルとフォア・トレイにもあった。しかし、距離が近ければ、接近していくのは……

比較的近くにだれかがいた。

とにかく注意深く動かなければならなかったのはラッキーだった。片足をあげ、もう片方のまえにおろすたびに苦労するくらいだった。さもなければ、その音が聞こえなかったかもしれない。鋤が地面を掘るザックザックというやわらかな音が。

おれはその音に導かれて、静かに進んでいった。ついに、男が見えるまでかなり近づいた。彼が地面に鋤を突き立て、柄をまっすぐにしたままかがんだとき、おれはさらに近づいていた。

男は人をからかうような下品な笑い声をあげた。それから人を嘲るような声が流れてきた。地面にいるだれかに話しかけている。

「……ごめんよ、ベイビー。だけど、あんたは知っちゃいけなかったんだ……おれたちがメキシコでやった仕事のことをな。あのヒスパニック野郎どもは……いままで……おれたちをまったく好きにならなかった……」

必死で呼吸しようとするような音が聞こえた。恐怖におののいて、喉が詰まっている。突如、それがなんの音がわかった。なにがおこなわれているのかわかった。

キャロルだ。キャロルが縛られて猿ぐつわをかまされ、生き埋めにされようとしている。

彼はもう一度高笑いし、いかにも同情するような声で彼女に話しかけた。ちゃんと埋めてやるよ、と彼は言っていた。ちゃんと居心地のいいように。もしかしたら最初は少々さびしい思いをするかもしれないが、すぐにあらゆるものが彼女をかわいがってくれる。カミアリ、タマコロガシ、ヘビ、そして――

ほんとに愉快な男だ。彼は笑い声をあげてすごく楽しんでいたので、おれは相手が身がまえる間もなくやつに飛びかかった。あっという間のことで、なにがおこったのか彼にはわからなかったろう。

おれは、ダイナマイト係がもつカミソリのように鋭利なナイフを振り、男の喉をかき切った。彼は踵を軸にしてうしろへかしぎ、膝を折り、キャロルのために掘った墓にひっくり返った。笑い声も意地悪も、それでとまった。彼の終わりだった。

おれはキャロルに話しかけた。むしろ、ささやきかけた。おれがだれであるか教え、大声を出さないようにと言った。それから、猿ぐつわをはずしてやり、縛ってあったひもを切った。さらに、一分ほど抱きしめると、彼女もそれに応えた。彼女はちょっと泣いたが、助かったという安堵感からだった。泣き声はとても小さかったので、聞かれる心配はなかった。

フォア・トレイもつかまっているわ、と彼女は言った。連中は彼が近づいてきたときにつかまえた。彼は武装していなかった――つかまるとわかったとき、もっていた武器を隠したようだった。しかし、最初からそんなものはもっていなかったと、彼は主張した（もちろん、連中は信じなかった）。

「そうなのよ、トミー」キャロルは小声で言った。「彼は全員を殺すつもりだったと言った。でも、気持ちを変えたんですって。彼らを自首させることで満足するつもりだったの」

フォア・トレイがそれで満足する？　ほんとうか？　連中はそれを聞いて大笑いしたのではないかと思った。

「なぜ連中は彼を殺さないんだ？」おれは小声で言った。

「ロングデンが彼から話を聞けばすぐ殺すつもりよ。ロングデンはやたらにジョークを言って、時間はたっぷりあると言ってるわ」

おれは彼女と小声でもう少し話し合った。それから彼女に、おれがしたように大きく迂回してキャンプへむかえ、と言った。彼女はそうしたがらなかった(そして、あとでわかったことだが、実際そうしなかった)。彼女はその場にのこっておれを手伝いたいと言った。しかし、おれは頑固だった。結局彼女は暗がりのなかへむかいはじめた。おれは、ふたたび前進した。

小さな塚にのぼると、前方にかすかな光が見えた。地面からあがってきたと思えるようなランタンの暗い光だった。車があそこにとめてあるのだろう。プレーリーの低い溝のなかに。そこに一味とフォア・トレイもいるのだ。さらに数ヤード進むと、彼らの話し声が聞こえた。フォア・トレイがロングデンのもの憂い声の質問に答えると、どっと笑い声がおこった。

おれは立ちどまって、ハーネスに手を這わせ、ダイナマイトが全部あるかたしかめた。両手で葉巻のまわりを覆い、長く吸って火をもたせた。

一味の笑い声が静まっていって、消えた。おもしろがっているようなロングデンのもの憂い言い方が、かえって不気味だった。

やがて、おれは突如連中の近くまできていた。五十フィートもはなれていなくて、上から彼らを見おろせた。

ロングデンはキャンピングカーのテールエンドに腰かけ、両足をぶらつかせていた。フォア・トレイは彼から数フィートはなれたところに立ち、ほかの者たちは半円を描いて彼を取りかこんでいた。彼らはかたまっていたので、ダイナマイトは棒キャンディと同じくらい役に立ちそうになかった。なにかいい方法はないかと考えながらためらっていると、ロングデンがふたたびしゃべりはじめた。

「あんたはおれの目が節穴だと思ってるのか、フォア・トレイ？　はじめから全部罠だとおれが知らなかったとでも思うのか？　ふざけるな。おれはおかしくてもう少しで笑いそうだったぜ！　罠だとわからないなんて、とんでもないばかだ。おれは、そんなばかじゃない！」

「そうかい？」フォア・トレイはあくびをするような振りをした。「危険を承知のうえで罠にはまっていくのが頭がいいと思ってるのか？」

そうだ、とロングデンは言った。なぜなら、危険だとわかったときからそれはもう罠じゃないからだ、と。警察は長年彼と一味を罠にかけようとしてきたが、いつだって餌だけ取られて退散した。

「おれにわからなかったことはひとつだけだ、フォア・トレイ。とにかく、よくわからなかった。あんたがこの絵のどこにあてはまるのか、っていうことがな。だが、あんたが逃げだしたとき、そしておれたちがムショに入っているあいだにあんたがよく訊いた質問を思い返していると き……」

「もういい！」フォア・トレイが割り込んだ。「あんたは頭がよくて、ほかのみんなは愚かってわけだ。だが、それでもなにひとつ変わらない。おれは保安官に通報したから、給料はいっさい運ばれてこないぞ」

ロングデンは怒ったように笑い声をあげた。「そうはならないと思うぜ、フォア・トレイ。あんたは、おれたちが今回給料を強盗しないってことを保安官に話したんだ。なにか不都合がおきて、たぶん金を運ぶ車が故障するかなにかして、おれたちは次回まで機会を待たなきゃならなくなったと保安官に言った。そんなことはないなんて言うなよ。なにしろ、あんたはおれたちを自分の手で殺そうと考えていて、警察にはじゃまされたくなかったんだ！」

フォア・トレイは逡巡して、うなずいた。「オーケー。おれは気持ちを変えたが、それはまえから計画していたことだ。しかし、いまだに……」

「いいかげんにしろ、この嘘つき野郎め！　給料日をもう一回引きのばすことなんかできないし、保安官もあんたの言うことに首をかしげる。だから、金はちゃんと運ばれる。それは動くわずか二台のうちの一台に乗っている。おれたちがしなきゃならないのは、やってくるトラックとピックアップの両方を途中でとめることだ。そうすれば、おれたちの勝利だ！」

「あんたたちはぜったいに成功しないよ」フォア・トレイの声にはあまり確信がこもっていないようだった。「ここいらで交通といったらパイプライン関係だけだ。それが二台にまで絞り込まれたらどうなると思う？」

「心配にはおよばないと思うぜ。だから……」ロングデンは地面にすべりおりた。「だから、おしゃべりはもうこの辺でおしまいにしよう……」

彼は頭をぐいと動かした。一味がフォア・トレイに迫りはじめた。そのとき……

おれの首のうしろに拳骨がたたきこまれた。おれはよろめき、膝をついた。ドスの勝ち誇ったような叫び声が聞こえた。

「やったぞ、兄貴！　やつをしとめた！」

よろめいたのがよかった。胸から地面にたたきつけられなくてすんだ。おれは反射的に両肘を突きだし、体重を支えた。それで、地面に激しく突っ伏さなかった。勢いよく倒れたが、ダイナマイトが爆発する衝撃は受けなかった。そしてこのわずかな差が、じつは大きかった。ダイナは、せかされたりしなければいい娘なのだ。大きな衝撃を受けてもおかしくなかったのだが。ドスがしようとしたことは、まさにそれだった。彼は、おれを地面にめり込ませようとした。地面にめり込んでいれば、ダイナマイトが同じ結果を引きおこしてもおかしくなかった。

彼は背後からおれにのしかかった。おれが歩く爆弾であることを知らなかったのだ。彼はダイナマイトを見ていなかった。そして、おれは彼にそのことを告げられなかった。両膝で背中を押さえつけられ、口と鼻は地面にめり込んでいた。おれはもがき、叫ぼうとした。彼はさらに強くおれを押さえつけ、おれは息ができず、意識を失おうとしていた。

おれの胸でなにかが燃えていた。煙のにおいがした。そしてぼんやりと、おれは葉巻がどこにあるのかいぶかった。

突如重しがとれた。ドスは乱暴におれを立たせ、斜面におれを押した。おれはぼうっとしてよろめいた。すると、彼は一、二歩歩み寄って、おれの腕をつかみ、引っぱっていこうとした。

「このチンピラ野郎め！　どうしてやろうか……」

そのとき、彼は見たのだ。おれのシャツについている丸い焦げ跡を。ダイナマイトの導火線がパチパチ燃えていた。ほかの連中がおれたちを見あげ、やはりそれを見た。そして、彼もほかの連中も全員叫び、同時に動いたように思えた。

一瞬、彼らは言葉を失って立ちすくんだ。つぎにわめき、おれからあわただしくはなれようとした。

「うわー……！」

「どけどけ！　どうなってるんだ……！」

「車だ、車、車……！」

ライフルが発砲される音がして、ランタンが粉々になり、消えた。車のドアが大きな音を立てて閉められ、エンジンがかかった。おれは突如覚醒し、ダイナマイトをつかみはじめた。

最初の一本を車の後部にヒットさせた。狙いを定めたわけでなく、放り捨てようとしただけだったので、ラッキーだった。車は前方に揺れ、窓が粉々に割れた。焦げたにおいの爆風がおれの顔を直撃し、青白い煙が目に満ちた。だが、おれはダイナマイトをさらに二本両手に握って、投げた。それが空中で爆発すると、車は大きな音を立てて転がっていった。

のこりの三本を投げる暇はなかった。導火線の火がほとんど雷管に達しようとしていて、もう逃げようのないことがわかった。逃げてもしようがなかった。

そのとき、フォア・トレイがおれをつかんだ。彼は、ハーネス全体をぐいと引っぱってぬがせた。そしてそれを片手で投げると同時に、もう片方の手でおれを地面に押し倒した。三本のダイナマイトが同時に爆発した瞬間、おれはとっさに両手で耳を覆った。しかし、それから二分ほどは耳がまったく聞こえなくなった。

フォア・トレイとおれは、上半身を起こした。おたがいに顔を見合わせ、笑みをもらした。なにかしゃべった彼の唇が動いたが、もちろんなにを言っているのか聞こえなかった。それからおれも彼に話しかけたが、ふたりともその言葉を聞き取れなかった。

おれたちは声をあげて笑った。とにかく安心したのだ。死ななくてよかった。彼は指を一本耳のなかに入れてほじくってから、もう一度おれに話しかけた。彼の声は千マイルも遠くから聞こえてくるように思えた。

「……聞こえなかったよ。トミー。おまえはなんて言ったんだ?」

言葉を慎重に発音しようとつとめながら、おれは言った。「どうやら、おれたちは生きているようだ、って」

「よかったわ!」キャロルがおれのとなりにすわった。「あたしには計画があるのよ、ミスター・トミー・バーウェル」

34

ダイナマイトの煙とにおいが消えると、大気がふたたび澄んだ。夜の静寂に包まれてそこにいるのはいい気分だった。おれたち三人は夜にテキサス西端のプレーリーにすわっていた。あんな派手な大混乱のあとでは、おれたちには休息が必要だった。

キャロルはため息をついて、おれにすり寄った。フォア・トレイはあくびをしてのびをし、帽子のつばのまえとうしろを上へそらした。彼は町へつづく道のほうをずっと見ていた。まるでそちらの方角からなにかがやってくるのを待っているかのように。それで、一味が戻ってくると思っているのかと、おれはついに彼に訊いた。

そうは思っていない、と彼はもの憂い調子で言った。実際、彼は一味が戻ってこないことを確信していた。

「やつらを逃がして残念だったな」おれは言った。「おれはあまり役に立たなかったみたいだ」

「なあ、自分を責めるのはよせよ、トミー」彼は言った。「おまえはよくやった。たいしたもんだと思うよ」

おれは彼のいたわりに礼を言い、それでも彼らが逃げたことにとても腹が立つと付けくわえた。

「キャンプへいって、トラックかピックアップを一台手に入れられるかもしれない。町へいって、電話ができれば……」

「そんなことはしないよ、トミー」彼はきっぱりかぶりを振った。「あの平床トラックやピックアップ・トラックは十二時間使いものにならない。金を賭けたっていい」

「でも……」おれは眉をひそめて彼を見た。彼が事態を冷静にとらえていることを不審に思って。「男がふたり、運転手がふたり殺され、ひと月分の給料が盗まれようとしてるっていうのに、おれたちにはそれをとめる手だてがひとつもないなんて」

彼はなにも言わず、肩をすくめ、町へむかう道の方角を見つめつづけた。一、二分たつと、自分がロング兄弟と一味を殺さなかったのはまちがいだと思うか、とおれに尋ねた。

「おれは彼ら全員を殺そうともくろんでいた。だが、いざそのときになると……」彼はかぶりを振った。「おれにはできなかったんだ、トミー。彼らには自首する機会があたえられるべきだとおれは感じた」

「そうか」おれは言った。「気持ちはわかる気がするよ。どんな連中であろうと一ダースもの人間を殺すことなんか自分にはできないとはわかっている。でも……」

「たしかにな」彼は、割って入った。「殺人は殺人だ。そして、おれもやつらと同じになっちまう。でも、機会をやっても彼らがそれを利用しなかったら、そのときは彼らになにがおこっても自業自得だ」

「どういうことだ?」おれにはよくわからなかった。「彼らになにがおこってもっていうのは、どういうことだ?」

「そうだな……」彼の肩がふたたびのんびりすくめられた。「おれの考えじゃ、彼らは事故に遭うかもしれない」

「事故?」

「そうだ。事故はあの道よりずっと走りやすい道路でもおこる。そして、連中はロングデンがやるようにヘッドライトを消して走っていない」

「ああ、そうだが……」

「なにかがあの道に落ちているかもしれない。もしかして、なにかが埋まっていたら、ほとんど見えやしない。ロングデンは、それに衝突するんだ」

「だろうな」おれは言った。「でも……」

おれはそこまでしか言えなかった。空が何マイル四方にもわたって急に明るくなったのだ。目もくらむ閃光がプレーリーを夜から昼に変えた。それから、爆発がおこった。爆風が吹いて、地面が足元で震えた。耳が聞こえなくなったのは、その夜二度目だった。

暗さが戻ってきた。爆発音もしだいに消えていった。おれは目をこすり、フォア・トレイに一瞥を投げた。

「どうやら」と、おれは言った。「ロングデンはなにかに衝突したようだな」

「そうらしいな」フォア・トレイは言った。

解説

プロレタリアン、ジム・トンプスンを今こそ！

滝本誠（評論家）

血のように赤いフランス産の特殊紙、その両面にあざやかに黒で刷り込まれたレイモンド・ペティボンの挿画！

サンフランシスコの限定本出版社＝アリオン・プレスから、紙、活字を選びに選び抜いての本文印刷、そして本文に赤の紙二十一枚（つまりペティポン挿画四十二点）を挟み込み製本した豪華本が二〇一〇年に刊行された。本文と挿画が、これほどまでに相性よく互いをリスペクトしあって書物の形に収まったのは、セオドア・ドライサー『アメリカの悲劇』(1926)のリミテッド・エディション・クラブ版(1954)以来ではないか。『アメリカの悲劇』に百点近いペン・ドローイングを提供したのは、これが遺作となった画家レジナルド・マーシュだった。中表紙のカットが、電気椅子での処刑というショッキングな場面であり、数ページごとにマーシュの的確なペン・テクニックが披露される。ただペティボンのように本文と別紙印刷という扱いではない。

ペティボンは具象の先鋭として国際的人気を誇るアーティストだ。黒インキで一気に筆描き、残された空白に文章を書き込むパンクなスタイルはデビューからほとんど変わらない。わが国でも、二〇〇二年にオペラ・シティ・ギャラリーにおける個展を成功させている。タッチは実験的なグラフィック・ノヴェルの一カットといってもいい。そうしたペティボンが渾身といってもいい没入で完成させた自信作こそが、他ならぬジム・トンプスンの“South of Heaven”（天国の南）(1967) の挿画なのである。刺激的なのは、あまりその名を聞くこともなかったトンプスン小説が、二〇一〇年になって意外な領域でピックアップされたことだ。

数多いトンプスンの作品のなかでなぜ、この小説が選ばれたか？ “Killer inside me”は二〇〇三年に美術家リチャード・プリンスが、表紙が最も煽情的なイギリスのSPHERE版ペーパーバックを再撮影して〈自作写真アート〉として発表しており、二〇〇八年にはフランスで“Savage Night”がフランス在住のマッツ（脚色）、マイルズ・ハイマン（画）のアメリカ人コンビによってバンド・デシネ“Nuit de Fureur”として出版され話題となった。フリークス風味のヒットマン小説のヴィジュアル化はだれもが夢見るだろうし、ラストの処理も挑戦しがいがあるだろう。ただプリンス、ハイマンの試みはいずれもトンプスンの代表作絡みのものである。

ペティボンのそれは、これまであまり光が当てられてこなかった作品に異様なテンションであたらしい生命を吹き込むものである。ペティボンのドローイングはわれわれに問いかける。ノワールの極点というトンプスン小説の性格を誕生させた、そもそもの原点はどこに求めればいいのか？ タイプライターに向かったとき、トンプスンの指先を白熱させ、タイプ用紙を狂気で満たすダークな心性の発生点をどこに求めればいいのか？　要するに、何が〈作家ジム・トンプスン〉を作ったか？という根本的な問いである。こういった問いに、ペティボンが見出したテキストが『天国の南』ということなのだ。ホーボー（渡り労働者）として、二十一歳のトンプスンが体験した、もっとも過酷な労働の現場に赴いて、その過酷を追体験せよ。時代への問題意識が鋭敏なペティボンにとって、『天国の南』は〈過去〉の過酷ではない。まさに〈現在〉の過酷なのだ、わが国同様に。われわれを取り巻く状況はまさに〈天国の南〉に他ならない。アメリカの現在の閉塞と絶望も、ペティボンに深い怒りの火をつけたはずだ。おいそれと手をだせない高額限定本（四百部＋献呈二十六部）としてしか市場にでていないが、ペティボン人気を考えると、その波及力は想像以上のものといわなくてはならない。

ちなみに、特装本のさらなる驚きは、解説がアーノルド・ハノということにある。執筆当時、八十八歳、現在九十五歳。ハノこそが、トンプスンに"Killer inside me"他、傑作を連打させたライオン・ブックスの名編集者として、彼自身も伝説となった男だ。その彼が、まだ存命であったことに驚いたのである。しかも解説が若いころの文章よりも熱い。彼もまた、なぜ、ノワールの古典ではなく、『天国の南』が選ばれたのか？という驚きから文章をスタートさせている。別進行だったのか、ペティボンの挿画に関しては一切触れていない。

『天国の南』の刊行は一九六七年、一九二〇年代後半の石油パイプライン建設現場が舞台だから、ほぼ四十年近く経ってからの記憶の掘り起こしである。掘り起こすまでもなく、トンプスンにとって、その体験は常に露出面を荒々しくさらけだしていたかもしれない。
工事にあたって、まずは数百人収容のキャンプの設置だ。キャンプは工事の進捗とともに移動していく。トンプスンは書く。

「……数週間まえにその工事の噂が広まって、週を追うごとに男たち──前科者、浮浪者、放浪者たちがここへ流れ込んできた。」

これと似た記述はすでに“Bad Boy”(1953)の〈25〉章に存在する。『天国の南』ではキャンプに、jailbirds, mission stiffs, hoboes が流れ込むわけだが、“Bad Boy”では、drifters, bums, jailbird, fugitives from justice と集まる男たちのグループ分けがひとつ多い。共通する単語は jailbirds(前科者)のみだが、この違いはタイプライターの前での指先の瞬時の言葉の浮上か、酒の量によるのか? いずれにせよ、時代から見捨てられ、食いつめた底辺層を象徴する単語集であることはまちがいない。テキサスのなにもない荒野のなかで、キャンプは疲弊した寄る辺なき男たちにとって救済(仕事&食事&博奕)の方舟だ。ノアなら決して乗ることを許さないクズどもの。
ゾンビのように群れ集う連中を表現する、これらの単語こそがトンプスン印プロレタリアン・

ノベルの性格だ。右も左もない、資本主義も社会主義もない、労働組合といった組織の外に生息する呪われた者どもの労働現場。アナーキズムしか発生しようがない。"Bad Boy"は、"Rough-neck"(1954)とともに、一九二〇年代から四〇年代にかけてとどまることなく転々としたトンプスンの〈職の歴史〉を概観する。〈24〉章には、"Killer inside me"の保安官(助手)のイメージをどうやってつかんだかが語られている。トンプスンの小説はほとんどすべてが彼の就いた職業、その折々に観察した人物像の戯画といっていい。そのため、この二冊は、トンプスン小説理解の必読書なのだ。

ここで、すべてに先立つトンプスンの最重要の処女長編、"Now and on Earth"に触れておかなくてはならない。自伝色の強いこの処女作で、トンプスンははやばやとこれ以上の見事な定義はないレベルで〈ノワール〉宣言をおこなっている。おまえは幸せだったか、一度でも心の平穏を感じたことがあったか?の自問自答の最後に、トンプスンは次の文章をタイプで打ち込む。You've always been in hell. You've just slipped deeper. トンプスン・ノワールの核は、この〈in hell, slipped deeper〉である。

『天国の南』は、パイプライン敷設の作業工程が掘削マシーンの振動まで伝わってきそうなディテールで描かれ、そのディテールに敗残と矜持が刷り込まれるが、予想外のロマンティシズムとして、初々しいファムファタルが投入されている。キャンプ近くに大型バンで一人生活する謎めいた美少女キャロルだ。娼婦なのか？　それとも？……。キャロルと主人公トム・バーウェル（＝トンプスン）の関係が初恋めいていて泣かせるのだ。このあたりに老境に入ったトンプスンの、ビッチ・オンパレードだった小説人生への反省（？）がうかがえて愛らしい。その意味で、『天国の南』は殺人、強奪計画、悪党の保安官助手などが絡めてのプロレタリアン・ノベルだが、ノワールではない。あるのはトンプスン小説にあっては例外的な幸福と高揚だ。

二〇〇九年の日本オリジナルの作品集『この世界、そして花火』（扶桑社文庫）以来、トンプスンの商業ルートでの紹介は途絶えていたが、思えば、収録中編から持ってこられたタイトル、This World, Then Fireworks（この世界、そして花火）は、横滑りして『天国の南』のタイトルとして使われたとしてもおかしくない。『天国の南』の圧倒的なクライマックスは、文字通り、この世界、そして花火！

文遊社が〈ジム・トンプスン〉新紹介の開始にあたって、そのスタートに『天国の南』を選んだということは、みてきたようにささくれた時代の鬱屈気分に、トム・バーウェルのごとくダイナマイトを仕掛け爆破せんとする勇猛な試みとしてすばらしい。

訳者略歴

小林宏明

1946年東京都生まれ。明治大学英米文学科卒。リー・チャイルド『ネバー・ゴー・バック』『キリング・フロアー』（講談社文庫）、ジェイムズ・エルロイ『LAコンフィデンシャル』（文春文庫）、ホレス・マッコイ『明日に別れの接吻を』（ハヤカワ・ミステリ文庫）ほか翻訳書多数。著書に『銃を読み解く23講』（東京創元社）、『小林宏明のGUN講座』（エクスナレッジ）、『図説 銃器用語事典』（早川書房）など。

天国の南

2017年8月10日初版第一刷発行

著者：ジム・トンプスン

訳者：小林宏明

発行所：株式会社文遊社

東京都文京区本郷4-9-1-402　〒113-0033

TEL: 03-3815-7740　FAX: 03-3815-8716

郵便振替：00170-6-173020

装幀：黒洲零

印刷：中央精版印刷

乱丁本、落丁本は、お取り替えいたします。

定価は、カバーに表示してあります。

South of Heaven by Jim Thompson

Originally published by Fawcett Publications, Inc., 1967

　ISBN 978-4-89257-141-1